quer casar comigo todos os dias?

PEDRO CHAGAS FREITAS

quer casar comigo todos os dias?

1ª edição
Rio de Janeiro-RJ / Campinas-SP, 2020

VERUS
EDITORA

Editora
Raïssa Castro

Coordenadora editorial
Ana Paula Gomes

Copidesque
Cleide Salme

Revisão
Ana Paula Gomes
Andressa Fernandes

Diagramação
Beatriz Carvalho
Júlia Moreira

Título original
Queres casar comigo todos os dias?

ISBN 978-85-7686-816-3

Copyright © Marcador Editora, 2015

Tradução © Verus Editora, 2020

Direitos reservados em língua portuguesa, no Brasil, por Verus Editora. Nenhuma parte desta obra pode ser reproduzida ou transmitida por qualquer forma e/ou quaisquer meios (eletrônico ou mecânico, incluindo fotocópia e gravação) ou arquivada em qualquer sistema ou banco de dados sem permissão escrita da editora.

Verus Editora Ltda.
Rua Benedicto Aristides Ribeiro, 41, Jd. Santa Genebra II, Campinas/SP, 13084-753
Fone/Fax: (19) 3249-0001 | www.veruseditora.com.br

CIP-BRASIL. CATALOGAÇÃO NA FONTE
SINDICATO NACIONAL DOS EDITORES DE LIVROS, RJ

F936q
Freitas, Pedro Chagas, 1979-
    Quer casar comigo todos os dias? / Pedro Chagas Freitas. – 1. ed. – Campinas [SP]: Verus, 2020.
    280 p. ; 23 cm.

    ISBN 978-85-7686-816-3

    1. Romance português. I. Título.

20-65202
CDD: P869.3
CDU: 82-31(469)

Camila Donis Hartmann – Bibliotecária – CRB-7/6472

Revisado conforme o novo acordo ortográfico.

Seja um leitor preferencial Record.
Cadastre-se no site www.record.com.br e receba
informações sobre nossos lançamentos e nossas promoções.

Atendimento e venda direta ao leitor:
sac@record.com.br

Para a Bárbara. Porque tudo.

Te veem nos meus braços e perguntam se sou feliz —

serão parvos ou apenas cegos?

— *A sua sorte é que eu esqueço as coisas más que você faz.*
— *Coisas más? Que coisas más é que eu fiz?*
— *Não me lembro.*

A sua pele é como se acontecesse haver o prazer antes da vida, sei lá, há tanto para te tocar e apenas uma existência.
Quando você vier vou para o céu —

serve isso como oração matinal?

Antes de você eu acreditava no amor eterno, agora o vivo — obrigado.

"Quero que me percorra como se o mundo acabasse em mim" — você exige.
E depois o mundo acaba.

Nos conhecemos quando a praia servia para amar — ainda serve —, você vinha de sandálias e percebi que era menor do que eu pensava, e me ocupava todo.

Estávamos em maio e já só me apetecia partilhar o calor com você — preferia debaixo dos lençóis mas pode ser na praia, sim, se tem de ser.

"Tem os maiores olhos do universo" — nem reparei que você estava de óculos de sol e que ficava mal a um escritor não saber falar.

Riu — os seus dentes desalinhados me apareceram então pela primeira vez, tão perfeitos —, mudou de assunto e falou de outra coisa qualquer, pouco me importa, confesso, tudo o que você disse me pedia que te procurasse —

onde você estava que eu tinha os braços desocupados?

"Quero adormecer no seu colo" — preferia no sofá ou na cama mas na sala de cinema também não está mal, sim, se tem de ser.

As salas de cinema são excelentes para ver filmes, concordo, mas insuficientes para amar como deve ser — quem as inventou estava carente, coitado.

"Me sossegue mas não me deixe em paz, por favor" — você nunca disse mas eu ouvi, estava passando um filme qualquer, uma porcaria sobre a vida, essa coisa ridícula de tão pequena quando posso te amar, e o sono chegou até mim para me permitir o seu colo. Pousei em silêncio a cabeça sobre as suas pernas e fui feliz — adormecer serve para dormir, claro, mas mais ainda para amar.

Havia pessoas instaladas entre nós, passados que serviam para doer e não para lembrar, eu que pensava amar alguém estive apenas, afinal, à espera da melhor altura para te amar — que perversa é essa porra quando temos de falhar para acertar em cheio?

Dorme ao meu lado agora, a Terra para e se movimenta quando é assim, não me interessa de onde viemos nem para onde vamos, apenas o lado prático de te amar —

as nossas pernas se rodeiam como serpentes, quem nos visse assim não saberia quem é quem,
nem eu.

Quando você acordar vai querer dormir outra vez, é sempre assim, recusa sair para os outros quando podemos ser só os dois —

me apaixona esse seu egoísmo, é de uma utilidade imensa para o meu.

Somos jovens quando temos muito para amar, anda-se pelos dias à procura de um motivo e quando o encontramos percebe-se que não há motivos, apenas urgência, o tempo a se derreter entre os dedos e o futuro curto para o espaço que os sonhos ocupam — percebo a nossa humanidade, foi também ela que nos juntou, mas bom mesmo era lhe juntar algo de diferente,
a imortalidade, por exemplo,
pode ser?

Nesse dia na praia você perdeu os óculos de sol, fui com uma felicidade inexplicável contigo procurá-los — soube aí que partilhar o que você é me fazia feliz, ainda faz —, remexemos um pouco a areia, cavamos pouco, nada apareceu a não ser, por segundos, uma das suas mãos numa das minhas, foi de raspão mas me tocou profundamente — fui agora com o meu pé debaixo do cobertor tocar no seu para matar as saudades, foi de raspão mas me tocou profundamente,

havia tanto para escrever sobre o que nos toca de raspão e ainda assim profundamente, mas prefiro amar,
você também?

⌇

Nenhum homem é tão pequeno que não possa ser Deus.
Amavam-se como se ama um orgasmo. Viviam o que tinham para viver, sentiam o que tinham para sentir. E partiam. Não havia perguntas difíceis nem respostas desnecessárias. Sabiam que aquilo, como tudo, era passageiro. E faziam questão, por isso, de torná-lo eterno.

⌇

Vivemos numa casa governada por afetos, não sei qual de nós é mais lamechas, às vezes você está carente e se enrola em mim à procura de um espaço para pousar as lágrimas, às vezes eu estou escuro e quero o silêncio para te amar melhor, e sempre que nos olhamos um repouso apaziguador chega, não precisamos de mais do que isso para continuar —

ou se calhar precisamos, precisamos do sossego ativo que são os corpos, o suor, o orgasmo incomparável, mas disso já falarei à frente,
assim eu tenha coragem e arte para descrever a presença de Deus no interior da nossa felicidade.

A felicidade é a possibilidade de Deus, não mais, a possibilidade de um milagre —

é muito mais feliz a possibilidade de um milagre do que o próprio milagre; os milagres são uma seca, algo impossível de acontecer não me excita minimamente, excita-me mais a tensão de um desafio, procurar superá-lo por mais improvável que pareça, como quando parecia improvável sermos marido e mulher e marcamos com cinco anos de antecedência a nossa data —

é hoje, já reparou?

Você ainda dorme e o dia parece como todos os outros —
e basta isso para ser um dia perfeito.

"Quer casar comigo todos os dias?" — há papéis demais separando as pessoas, é bom que haja alguns a uni-las, as palavras são perigosas e é por isso que somos viciados nelas, todos os dias, sem exceção, nos pedimos em casamento e nos beijamos como marido e mulher,
hoje é sério, ou se calhar hoje é que é brincando, certo é que há alguém que nos fará legalmente esposa e esposo,

pode não servir para nada mas nos faz felizes, conhece algo mais importante do que isso?,
eu não.
Não encontramos os óculos de sol, alguém os levou, provavelmente o mar, suspeito de que até ele saiba o que é bom, saímos da praia com os pés ardendo e uma vontade insustentável de um abraço, já tínhamos nos abraçado antes mas é segredo, e ninguém pense que vou usar um livro para revelar segredos — como aquele dia em que havia um trem cheio, eu e você lado a lado, e finalmente uma casa que não digo onde é e uma noite que nunca nenhum poema conseguirá escrever,

só quando a poesia não lhe consegue chegar é que acontece amor, disse o poeta.

O seu corpo apareceu em mim para aprofundar o conceito de morte, vi-o para acreditar na vida eterna, e imediatamente fiquei pronto para morrer por ele —

e pelo prazer que ele me dá, a minha mão andava perdida e depois se encontrou, soube com serenidade quais os caminhos certos,
 e quando a noite acabou ambos soubemos que estava começando qualquer coisa que não sabíamos o que era mas que sabíamos que fazia voar e chorar, perdoe-me a redundância.

Toco o seu cabelo e as suas pernas junto às minhas, as lágrimas também acontecem para dignificar o prazer, as pessoas que nunca amaram assim são equilibradas mas provavelmente não são pessoas —

não sei se está sol ou se chove pelo mundo, aqui dentro os dedos escolhem estas palavras para te tocarem mais fundo, espero que goste, quando você abrir os olhos vou te dar um beijo, ou dois, memorizar outra vez o tamanho dos seus olhos, abrir a mão sobre o seu rosto, senti-lo vivo, dói tanto saber que um dia acabamos como é feliz saber que existimos, se calhar a vida é má por culpa da impossibilidade de ser para sempre, e se calhar é por isso mesmo que é boa, somos raros e somos felizes,
 por favor não acabe antes de mim, te peço baixinho e você não ouve mas continua, chega-me isso.

Antes desse dia na praia houve duas noites e um dia, comecemos pela noite, a primeira, a única vez em que te tive pela primeira vez, o céu se existir é isso e pouco mais,
 quando acordamos nessa noite não acordamos nada, porque nem sequer dormimos, as persianas estavam entreabertas, uma luz terrestre entrava por todos os minutos, havia o tempo e uma mordaça de obrigações chegando, sabíamos que o céu também tem profissão e que o nosso turno talvez estivesse acabando, nos abraçamos numa despedida calamitosa ainda com os lençóis ao lado —

a humanidade está dentro das despedidas, só os homens se doem quando se apartam, quis me esconder no meio dos seus ombros, fugir covardemente para uma coragem adolescente, mas fui fraco e me deixei caminhar com uma faca espetada nos passos, sempre que me mexia te levava então comigo.

Você foi um erro bonito, um erro sagrado —

Deus é a ocorrência de erros, e você.

〜

É o amor o último limite.
Na cama onde só estava um, era a multidão silenciosa de dois que se fazia ouvir. Ela acreditara que ele voltaria. Ele acreditara que ela voltaria. Mas nem ele nem ela perceberam que só se volta do que um dia se deixou. Ficaram os dois à espera do regresso. Ela pensava que ele tinha ido e não voltara. Ele pensava que ela tinha ido e não voltara. E estavam os dois no mesmo espaço partilhado, no mesmo local de onde nunca haviam tido a coragem de partir. Ele pensava: Sinto a sua distância como sinto um osso. Ela pensava: Amo esta porta porque é por ela que você vai entrar. E a porta abriu.

〜

Me levantei primeiro para me procurar no espelho, perceber o que tinha mudado em mim depois de você, os meus olhos faziam reflexo no vidro, tinha acabado de ser feliz e o corpo o sabia —

quando voltei a te ver, o traço esbatido do seu corpo sobre a cama, havia veias novas em mim, a vida vale pelos momentos em que as veias se fazem sentir, o resto são preliminares, quase acontecimentos, você me olhou a custo, sabia que era agora que o sono devia chegar, a manhã completa para descansarmos a dois, mas eu escrevia anúncios numa agência de publicidade e dizem que a vida se ganha assim, fazendo coisas pelas quais somos pagos mesmo quando isso implica abandonar uma cama com a mulher da nossa vida dentro, que estupidez,

e eu fui, quando a porta bateu algo se perdeu debaixo de mim, e era o chão, andei meses até voltar a saber dele,
 e de você.

Daqui a nada casamos, não haverá igreja mas haverá amor para sempre, o que eu não quero mesmo é que a morte nos separe —

Deus queira que não exista Deus.

Passei a manhã na agência escrevendo textos sobre detergentes, e você na minha cama, que ultraje inaceitável, te imaginei das mais diversas formas, em nenhuma delas eu deixava de estar com você, era um sinal, só podia ser, quando se ama tudo o que imaginamos são sinais, e é esse o sinal, só esse —

somos criaturas de uma racionalidade tendenciosa, nos servimos da razão para que a emoção aconteça,

e com toda a razão, se pensar não servir para amar mais longe mais vale ser burro e só sentir, valha-nos o cérebro que se rende e nunca o que se impõe, a infelicidade há de ser qualquer coisa parecida com um cérebro impositivo, e a felicidade também.

Escrevi para você enquanto escrevia sobre detergentes, você me disse que lia um livro meu e me apeteceu chorar, um escritor é alguém que escreve para ser lido por quem ama, pouco mais do que isso —

é você quem escreve os meus livros, ninguém sabe, como agora, com o meu braço direito escrevo estas palavras e com o esquerdo procuro os

seus ombros, o indicador a descer pelo princípio dos braços, é no final da unha que se fala de arte,
   de onde chegam as frases é de onde você chega,
   e para onde eu vou, mais ainda.

"Olha eu aqui", palavras simples e uma infância entre nós, "olha eu aqui", a minha cara encostada à sua, me cubro com o lençol e depois me mostro, passamos pelos dias à procura das férias —

   o amor tem sabor do começo das férias grandes, o calor aparecendo e possibilidades infinitas à frente, o dia acaba quando adormecemos,
   mas quando adormecemos adormecemos juntos, e então não acaba nada.

Às vezes há palavras que doem, coisas malditas que nos afastam da perfeição, sou casmurro e depois acontece o orgulho, nos gostamos com humanidade, que é como quem diz que falhamos que nem cães, eu mais, claro está, com essa minha mania de que se não é tudo não vale nada, a tentação constante de baixar os braços —

   se você me ensinou algo foi a ser homem, e ainda assim menino, olhar com meninice e maturidade, somos as crianças possíveis,
   que nunca uma gravata separe o que uma palermice uniu.

༄

Só os gemidos se ouvem no céu.
Ele não acreditava em Deus. Mas acreditava nela. Sabia que poderia encontrar no corpo a prece perfeita, no orgasmo o perdão absoluto. Pensava: Eu te chamaria de vida se acreditasse em eufemismos. *Ficavam os dois debaixo dos lençóis. As pernas tocadas como se escrevessem o para sempre. Ele dizia: Trocaria o que tenho para viver por um segundo da sua pele. Ela dizia: Estar com você é preferir viver à própria vida. E viviam.*

Na hora do almoço fui te buscar no quarto onde encontramos Deus, eu o vi limpidamente, posso assegurar, você já não estava lendo, a varanda aberta, talvez estivesse sol, nem sei bem, nunca sei bem o que está à sua volta, são prioridades, você me falou do que tinha lido, me confessou que chorou numa dada parte e eu decidi escrever para todo o sempre —

    te tocar é a ambição maior da minha vida, se tiver de escrever para isso o faço com todo o gosto, quem criou a linguagem era só alguém que amava demais,
    mas menos do que nós.

    Você morava a trezentos quilômetros de mim, um trem frio porque ia nos separar te esperava, a possibilidade de saudades insuportáveis aumentava a cada quilômetro em que ainda estávamos juntos,
    falamos de coisas que não interessavam nada só para colocar ruído impedindo o que doía, doía já tanto, certamente falamos até do tempo ou do futebol, sei lá, e no centro do silêncio corria a certeza de que não fazíamos a mínima ideia do que seria de nós a partir dali, não podíamos ser o que queríamos ser e eu ainda não o sabia —

    demorei muitos meses para descobrir que tudo o que não fosse você seria perda de tempo, acontece assim amiúde, é necessário perceber o que não é para identificar o que tem de ser,
    tínhamos de ser mas não ali, sei que você chorou quando a porta do carro bateu, as suas costas e eu te vendo caminhar, o seu corpo seguindo para longe de mim, você limpando as lágrimas quando entrou na estação, eu aqui fora tentando perceber o que fazer com a minha vida para te instalar nela,
    a fraqueza ia adiar o amor, mas não acabar com ele, amar também é derrotar a covardia.

Foi uma tarde estranha, tive você uma noite e um pedaço de dia e agora já não tinha, a agência era ridícula de desinteresse, pouco me importava a campanha de Natal ou o slogan para os novos cereais, procurava com os olhos o que eles não podiam me dar —

e então os fechava para voltar a ter você, a maneira como o seu corpo pousou debaixo do meu, os lençóis suados que demorei três dias para ganhar coragem e mandar lavar, quando descobri o seu corpo atravessei o que se atravessa quando se morre,
    mas voltei.

∽

É o amor o monólogo partilhado.
Depois do prazer dela era todo o mundo que fazia sentido. O orgasmo escorria como se percorre a vida. E havia o beijo final. O beijo depois do beijo. O beijo que nem sequer era um beijo. O beijo que nem sequer se beijava. O beijo que se vivia. Ele a olhava e via a eternidade. Sabia que tudo o que agora celebrava seria tudo o que depois choraria. Ela o olhava e via a verdade. Pensava: Você é o pecado que nem assim deixa de ser milagre. *E ajoelhava.*

∽

As nossas manhãs são um segredo inacessível —

nunca ninguém nos descobriu o começo porque quando começamos já estávamos no meio de nós.

O meu pai é um homem especial, todos os homens são especiais, os pais mais ainda, gosta de sentir com o coração todo mas tem de ser o dele, vê pelos seus olhos e às vezes vê mal —

o que vemos é impossível de decodificar, existem os olhos e o que eles nos trazem, mas nunca ninguém sabe o que acontece entre os olhos e o que nós vemos,

isso para te falar daquela vez em que ele te olhou, constatou obviamente que você era linda, "que menina mais bonita", e por fim acabou te perguntando se não tinha menos de dezoito anos, um misto de brincadeira e preocupação,

você tem uma criança no rosto, nos olhos grandes, os anjos não têm sexo, mas felizmente você tem,

não sei por que falei agora desse dia, avancei tantos meses nesta história, voltemos atrás e ao momento em que não havia em nós o meu pai nem ninguém, só eu e você, nem sequer nós, estávamos separados por centenas de quilômetros e por centenas de impossibilidades,

e nem assim você desistiu de nos saber possíveis,

obrigado.

Foi você que permaneceu, eu não que havia muito barulho à minha volta para me entreter, que idiota, você continuou disponível para chorar depois de mim, foi isso que te dei, pouco mais, a certeza de que havia lágrimas para chorar quando a separação tivesse de chegar de novo —

pode parecer incompreensível e até é, mas a vida vale muito pela qualidade das separações que nos dá, pela profundidade das saudades, por exemplo, quem nunca chorou que nem um maluco nunca amou que nem um maluco,

eu fui maluco o suficiente para não te fazer minha senhora ao primeiro minuto que te senti, andei pelas viagens, pelos empregos, pelas folhas, fazendo de conta que estava no bom caminho,

e estava, mas o que interessa é quase nunca o bom caminho, porque o bom caminho leva no máximo ao bom destino,

e de bons destinos está o inferno cheio, que pobreza é o bom depois da nossa noite, me tirem tudo o que tenho menos a recordação da primeira vez em que entrei em você, os seus lábios e a redescoberta de novas pulsações em mim,

    o limite do corpo tem pouco de corporal, fiquei sabendo, houvesse medições ao meu naquele momento e diriam que eu estava morto, ou vivo demais,

    ou apaixonado, o meu avô é que tinha razão, se eu fosse médico tinha te amado antes, tivesse você estudado.

    Agora que falo em avós me apetece falar da sua família, por aqueles dias ainda não a conhecia mas falo já deles, depois volto a falar, não me canso, da sua mãe que mede um metro e meio e é tão grande, do jeito como parece não ter medo de nada, e se calhar não tem mesmo, já teve um câncer e foi como uma constipação, se o médico deixasse no dia seguinte à cirurgia já estaria limpando a casa toda só para se entreter, um dia perseguiu um ladrão qualquer numa rua qualquer porque ele tinha roubado uma carteira qualquer de uma pessoa qualquer, e eu vi aí, já tinha visto antes, que ela não era uma pessoa qualquer, um sentido de justiça incontrolável, uma revolta impensada todos os dias, tanta coisa má no mundo e ela impotente, se um dia quiser mudar o mundo vou com ela até o fim do mundo —

    as pessoas que querem mudar o mundo nunca são as pessoas que podem mudar o mundo, é como se o mundo ou quem manda nisso tudo quisesse que o mundo não fosse mudado,

    e até quer, é evidente, há meio mundo querendo mudá-lo e outro meio querendo segurá-lo, a sua mãe é uma revolucionária irresistível, amo-a de uma maneira irreverente, à moda dela, queria lhe dar o mundo mas ela não deixa, não se lembra de um único dia em que não tenha trabalhado, e percebe-se por que, nunca se poderia lembrar de algo que não aconteceu, trabalha para ser feliz, que lição, coloquem mulheres dessas ensinando nas escolas e vejam até onde este país chega,

    e o mundo, eis a maneira mais óbvia de mudá-lo, a outra seria nos deixar, eu e você, passar o dia só descobrindo quantos orgasmos cabem no dia, eu sei que isso não mudaria o mundo, mas mudaria a nós, o que no fundo não deixa de ser a mesma coisa.

Do seu pai e do seu irmão e da sua irmã falo mais tarde, agora quero me lembrar da segunda vez que tirei a roupa do seu corpo, era tarde demais, quatro da manhã, ou mais, marcamos num lugar de que não me recordo, recordo-me só das suas calças jeans justas, a vontade insuportável de despi-las e de me calar com a sua pele, a noite não estava nada de especial e era a melhor noite de todo o sempre, chegamos mais longe do que nunca, uma espécie de orgasmo maior —

a dimensão dos orgasmos é um tema pouco explorado, fala-se em sexo e pouco em dimensão sexual, a dimensão que esse sexo ocupa nas nossas memórias, tivemos um orgasmo, e nisso falo por mim, que ficará comigo até que a respiração se vá, provavelmente até depois disso,
se houver vida depois da morte terá com certeza de incluir o prazer, ou então mais vale mesmo morrer.

⌣⌢

É o amor a gramática feliz.
Tocar é a linguagem infinita. Ela o tocava para se chegar até si. Sabia que não havia fronteiras entre a pele e a palavra. Pensava: Quando coço as suas costas sinto os seus dedos nas minhas. Ele andava com ela para poder voar. Inventara o verbo total, o verbo inteiro que sempre procurara. Chamava-o amer, de viver por dentro do amor. Ela sorria, passava-lhe a mão pela pele e sentia-se afagada. Pensava: Viver é o analfabetismo por criar. E escrevia.

⌣⌢

O amor se inspira no clandestino, estávamos escondidos do mundo e abertos para nós, te olhei nos olhos e encontrei os meses que passamos separados, a grande dor de não te ter, a casa era desconhecida, desabitada, você me disse, não quero saber como tinha a chave, ainda hoje não quero, o mistério é um amor por descobrir, e quando se descobre pode não ser amor nenhum —

aguentar nesta vida é preservar mistérios, segredos que nunca podem deixar de sê-lo, espaços por preencher, lacunas que passamos o tempo tentando ocupar, decodificar, tentar que não falte nada é a melhor receita para nunca faltar nada,
 desde que continue sempre a faltar qualquer coisa.

Em nós falta mais tempo, sempre mais tempo, uma casa e nós, e os gatos, agora é a vez deles, um é o Saramago, tem nome de gênio e é mesmo, só pode ser um gênio quem passa a vida amando e sendo amado, esparramado pelo sofá, pela cama, pelo chão, ao sol, à sombra, ser feliz também é ter uma predisposição incontrolável pela horizontal, grande parte do que nos faz gente se faz deitado —

a relação entre a posição do corpo e a posição da alma daria para muitas teses, os olhos quando fecham trazem algo de especial, o sono ou um prazer, nos dobramos para amar como nos dobramos para sofrer, tanta coisa para explorar, um dia me dedico a isso, agora não que tenho de parar com as teclas para te amar com os dedos,
 com licença.

O outro é o Chomsky, fina ironia, tem nome de esquerdista, quase revolucionário, e é a criatura mais conservadora que conheço, quer tudo sempre na mesma, sem mexer, algo novo o assusta tanto, uma garrafa que cai ao chão, o soprar do vento, treme todo e quer proteção, é um bebê irresistível —

todos os bebês são irresistíveis, o que só comprova a nossa esmagadora tendência para apreciar começos e nunca fins, os bebês fascinam como os velhos assustam, quase todos olham para um bebê com o olhar contrário ao que usam para olhar para um velho, há um amor diferente, um amor velho, um amor carcomido, um está começando e o outro acabando, há escalas de amor, hierarquias, amamos imensamente um velho mas o amamos em queda, à espera de um precipício,

um velho é amado como um morto por ser, uma véspera de um morto, queremos compensar todas as falhas, todas as insuficiências, corrigir a efemeridade com um beijo,

me ame também como um velho, eu não me importo, procuro a urgência mais do que a segurança, o quase final mais do que o feliz começo, me ame como um velho, me ame como se eu morresse, como se acabasse,

e nunca acabe.

〜

Ela disse: Os meus ombros são do tamanho do mundo.
Ele disse: Mundo algum tem o tamanho dos seus ombros.
Ela disse: Queria suportar todo o mundo, ter nos ombros a tarefa de ser tudo.
Ele disse: Parabéns. Conseguiu.
E houve, sobre os ombros dele e sobre os ombros dela, o beijo de todos os ombros.

〜

A beleza consome e dá de consumo, vem de um lado que ninguém conhece, constrói-se com os minutos, com o tempo de degustação, há pessoas que foram ficando bonitas pela repetição, vamos vendo-as e percebendo traços novos, traços diferentes, como se o rosto tivesse vários rostos em si, uma matrioska estética, temos vários rostos no nosso, ou vários olhares no que olhamos, a beleza é um processo de inteligência, uma construção cerebral —

o mais belo do nosso sofá é o canto direito, aquela parte mais longa, chamam-no um nome em francês, longue chaise ou chaise longue, pouco interessa, você zomba de mim quando não sei essas coisas e é por isso que o meu inconsciente faz essas coisas, falho para te fazer rir,

e acerto sempre.

Ficamos horas vendo o que há para ver na televisão, na verdade não estamos vendo nada, ponham lá passando aquele do César Monteiro, o da tela sempre negra, tirem o som e percebam que continuamos com o mesmo sorriso, a sua cabeça no meio do meu peito, a minha mão nele, já devo ter escrito sobre isso mil vezes, até neste livro, aqui fica mais uma, passo a mão pelo seu cabelo e estou feliz, você pousa a mão na barriga, nos ombros, onde te apetecer, e vai brincando com felicidade,
e somos felizes de verdade.

"Me abrace para me esquecer do que nos impede", eu abracei, dessa segunda vez não houve a noite toda, não acordamos juntos mas choramos juntos, cada um no seu território de ausência, gastamos o corpo durante duas ou três horas e as guardamos durante meses, nos alimentamos delas, grão a grão, a grande lembrança é a que se divide em partículas microscópicas, a que se confunde com a poeira fina dos dias ocos, há segundos que valem por vidas inteiras —

o abraço com que nos despedimos tem sabor de perda, é como se fosse um prenúncio de dor, e dói tanto, gostaria naquele dia de ter arriscado a vida toda por você, ter largado tudo, tantas limitações, tantos medos, mas fui covarde, me deixei ficar na mesma, vivendo uma vida sem você,
e por isso não vivendo vida nenhuma.

Ele se aproximou da mesa, provou um pouco do pão, bebeu um pouco do leite.
Ela estava lá. Sorriu-lhe.
Ele sorriu de volta. Depois voltou ao pão, voltou ao leite.
Ela voltou ao sorriso.
E assim ficaram, na palavra infinita de nem precisar de palavras.

Você se mexeu mais um pouco agora, não sei em que ponto a manhã está, cheia a qualquer coisa de eterno aqui, cheira sempre, procurou com a cabeça adormecida a minha mão e a pousou nela, desde que a depus no seu rosto que a senti em casa, há um rosto para cada mão, não tenho dúvidas, o seu se confunde com a minha, é uma condenação feliz —

o que distingue os felizes dos outros é a força da sua condenação, todos estamos condenados a morrer mas poucos a viver, há que saber articular o que tem de ser no interior do que temos, encontrar espaço, adaptar o que tem de ser ao que não podia ser, conseguir passar ileso é uma utopia, temos de saber que vai doer e ir mesmo assim, ir ainda mais, os momentos de felicidade são só aqueles em que acontece o que não podia acontecer,

mas tem de ser.

A vizinha de cima está cantando, a alegria dos outros me faz chorar, é bom chorar, saber da sorte de poder ouvir a vizinha cantando, o que lhe corre na cabeça é com certeza maravilhoso, isso me maravilha, as pessoas podiam ser tão maravilhosas e às vezes são tão más, o orgulho, a inveja, essas coisas que chegam até nós por contágio, as crianças não sabem o que é o mal mesmo que o pratiquem —

há de haver um ponto da nossa maturação em que o mal entra de forma consciente no nosso organismo, como um veneno exaltado, nunca fui mau propositadamente, só quando você me pede ao ouvido,

mas isso não tem mal nenhum, não é?

Você me conheceu pelo jornal, ainda dizem que a imprensa está morta, coitados, ignoram que um dos grandes papéis de um jornal é o de fazer amores, juntar pessoas por uma notícia, fazer conhecer outras noutra,

havia uma foto minha vestido como gente grande e a informação de que ia fazer o que nunca ninguém antes fez, aquilo te interessou, foi à minha procura e em pouco tempo estava ligada a mim, um simples clique e a vida parecia diferente, ia sabendo o que eu fazia e eu não sabia, não sabia que você existia, você estava em vantagem, está sempre, é incapaz de não sentir mais do que os outros, sente a lágrima antes de a lágrima chegar, você podia não ser assim, doeria menos mas também seria menos, nem você seria —

e eu gosto é de você, da sua boca aberta quando dorme, do seu cabelo cobrindo parte do rosto, ou o rosto todo, de como cerca e povoa a minha maturidade, eu gosto é de você, do que faz em mim mais do que tudo, passei de absoluto idiota a absoluto idiota amado por você,
e isso muda tudo.

Estivemos mais uns meses sem a pele depois dessa segunda vez, eu estava de mudança, pensei que tudo se encaminhava para me sentir saciado, ia escrever e ser feliz assim, escrevendo e pensando que escrever poderia me impedir de te querer mais, não podia te querer e não deixava de te querer, você falava comigo como podia, brincávamos com as palavras como se fossem os corpos, imaginávamos, pelo menos eu imaginava, momentos em que a impossibilidade deixaria de nos açoitar —

as possibilidades magoam, o que podia ser, o mundo caminha por entre a hipótese e não deixa de ser a hipótese o que muitas vezes impede o mundo de caminhar,
havia a hipótese de te amar e eu, estúpido que era, ainda sou mas agora tenho você e até isso é legal, não a procurava com a mão aberta, fechava-me numa subexistência, numa pré-vida, insistia em encher a vida com coisas,
a indiferença é o sinal supremo, quando te dão o sonho e você não consegue sonhar, eu tinha tudo para sonhar e não sonhava, restava uma indiferença inquieta quando não se tratava de você, e eu ia percebendo que não poderia sonhar se você não sonhasse comigo,
eu só tinha era de acordar.

É importante sonhar cansado, desgastar as oportunidades, dar-lhes dia a dia, rotina, consistência, uma lua que se possa tocar, é isso, é importante sonhar cansado, sonhar é amar por dentro —

você é a minha morte ideal, assim reza o meu amor à vida.

Todos os dias prometiam que seria o último dia. Percorriam o corpo em busca do sabor final, do sabor que permanecesse por dentro da boca. Recusavam perder tempo com talvez, com mas, com por quê. Só o prazer era urgente. Só viver era urgente. Todos os dias prometiam que seria o último dia. E era só assim que todos os dias se viviam como se fosse o primeiro dia.

Começamos por celebrar a insignificância, foi isso, a pequenez das nossas horas, em centenas de horas possíveis tivemos umas dez ou onze, no máximo, e gerimos a felicidade como uma ração de combate —

a quantidade está valorizada em demasia, tal como a qualidade aliás, o importante é a honestidade, estarmos mesmo no que estamos fazendo, nós estávamos, não havia nada que preferíssemos fazer, nada que preferíssemos sentir, estávamos naqueles minutos como se não houvesse vida depois de nós,

não havia, na verdade, eu não o sabia mas você já, pelo menos me disse que já, me disse que houve outros homens que tentaram, um café e um sorriso, e você em mim, a vida pequena quando não existe o nosso abraço,

eu continuava a viver umas porcarias quaisquer, inventava novas pessoas que pudessem ocupar um lugar só seu, e no final do dia me deitava para te procurar,

e te encontrava sempre, ainda encontro, que maravilha.
"Me ame para sempre mesmo que só por uns minutos", foi assim, a casa era especial, subimos umas escadas e estávamos no fundo do amor, dessa vez era de dia, a nossa terceira vez, e aconteceu poesia —

nos amamos sempre como adolescentes, às pressas, e finalmente como gente grande, sentindo a possibilidade de um abraço, a sua cabeça pousada no meu peito, uma contagem decrescente dolorosa por dentro de nós,

se não houver uma contagem dolorosa por dentro de nós nada disso vale nada,

e vale, claro que vale,

vale tudo, até mais prazer, mais orgasmo, querer que o corpo seja capaz de responder ao tanto que te precisava,

é tão insuficiente e é tudo o que temos.

⁓

Ela disse: Às vezes acredito na eternidade. Eu e você como aquilo que nunca acaba.
Ele disse: Me deito todos os dias com essa fé na cabeça. Mas depois adormeço.
Ela disse: Não consigo nos situar no tempo. Não sei quando começamos. Nem sei mesmo se alguma vez começamos. Quando começamos já estávamos no meio. Como se nunca tivesse havido um começo. E é isso que me faz acreditar que talvez não tenhamos fim.
Ele disse: Faz sentido.
E a música ecoou.

⁓

O meu avô me dizia que são as mãos que comandam tudo, apertava-as muito, ficava com dois punhos gigantes, assustadores, apertava o rosto, os maxilares como rochas, me olhava nos olhos, olhos tão fortes, um azul incendiado, e me exigia que fizesse das mãos a minha arma de luta contra os filhos da puta, ele fez, trabalhava nos caminhos de ferro e ninguém descansava enquanto ele lá estava, em pouco tempo se fez chefe e não poderia ser outra coisa —

as pessoas têm um chefe que por vezes não se deixam ser, é muito mais confortável ser chefiado, ter a responsabilidade única de fazer exatamente o que nos é pedido, nada inventar, nada desafiar, continuar na mesma com a certeza de que tudo continuará na mesma, executar o mesmo para obter o mesmo, tão seguro e tão entediante, quando formos isso nos mata,

senão nos mato eu.

Se eu fosse como o meu avô você já seria minha há muito, desde essa primeira vez, nem da noite toda eu precisava para saber que sim, que era tempo de fechar as mãos, abrir os olhos azuis e fazer de mim uma arma de luta contra os filhos da puta, bastava sentir que nenhuma parte do meu corpo ficou isenta de você, que não passo incólume por nenhuma imagem sua, o que é seu é apostólico em mim, uma demanda, e à volta de nós só a solidão —

desculpe, avô, queria ter sido como você, quando quis a avó você foi à luta, ela era a menina mais bonita da cidade, da aldeia também, boas famílias, tinha dezenas de empregados e nada lhe faltava, e você a amou desde o primeiro dia, nunca o disse porque você era duro, um homem daqueles que não choram, eu chorei tanto quando você se foi, pesava muito o seu caixão, os corpos mortos querem ficar por aqui, não querem o debaixo da terra e por isso pesam muito, todas as almas se colocam como cimento no meio dos corpos que querem mandar para debaixo da terra, você queria ficar, não queria desistir, nem sei como a cabra da morte conseguiu te vencer, cá para mim não venceu nada, foi você que resolveu ir, porque juntou as mãos e a olhou nos olhos, esses azuis fortes, e lhe disse que ia para onde queria,

e naquele momento você queria desistir, quando se desiste de livre vontade não há desistência nenhuma, mas o que eu queria te dizer era que não fui como você, amei uma mulher e me deixei tombar pelo que não podia ser, havia dificuldades e eu fui pelo fácil, fui humano, todos temos o direito de ser humanos, até você, que morreu como todos os humanos morrem, não fechei as mãos, não olhei nos olhos, não, virei as costas e tentei tapar o que me doía,
se fosse você tinha ficado com ela ali, logo ali, já nem a levava ao trem, raios me partam, diria, e iria apertá-la bem no meio desses seus braços fortes, iria ter com quem tivesse de ser e diria o que tivesse de dizer, depois ia à casa dela, tratava de fazer com ela a mala rápido, depois voltaria, falaria com os pais dela e com toda a sinceridade, você era a pessoa mais honesta do mundo, se trouxesse um lápis da estação por engano no dia seguinte levava dois para compensar a sua inadmissível falha, você diria aos pais dela que a amava e que ela te amava e que iriam se apertar nos braços enquanto vivessem, não era poeta mas dizia coisas assim,
você era mais poeta do que eu, que só escrevo e não amo, não amei por mais do que palavras, escrevi-lhe poemas e demorei demais a fazê-la musa,

ela me perdoou e eu fico feliz porque me deixa amá-la, e me ama, você também me perdoa, avô?

Eu já te amava tanto que tinha medo de você, Bárbara, temia que pudesse doer demais quando não fosse perfeito —

e dói, tem de doer, há lâminas com profundidades diferentes, com ângulos de corte diferentes, em mim quando não somos perfeitos, quando eu sou casmurro e insisto, quando você é sensível e procura escavar o que fere,
com você não podia estar meio Eu, nem um quarto de Eu, com você estava todo e sabia que tinha de estar todo,
nos adiei para poder respirar, mas já não respirava se não fosse seu, e ainda bem.

Ele queria sofrer. Doía-lhe o que não conseguia dominar. Pediu ombros, precisava de ombros.

Ela recusou. Levantou-se, apertou-o com força contra o peito. Beijou-o como se a língua lhe lambesse as lágrimas por dentro da boca.

Disse-lhe: Aí você não me encontra. Fuja.

Ele continuou no mesmo lugar.

E fugiu.

~

Amar é também a capacidade de chorarmos juntos, uma vez morreu um mendigo, o Joaquim, e passamos a noite toda pensando nele, você no meu colo, eu no seu, não importa a impossibilidade de isso realmente acontecer, um corpo no colo do outro enquanto o outro está no colo deste que dá colo, mas conosco isso aconteceu, conosco isso acontece sempre,

agora me apetece mandar às favas a gramática e dizer que com nós é mais correto do que conosco, conosco tira amor do que fazemos, conosco é um eufemismo que não podemos suportar, com nós é mais incorreto e ainda mais verdadeiro, é com nós e não conosco que vivemos,

o Joaquim era um sem-teto que andava espalhando o amor, e as pessoas o amavam, havia sempre quem quisesse salvá-lo daquela vida, sei lá eu quantas vezes lhe disse que lhe daria um emprego, uma casa, para ele começar, e ele sorria, dizia obrigado, doutor, para ele quem o amasse era doutor,

devia ser sempre assim, seria mais simples, quem nos amasse seria doutor, aqui fica a minha sugestão para melhorar o ensino neste país, e no mundo, a bem dizer,

disse-lhe que queria salvá-lo daquela vida e ele dizia o doutor desculpe mas qual vida, a pergunta que me doía inteiro, me valia o seu colo e você no meu colo, qual vida, me perguntou, e na verdade não havia uma vida naquele homem, havia uma continuação, só isso, espalho o amor porque já não tenho a quem dá-lo, explicava, espalho o amor porque a minha mulher já foi e levou a minha vida com ela, fiquei eu e esse amor, eu e essa coisa, e apontava para o corpo, não quero me matar porque seria admitir que ainda estou vivo, entende, doutor —

ligar a morte a um corpo é tão redutor, meu Deus, e nesse dia e nessa noite choramos por causa do Joaquim, claro, mas sobretudo por nós, por percebermos que havia um Joaquim em cada um de nós, bastaria um dos nossos corpos ceder para o outro morrer também, por mais que o corpo resistisse,

a partir daí te chamava, quando me doía de tão longe que você me chegava, de tão dentro que você mexia, Joaquim, você foi a minha Joaquim, a minha inteiramente Joaquim,

a vida é o que acontece quando há quem seja capaz de não nos obrigar a espalhar o amor, o que sobra disso é outra coisa qualquer, sobrará de você em mim alguma coisa, mas nunca eu, uma espécie de eu, uma coisa de eu, uma imitação de eu, se você partir antes de mim nunca partirá antes de mim, porque irei também, garanto,

e agora que penso nisso tudo me deixe aqui te abraçar mais fundo, me deixe ter a certeza de que sou seu refém orgulhoso,

e ainda bem.

Depois da terceira vez que estivemos juntos aconteceu qualquer coisa que quis nos separar, pessoas pelo meio, felicidades que eu quis construir sobre a sua ausência, um problema grave que afinal não era nada grave mas que serviu para nos obrigar a falar outra vez —

nenhum problema é inútil, a existência de conflito é a razão para o sucesso de qualquer trama, e viver só interessa com uma boa trama, como um bom filme, por exemplo um filme em que há amor e junção mas também antiamores e separações, aquilo é o que prende o espectador como aquilo é o que nos prende ao outro, fomos conflito, e por isso nunca nos afastamos em definitivo, se nada houver para juntar quem se ama, que haja então um conflito, e que até isso sirva para amar, você pensava que tinha uma notícia assustadora para me dar, eu a recebi e fugi, medroso que sou, e depois não era nada e nós tínhamos falado, pouco e mal, mas tínhamos falado, mais uma marca tinha ficado, não seria ainda a que interessava, só mais uma, aos poucos você ia sabendo mais de mim,

te contei do que sentia, te tratei como a amiga que você nunca deixou de ser, é a melhor amiga que alguém pode ter, sortudo que sou, e medroso, não sei se já tinha dito isso mas fica dito, eu contava que você era a melhor amiga que alguém poderia ter, e eu tinha você,

agora tenho você também como amante, quase mulher, nenhum homem pode ser mais feliz do que eu,

te contei do que me custava viver, do que me andava à flor da pele, dúvidas, desejos, objetivos, do lado de lá você lia e ouvia e chorava, eu não imaginava mas você chorava, queria ser você onde estavam aquelas pessoas de que te falava, queria que eu sofresse por você e não por elas, e mesmo assim me dizia para insistir, para procurar mais uma vez construir com quem não era você,

puta que pariu ser tão boa pessoa, puta que pariu não ter dado um murro na mesa, puta que pariu não ter me aberto os olhos, logo aí, tivesse você me dito que eu estava sendo um burro de marca maior e eu talvez percebesse que sim, tivesse me dito sou a mulher da sua vida e ai de você se não o entende imediatamente e me abraça e me leva para casa e me faz a filha da puta mais abençoada do mundo,

você não fez nada disso, não disse nada disso, foi boa pessoa demais, me levou a acreditar que pouco te importava quem eu era, só queria que eu estivesse bem,

e ainda quer, ainda é só isso que você quer, que eu esteja bem, tem em você um egoísmo estranho, pertenço a você haja o que houver, você me pertence haja o que houver, é claro que dá mais jeito que eu seja seu também com o corpo, mas sei que se você soubesse que eu era infeliz contigo me deixaria na hora, mesmo que acabasse aí a sua vida, mesmo que fosse Joaquim até que o corpo fosse Joaquim também, abdicaria de me fazer sofrer e seguiria sofrendo até o final dos passos, puta que pariu ser tão humana, tão longe das etiquetas, tão fora do que os outros são, quando te disse que estava farto de outra você me perguntou se eu a queria e eu disse que sim,

e você chorou tanto que agora que sei que chorou ouço a queda das suas lágrimas nas teclas,

puta que pariu ter percebido só depois do erro que tinha errado, e obrigado por me deixar corrigi-lo, quando a dívida estiver saldada me avise, para eu poder saldá-la outra vez,

por favor.

∼

Ela chegou, pousou a mala.
Ele, no sofá, olhou-a.
Sorriram.
Ela se aproximou dele. Passou-lhe a mão pelo rosto.
Sorriram.
Ele abriu os braços, aconchegou-a como se aconchega a vida.
E viveram.

∼

O meu outro avô era mais alto do que eu, um metro e noventa ou mais, há cinquenta anos um homem com um metro e noventa era um extraterrestre, e a minha avó se apaixonou por ele, já ficou sabendo por que te quero assim, como é óbvio, me apaixona obviamente o que não é óbvio, o mais ou menos inexplicável que faço questão de transformar em irremediavelmente inexplicável,

a curva imperfeita do seu sorriso, o ligeiro declive do seu peito, a sombra que o meu beijo faz sobre a sua boca,

o meu avô queria a minha avó como um louco, quando se quer tem de ser como um louco, não conheço nenhum querer que valha uma migalha que não seja louco, os loucos querem muito e é por isso que querer muito é querer como um louco,

e então o meu avô queria a minha avó de tal maneira que a raptou como os loucos raptam, nem a conhecia e já a tinha nos braços, havia que não perder tempo, é claro que a minha avó gritou muito no princípio, e não foi fácil esse período inicial de rapto, foram na verdade dois ou três segundos bem difíceis,

depois ela olhou para ele, ele continuou chorando enquanto a olhava, não disseram nada porque estavam tão atentos ouvindo o que os olhos do outro lhes diziam que não podiam se distrair com coisas tão incompreensíveis como as palavras, só quando ela o agarrou pelo pescoço e o trouxe até as proximidades da boca é que algum ruído se ouviu, ela disse isso não se faz mas te quero, ele disse isso não se faz mas te amo, e ao fim de dois anos tinham quatro filhas,

a minha mãe foi a primeira e deve ser por isso que foi a primeira a me ensinar o que era o amor à primeira vista, quando a vi não resisti e chorei, se não é por isso, por um incontrolável amor, que os bebês choram então não sei nada de nada —

a minha família, como você já viu, não tem nada de especial, pessoas que se amam como loucas, e é tudo, como a vida, como você já viu, não tem nada de especial, pessoas que se amam como loucas, e é tudo,

e é mesmo tudo.

É o amor a distração de Deus.
Não se sabe um abraço como se sabe um verso. Ela sabia que ele era o homem mais imperfeito do mundo. Sabia ainda que seria incapaz de partilhar, todos os dias, a vida com ele, com aquele ele que nada sabia para além de um sorriso, que nada procurava para além de um toque, que nada ambicionava para além de respirar. Pensava: Você é a escolha impossível. E o escolhia.

Chegou enfim o nosso encontro na praia, foi por aí que comecei este texto, se não lembra vá lá ler num instante, eu não me chateio, nos encontramos na praia, depois você perdeu os óculos, uns dias depois adormeci no seu colo no cinema num filme que todos dizem que é dos melhores de sempre e que eu não vi mas que tenho certeza de que é o melhor de sempre, e aos poucos éramos amigos, queríamos acreditar que éramos amigos, dizíamos aos que falavam conosco, com nós, que era isso, a Bárbara é minha amiga, o Pedro é meu amigo, e íamos tentando acreditar que as palavras que dizíamos faziam aquilo que éramos, não faziam, nunca são as palavras que fazem as pessoas que as dizem, os cinemas foram se repetindo, não faço uma puta ideia do que vimos nesses dias, só procurava as melhores desculpas para te tocar, a mão de leve, o braço de leve —

passava grande parte dos filmes que víamos juntos pensando na melhor maneira de o beijo de despedida daí a uma ou duas horas demorar mais, nem que fosse mais um segundinho, uma vez me demorei mais para te dizer uma piada ao ouvido, e ali fiquei, aqueles segundos enquanto dizia uma piada que não tinha graça nenhuma, sentindo a sua pele contra a minha, outra vez engendrei uma estratégia que fez com que ao te dar o beijo de despedida eu risse ligeiramente, e enquanto ria os meus lábios continuavam no seu rosto, bem colados, tudo servia para te estender mais tempo pela minha presença, comecei cada dia a sair mais tarde de nós, antes das quatro da manhã não te deixava ficar,

doía tanto o momento da despedida no carro também, que asfixia absurda a de te ver ao volante de outro carro, escolher outro caminho que não o meu, eu indo para um lado, você para o outro, que sentido poderia aquilo fazer afinal, queríamos os dois o mesmo destino mas nos faltava a coragem para abrir o mapa, ou pelo contrário para rasgá-lo, para fazê-lo em pedaços e ir pela vista, pelo toque, entre nós terá havido, nesses dias, contenção a mais, recato a mais, respeito a mais, fomos certinhos demais, raios nos partam,

mas felizmente durou pouco, e compensamos mais tarde, ainda estamos compensando, quer acordar para continuarmos a fazê-lo, por favor?

Você acordou para fazer amor, e quando isso acontece os gestos que fazemos são de outra terra qualquer, ficamos com marcas um do outro durante horas, é uma selva e uma paz, somos portadores de uma juventude insana, e temos razão para isso —

o sexo é uma consequência de Deus, mais do que todo o resto o sexo é uma consequência de Deus, o nosso é, disso não temos dúvidas, é breve e mete medo, nos acorda da idade, nos prolonga a vida, pode ferir mas é apenas porque retira as máscaras sem misericórdia,

o lume respira por dentro de nós, quando você deita em cima de mim, ou senta, fecho os olhos para saber que é real, para que aquilo que sinto se possa ver,

fechamos os olhos para vermos o que sentimos, para que aquilo que nos consome tenha uma imagem, gostamos de ver com a emoção,

há outra maneira de ver?

Se eu tivesse te conhecido mais cedo seria hoje o melhor jogador de futebol do mundo, por nenhum motivo extraordinário, muito menos por ser um jogador extraordinário, mas só porque teria a melhor torcedora do mundo,

fui jogador de futebol e só lamento já não o ser porque nunca pude assim te dedicar um gol, aquele decisivo, no último minuto da prorrogação, seria eu a marcá-lo só para poder te oferecer algo que se comparasse em valor ao que todos os dias você me oferece,

a vontade de viver, desde logo, me parece que um gol no último minuto da prorrogação pode se aproximar disso, mas chega do que podia ser, não sou o melhor jogador do mundo mas sou o melhor escritor do mundo, não escrevo nada de especial, umas baboseiras quaisquer quando bem me apetece, como esta, claro está, mas não é aquilo que escreve que faz de um escritor o melhor do mundo, é quem o lê, e você me lê, está aí agora, os senhores do Nobel que vão se encher de moscas mas é a mim que você lê e é a mim que o prêmio tem de ser dado, o melhor escritor é sempre aquele que tem o melhor leitor, e você me lê, não entendo a demora, avisem-me por telefone da hora em que vêm aqui me trazer o troféu e o cheque, sobretudo o cheque, quero dar à minha mulher o que ela merece, pode não ser necessário dinheiro, quase sempre não é, mas é melhor prevenir —

quando acabo de escrever gosto de olhar para os seus olhos me lendo, se abrem muito ou pouco, se sorriem um pouco e levam a boca também, te entrego o texto e fico lendo você me ler, uma felicidade obscena me acontece quando acontece de você rir,

escrever devia servir para ler as pessoas, nunca as letras, o escritor deveria ser obrigado a entregar, em mãos, aquilo que escreve, e depois ficaria ali lendo as pessoas que o liam, anotaria cada reação, nada de palavras, só leituras, em seguida esse leitor iria escrever umas linhas sobre o livro no próprio livro, e iria entregá-lo a outro leitor já com a sua leitura, o escritor regressaria à sua casa, à sua solidão, feliz e pronto para escrever outra vez, pronto para colocar outro texto rodando pelo mundo, o livro deveria ser um objeto de mão, jamais de prateleira,

como você, me perdoe a comparação, é um objeto de mão, que coisa feia te chamar de objeto, dirão os outros, coitados, não sabem que você ri quando te digo que é um objeto, o meu objeto, ri e diz que sim, que é, mas que eu sou o seu mais ainda, e sou, ainda bem que sou, somos todos objetos de todos e não há nada mais feliz do que a vida de alguns objetos, há que respeitar os objetos, é incrível como nunca ninguém o viu,

vamos ver outra vez, vamos?

⁓

Ele disse: Tenho medo da utopia.
Ela disse: A utopia é a felicidade possível.
Ele disse: Tenho medo do nunca mais.
Ela disse: Só o que se teme de morte é eterno.
E, na vida de por entre os ombros, nada morreu.

Em 19 de maio o mundo mudou, não aconteceu um terremoto, nem um atentado, nem sequer uma pequena manifestação, nada, zero, nicles, nada disso, em 19 de maio o mundo mudou porque o que já tinha acontecido há muito aconteceu pela primeira vez, tinha encontrado algures a coragem para acabar com o que nos impedia e te amei livremente, antes já te amara livremente mas às escondidas, às escondidas de você, sobretudo, que pensava que eu te olhava e eu já estava te amando enquanto te olhava, nesse dia houve o beijo mais simples de sempre, um lábio no outro dentro de um carro em movimento, e tudo parou —

numa das ocasiões em que fomos ao cinema quase houve um acidente, já tinha havido muitos acidentes entre nós, as minhas mãos acidentalmente já tinham colidido com as suas, sempre involuntariamente, claro, sem dúvida,

nessa ocasião quase aconteceu uma desgraça, um carro veio da esquerda e nós da direita, um cruzamento estranho que você já conhecia muito bem mas não conhecia comigo ao lado, você pisou com força e os freios chiaram,

eu ia de câmera de filmar na mão uns segundos antes, fazia palhaçadas para te fazer rir, te guardava numa memória eletrônica dirigindo,

você é tão bonita dirigindo, é tão bonita fazendo tudo, verdade seja dita, quase tudo, corrijo, há momentos que não partilhamos mas não vou partilhar aqui isso, pode parecer que não mas ainda tenho algum pudor,

você freou tudo o que podia, o outro carro também, não aconteceu nada mas aconteceu nós, uma aproximação muito grande entre nós, o medo aproxima, o medo pode aproximar, quando se ama até o medo pode aproximar, ali aconteceu isso, você estava tremendo quando chegamos ao estacionamento, até chorou um pouco, pensou que íamos morrer e seria uma felicidade triste morrer ao seu lado, não morremos e ainda aqui estamos, você chorava e tremia, fumou às escondidas um cigarro no estacionamento, que se danem as regras quando você treme, que se danem as leis quando você chora, nenhum juiz hesitaria em matar ou em roubar se disso dependesse a vida de quem ama, é nesse juiz que eu confio, no humano, se não for humano que inventem juízes eletrônicos, robôs, inserem-se os argumentos, inserem-se os acontecimentos, inserem-se as leis, e ele que decida,

você fumava às escondidas no estacionamento e eu peguei na sua mão, primeiro de leve, com medo, lá está, sempre o medo, peguei na sua mão e fui te acariciando o cabelo, a cabeça, estiquei então mais o corpo e encostei a sua cabeça no meu ombro, você pousou, tinha medo e tinha amor, não nessa exata ordem, tinha amor e tinha medo, pousou a cabeça, respirou mais fundo, e quando saímos do carro para ir ao cinema já estávamos mais juntos do que nunca,

as pessoas se aproximam pelo que dói, não pelo que se festeja, a espessura de uma união é a dificuldade, o peso da impossibilidade entrando vagaroso no dia, nunca somos só felizes,

e é só assim que a felicidade existe.

⌒

Ele se deitou e pensou naquilo que gostaria que aquela cama fosse. Viu-se por dentro do abraço dela. Pensou: Queria que toda a verdade fosse o por dentro de um abraço. *Embrulhou-se nos lençóis molhados e viu nas lágrimas o suor, na dor o deleite, na saudade a sobrevivência. Pensou:* Queria que todo o meu corpo se fizesse de suspiros. *E suspirou.*

⌒

"Quer passar pelos dias agarrada a mim", você quis, era o dia da implantação da anarquia em nós, o dia da celebração do fim da liberdade, o 25 de Abril ao contrário, nunca mais seríamos livres e ai de mim se preferisse a liberdade ao que você é em mim, estar longe de você é uma forma de masoquismo, a maior delas, até, éramos enfim namorados a sério, daqueles que toda a gente sabe que vão se beijar e se abraçar e outras coisas mais que não vou enumerar agora para não me apetecer outra vez te acordar para adormecermos juntos e cansados como deve ser,

há uma ligação inapagável entre amar bem e cansar bem, nunca se ama bem quando os corpos ainda não estão cansados, porque depois de o corpo descansar se levanta a outra parte do que liga as pessoas, o que resta do corpo dá um prazer desgraçado, sentir os minutos passando com o prazer lá atrás, ficar ouvindo o que a tentação não deixou ouvir antes —

ficamos o 19 de maio fechados num escritório vendo um filme que eu já tinha visto e que vi pela primeira vez, juntamos duas cadeiras desconfortáveis e fizemos uma cama, te apertei desassossegadamente em paz no meio dos braços, a sua respiração e a minha se ouviam por todo lado, nunca estivemos mais vivos que naquele momento, exceto agora, agora mesmo, neste dia em que vamos juntar papéis, vamos escrever como as pessoas normais escrevem aquilo que se gostam, um pouco de normalidade nunca fez mal a ninguém, convenhamos,

você já acordou e já adormeceu e eu ainda aqui continuo, escrevendo ao seu lado, como sempre, nesta cama que não sabia que tinha sido comprada para ser feliz para sempre, até as camas são humanas, algumas veem solidão, outras sofrimento, lágrimas por todo lado, a nossa vê amor, nos deitamos quase sempre para nos amarmos, e quando não nos deitamos para nos amarmos acabamos por nos amar mesmo assim, basta um toque de um e a cama já sabe o que vai acontecer, nós também, oh se sabemos,

o escritório foi nesse dia a nossa cama, éramos namorados e éramos felizes, que encantador pleonasmo, a linguagem errada, já te disse, pode estar tão certa por vezes,

como pode haver quem suporte que não o seja sempre?

Estar vivo é apreciar a corda bamba, ou então não é nada, equilibrar os momentos em que temos de segurar com os momentos em que temos de deixar ir, nós queríamos segurar cada segundo e deixar ir custava mais do que esfiapar o corpo, queríamos nos segurar um ao outro como se segurássemos a possibilidade de viver,

e segurávamos, é evidente que segurávamos, eu chegava ao bar junto à praia como se fosse um maluco, nunca andei tão depressa na autoestrada, que me perdoem aqueles que assustei com a minha loucura, dizia-lhes baixinho que tinha a vida à espera e que isso valia arriscar a vida,

se ter a vida à espera não vale arriscar a vida, o que é que pode valer?

Chegava que nem um maluco ao bar junto à praia, te esperava numa mesa qualquer desde que desse para você estar junto a mim, fazia de conta que não estava desesperado que você chegasse, simulava que pensava em coisas sérias, como a crise ou o déficit, sei lá, coisas assim, lia um jornal com ar compenetrado, coçava o queixo como os intelectuais coçam, olhava o horizonte como os gênios olham para que chegue a inspiração, mas na realidade só estava ouvindo o maluco do meu coração bater, mais maluco do que eu ao volante para poder te ver, você demorava poucos minutos e eu sofria horas ou dias até você aparecer, uns dias preferia ficar de costas para a porta da entrada para ficar ali, angustiado e feliz, à espera de que viesse o seu toque no meu ombro, as suas palavras, olá, e eu me virava, te tocava de volta, sentia que você ainda era minha, e sorria, não passava a ficar menos angustiado mas tinha uma angústia diferente, uma angústia boa, aquela que tenho quando você está e eu mesmo assim tenho saudades de ti, sei que você sabe do que falo,

noutras vezes ficava de frente para a porta, estava tão ansioso que não aguentava esperar a sua pele e tinha de te ter o mais rapidamente possível pelos olhos, te seguia desde que você estacionava o carro, o seu cuidado em tudo, em cada passo, o seu passo seguro e apaixonado, até pela maneira como alguém caminha se pode sentir se ama ou não —

o amor está em tudo, por que haveria de não estar na forma como caminhamos?

Te curto um bocado, tipo perdidamente, tá vendo? — somos tão palermas quando estamos juntos, e estamos sempre juntos, pode haver quem passe mais tempo do que nós na palhaçada mas eu não conheço, é difícil que haja, dizemos piadas que não têm graça nenhuma e rimos como dois idiotas,

os idiotas estão pouco valorizados e são decisivos, nós somos, isso é incontestável, ficamos horas no sofá e na cama dizendo palermices e somos felizes, a inconsequência é uma das partes mais importantes do mundo, e das pessoas, mais das pessoas até, tenho pena de quem nunca foi inconsequente, de quem nunca fez nada só porque sim —

tenho pena mais ainda de quem nunca chorou profundamente, o que anda fazendo por aqui afinal?

O dia ficava pequeno para a necessidade, amar é o dia ficar pequeno para a necessidade, estávamos o dia todo juntos, ou quase, muitas horas, as que pensávamos possíveis, todas elas, mas havia que pernoitar, havia que envelhecer juntos, é isso, amar é a melhor maneira de envelhecer, e nós estamos envelhecendo bem, sabemos a importância de cada dia,

"eu nunca vou ficar velha e gorda, não é?" — você nunca envelhece, que blasfêmia, vai ser sempre a minha senhora rainha, a menina que me ensina a juventude, os trinta foram os novos vinte, os quarenta os novos trinta, e quando for preciso a velhice será a nova juventude, as rugas a nova sensualidade, a gravidade das pessoas não está no corpo, só no que veem nele,

tínhamos necessidade sobrando para tão pouco dia, a procura excedia a oferta, sabíamos as regras básicas do mercado e tratamos de investir em inventário, se não havia dia que chegasse em estoque tínhamos de adquirir mais, pensamos em várias opções e a mais interessante, de um ponto de vista comercial, claro, era a de você, imediatamente, antes que fosse tarde demais, vir morar comigo,

que loucura, poucos dias e você ao meu lado pela noite afora, todas as noites afora, acabei de me arrepiar só de lembrar como me arrepiei quando pela primeira vez pensei nisso, havia os seus pais, ainda nem me conheciam e já iam saber que a menina deles ia morar comigo, você me descansou, me disse que não havia problema, que eles iam ficar tristes porque queriam você com eles e te protegiam mais que a si mesmos, mas iam entender, era o que você queria e o que eles queriam era que você fosse feliz,

e você é, não é?

Não sei qual foi a cara do seu pai quando você lhe disse mas adivinho, quase que adivinho que os olhos se encheram quase logo de uma espécie de capa de lágrima, uma lágrima envergonhada que se espalha pelos olhos todos para passar despercebida, depois com certeza teve vontade de te abraçar com força, a força toda que tivesse para apertar, demorou muitos minutos para dizer alguma coisa, estava mudando o interior da sua vida e só podia permitir que alguém entrasse quando estivesse tudo arrumado, depois terá esboçado algumas palavras, meras tentativas de qualquer coisa com sentido, terá aceitado como um condenado aceita a forca, se tem de ser que seja,

aos poucos foi ficando mais descansado, aposto que sim, foi percebendo que eu te queria pelo seu corpo, seria impossível não te querer pelo seu corpo, mas sobretudo por você toda, aos poucos terá entendido que eu seria a vida da filha dele, que seríamos dois como dois teríamos de ser, fomos falando de tudo um pouco sempre que estávamos juntos, fomos estando mais vezes juntos, almoçávamos na mesa grande, a família toda e as conversas que o libertavam de um aperto de que nunca se libertará —

amar é um aperto de que nunca nos libertamos, graças a Deus.

⁓

Nenhum homem é tão mortal que não possa viver para sempre.
Todos os corpos são feitos de tempo. Um dia, perceberam que nada era tão grande que apagasse as rugas, que nada era tão forte que apagasse os anos. Um dia perceberam que até o amor envelhece. Estavam, nesse dia, absolutamente nus

diante da verdade. Ela viu que ele estava velho, ele viu que ela estava velha. Pensaram, por momentos, que eram os olhos que estavam equivocados, que tudo o que havia era o mesmo corpo de sempre, a mesma pele de sempre. Pensaram, por momentos, que eram os olhos, e nada mais, que estavam equivocados. Pensaram ainda que todos os corpos são amáveis, que todas as peles são adoráveis. E estavam certos.

∼

Nos primeiros dias em que vivemos juntos não vivemos nada, só amamos, são coisas iguais e bem diferentes, nesses dias foi bem diferente, ainda é mas de outra maneira, não vou perder tempo com isso que agora me apetece recordar o que fomos para perceber que apesar de ter sido tão incomparável o que somos hoje é ainda melhor, que sonho,

já me perdi, ah, já sei, te falava dos primeiros dias em que vivemos juntos, te dizia que não vivemos nada, só amamos, por mais que houvesse coisas querendo nos separar houve muitas mais querendo nos juntar, não sei se houve, na verdade, a única coisa a nosso favor podia muito bem ser o amor,

e chegava, o amor chega para unir duas pessoas, nisso a natureza simplificou a vida, se você está com alguém e o ama está bem, se você está com alguém e não o ama está mal, que dificuldade tem isso, a história está cheia de exemplos de pessoas que não se amavam e estavam juntas, que raios as fez estarem assim tanto tempo se não se amavam é algo que me ultrapassa,

fingir é estranho quando fingir não serve para amar melhor, fingir que estamos ligeiramente constipados, por exemplo, para ter mais mimo é perfeitamente aceitável, não estou confessando que já o fiz mas podia ter feito que não tinha mal nenhum, esses fingimentos fazem sentido, os outros não entendo, nem quero entender, confesso,

quero é me lembrar desses dias, acordávamos juntos e nos amávamos, nos amávamos mesmo, os nossos corpos que o digam, e os nossos vizinhos também, provavelmente muitos deles nunca haviam estado tão próximos de um amor de verdade como quando chegávamos juntos ao orgasmo e o medidor de luz parava de andar porque havia ali eletricidade para muitos meses —

se um dia quisermos ficar ricos será assim, há que aproveitar tudo o que temos de bom, não é?

Lá dentro os gatos miam, todos os dias somos acordados pela fome deles, um de nós diz uma piada sobre eles e o outro diz outra, são tão bonitos e tão gorduchos, só pensam em comer e não os criticamos, cada um com as suas necessidades, as nossas são as de sempre, o corpo de um no corpo de outro, contar histórias e medos e sensações, falar do dia a dia, das botas que você quer comprar, do futebol que nunca deixei de seguir, a felicidade pode ser uma bola batendo na rede, quem nunca percebeu isso nunca percebeu a vida, nem nada que se pareça,
você continua nesse dorme-não-dorme que é tão seu, fica horas acordada só para poder dormir em mim, não sei se me ouve ou se não ouve mas está viva em mim, vai se mexendo enquanto eu escrevo e sei que tenho de continuar a escrever, diz que parece que estou dando uma coça nas teclas, e estou, estou sempre, te escrevo com a mesma intensidade com que te fodo,

se calhar usei uma palavra forte demais, ou de menos, ainda vou decidir quando deixar de estar excitado com o que o lençol, agora, deixou descoberto, uma pequena colina sua —

morávamos no centro de uma cidade que você não conhecia, acabou por nem conhecê-la muito bem, a nossa vida era por dentro das quatro paredes do apartamento, toda uma coleção de descobrimentos, e de descobertas, para desbravar, não podíamos perder tempo vendo o que as pessoas que não estavam assim apaixonadas como nós veem, víamos filmes até as tantas, estávamos criando uma ligação que ia muito mais longe do que a carne, você começou a ser a minha mais-que-tudo também no ganha-pão, em poucos dias percebeu o que eu demorei anos para entender, éramos uma equipe imbatível e as equipes imbatíveis não são as que ganham sempre, são as que amam sempre,

perdemos algumas vezes, vamos perder ainda muitas mais, nesses momentos aconteceu de ficarmos mais próximos contra o que vinha de fora, tudo o que não é de nós dois vem de fora, e ai de quem se meter no meio de nós,

amém.

Me apaixonei pela sua vida, é isso, e a vida é incrível e horrível, há demasiado para doer, demasiadas precisões, demasiadas coisas que se perdem, demasiadas pessoas que nos escorregam por entre os dedos,

há de haver um espaço onde estarão as pessoas de quem gostamos quando morrem, é para lá que vamos, tenho certeza, as tempestades acontecem e temos de saber sobreviver a elas, suportar, nem sempre de sorriso nos lábios, é certo, mas suportar, preparar vidraças para tentar ver de longe o derrame das lágrimas —

os olhos das crianças escondem o segredo da continuidade, para uma criança nada do que dói a um adulto impede a sua corrida pelo parque, e o que falta aos adultos é sempre a capacidade de continuar correndo pelo parque mesmo quando as bombas começam a cair, mesmo quando o parque parece um pântano, mesmo quando o escorregador fica velho e ferrugento, mesmo quando o parque já não é bem um parque mas um pré-cemitério, o que falta aos adultos é a capacidade de continuar correndo pelo parque mesmo quando a morte cai à volta,

e se existe vida depois da morte é esta, esta é certa, a outra não sei, prefiro acreditar que sim, que existe, só para poder doer menos, para poder magoar menos, para poder pensar menos, se existe vida certa depois da morte é esta, a dos que ficam depois da morte dos que vão, e ficam correndo pelo parque, sempre correndo pelo parque, o que falta aos adultos é a capacidade de correr pelo parque,

mas a nós não.

Ontem você foi parva e eu te amei mais do que nunca, não precisava ser parva assim para eu te amar mais do que nunca, mas você foi e ainda bem, estávamos os dois no sofá e eu tinha de sair, me chamava a obrigação, há muitas em cada existência, a minha não escapa disso, tinha de ir para o computador e você não queria, nem eu, nunca queremos abandonar o sofá quando estamos os dois no sofá,

ninguém entende a importância de um sofá numa relação, valoriza-se a comunicação, a atenção, a sensibilidade, a compreensão, os especialistas falam em tanta coisa e não falam na importância de um sofá de qualidade numa relação, muitos casais se perderam pela falta de um sofá de qualidade, e um sofá de qualidade é um sofá que serve para amar com qualidade, como uma casa com qualidade é uma casa que serve para amar com qualidade,

ontem eu tinha de sair do sofá, muitas pessoas esperavam a minha resposta no computador e você não queria, ai de você se algum dia quiser, e então eu comecei a te encher de beijos para me despedir como deve ser, devia ser proibido te beijar quando estou me despedindo, fica sempre um beijo faltando e eu não posso dá-lo, te beijei várias vezes e comecei a tentar sair do sofá, e eu só ia do sofá para o computador que fica a menos de dois metros, um metro e meio ou menos, do sofá, e sentíamos um aperto inexplicável, uma faca nos atravessando as margens, podia ser doloroso mas acabou por ser cômico, você se agarrou às minhas pernas com tudo o que tinha, se agarrou ao meu tronco com tudo o que tinha, se enrolou inteira em mim, as pernas em tesoura em volta das minhas, os braços em círculo me aprisionando todo, começamos a rir, é tão bom rir conosco, com nós, dizendo melhor, e eu fiz força para mostrar que sou forte, me levantei e você não largou, continuou com tudo o que tinha para agarrar me agarrando, e em poucos segundos estávamos os dois em movimento, eu de pé e você se arrastando, risos inacreditáveis a se imortalizarem pela casa, havemos de ter noventa anos, bem velhinhos e decadentes, você não, desculpa, você nunca será velha e será sempre minha, havemos de ter noventa anos ou mais e vamos nos sentar nesse sofá ou noutro qualquer e vamos nos lembrar dessa noite, você se arrastando em risos histéricos, eu de pé a te puxar agarrada a mim em risos histéricos, um problema resolvido com humor, sim, mas acima de tudo com amor —

acima de tudo com amor, e todas as respostas estão dadas.

Acabo de perceber que estou escrevendo mais uma obra lamechas, vivo na Lamechalândia desde que te conheço, e é bom que dói, tão bom que só escrevo só ela, a lamechice é boa mas nunca sozinha, exige que aqui e ali surja o lado negro, a lua existe para valorizar o sol, e o contrário também é verdadeiro, não sei patavina de astronomia mas de amor sei, que é o mesmo que dizer que sei de você, tento, vá, às vezes consigo,

    a Lamechalândia não é só lamechice, não é só cor-de-rosa, Deus me livre de ser assim, adormecia antes de viver, a Lamechalândia é a capacidade de ser lamechas quando é preciso ser lamechas, quando ser lamechas tem de ser, agora que estamos aqui deitados nesta cama tem de ser, te abraço a cada letra que escrevo, procuro com as mãos cada centímetro da sua pele sempre que me lembro de que somos assim, ser lamechas é conseguir não pensar em como se vai amar, não pensar no que se vai dizer, olhar o outro e dizer-lhe "te procuro como se procurasse sobreviver", e isso não tem nada de mal, a falta de um orgasmo provoca mais conflitos do que a falta de um pão, já o escrevi ou li em algum lugar e assino embaixo mesmo que não seja meu, também a falta de lamechice provoca mais conflitos do que a falta de um pão, as pessoas querem ser completas e se existe o forte, o duro, o bruto, o agressivo, o concreto, o assertivo, o másculo, também tem de existir o doce, o suave, o lamechas, claro —

    ridículo é temer o ridículo, ir à volta do que nos arrebata e não de frente, evitar a euforia só porque eufóricos ninguém nos entende,

    que se foda o entendimento dos outros quando tudo em nós pede o que queremos, e se o queremos é porque tudo o pede, se o queremos com tudo é criminoso irmos só em parte, só relativamente entregues, só relativamente nós,

    estar relativamente apaixonado é estar relativamente morto,

muitas pessoas morrem juntas, é isso que fazem, dizem que estão juntas e vivem juntas, mas o que fazem é morrer juntas, estão se matando juntas,

estar relativamente apaixonado é estar relativamente morto, e é por isso que nós somos relativamente malucos,

e concretamente também,

yeah, babe!

~

Ela disse: Há uma altura em que os corpos não estão à altura.
Ele disse: Não acredito nos corpos. Mas acredito em você.
Ela disse: Há uma altura em que as peles acabam.
Ele disse: Não acredito nas peles. Mas acredito em você.
Ela disse: Vou nos seus ombros.
Ele disse: Vou nos seus ombros.
E, apesar de os corpos se irem, assim ficaram.

~

Confesso que vivi, todos os dias, ao seu ouvido quando adormeço, naqueles segundos antes de desligar, posso até usar outras palavras, te amo e outras palavras assim, mas o que quero dizer é que confesso que vivi, que continuei vivendo, e que foi bom como nunca tinha sido antes —

tenho defeitos, tantos, sou casmurro como poucos, teimoso como nenhuns, mas esses são os defeitos de que toda a gente fala, pergunte a alguém qual é o seu defeito e noventa por cento dos perguntados responderão que são teimosos, irão dizê-lo com um ar condescendente, de quem não julga que isso é grave, ou sequer um defeito, na realidade, ah e tal sou casmurro, ah e tal sou teimoso, depois dirão que isso até pode ser uma virtude, sou teimoso e por isso consegui chegar até onde mais ninguém acreditava que eu poderia chegar, sou teimoso e estou aqui quando toda a gente me dizia para ir para ali, e valeu a pena, todos são perfeitos até prova em contrário, e nada lhes prova que não são,

eu tenho defeitos muito maiores do que a casmurrice, e sou casmurro, muito maiores do que a teimosia, e, sim, sou teimoso, tenho defeitos que te magoam, que te fazem chorar, que te fazem perder o norte e o sul, qualquer orientação, sou um humano complicado, não vou dizer isso, isso também toda a gente diz, ah e tal sou complicado, ah e tal sou assim e quem quer quer e quem não quer que ponha na beira do prato,

sou deliciosamente infeliz, assim é que é, e penso que essa será uma caracterização única, pelo menos nunca ouvi ninguém usá-la na televisão e nos livros, sou deliciosamente infeliz porque não sei querer devagar, não sei esperar pelo que aí vem, e persigo, e quero logo, e exijo imediatamente, e sofro na hora, e falta sempre algo para ser tudo, isso é bom mas custa, isso é delicioso mas custa, quando você me pergunta algo que eu não espero e me desequilibra eu reajo mal, não sei por que, não me pergunte por que, sou deliciosamente infeliz, ora essa, que essa definição chegue,

ser deliciosamente infeliz é nunca me saber completo e só assim, incompleto, estar completo no que sou, ser deliciosamente infeliz é procurar a curva sem usar os freios, me atirar para ela, e para você, e esperar que dê,

vai que dá, vai que dá, às vezes não dá e acontece o acidente, até agora não morri de vez, já não é mau, morri várias vezes mas nenhuma de vez, mortes que me fizeram viver mais fundo, isso sim —

hoje vivi, confesso, fui deliciosamente infeliz e você me aguentou,

eis a felicidade.

Hoje vamos casar e você vai ser a estrela, não vai haver fotógrafos nem muitas pessoas, só eu e você e as pessoas que tiverem de estar para que tudo fique como tem de estar, diz que tem de haver testemunhas e preferimos desconhecidos a familiares ou amigos, queremos que seja um momento só nosso, vai ser, vai ser mesmo, vou estar eu e vai estar você, vai estar tudo, então,

    não gosta da luz sobre você, prefere a sombra, não aparecer em público a não ser no meio dos meus braços, nem aí, verdade seja dita, nas minhas apresentações você fica num canto, escondida, me olha e me vai sorrindo, eu sei que você está e é o suficiente, quando me sinto mais desprotegido te procuro e você está —

    amar é estar, antes de mais nada amar é estar, é procurar nos momentos mais desprotegidos quem se ama e quem se ama estar lá, você está, é tão tímida que se te apontassem uma câmera de televisão desmaiava, ou diz que desmaiava, que você é muito mais forte do que pensa que é, mais forte do que eu, acredite, resiste a mim e à erosão dessa minha deliciosa infelicidade e está feliz, quero acreditar que você é feliz,

    é, não é?, eu sou, posso te jurar com a mão sobre a Bíblia, preferia que fosse sobre você, mas a Bíblia também não é má.

Vou te acordar, está quase na hora, vou te dar o beijo mais incalculável de sempre, um beijo mais quente que o verão, ouvi outro dia um menino falar assim na televisão e guardei, o sacana do menino com frases mais bonitas que os adultos, sacanita, vou te dar um beijo mais quente que o verão,

    vou te acordar e te dizer que te amo, passar pelo menos meia hora te ouvindo respirar no meu ombro, depois você vai passar pelo menos meia hora me ouvindo respirar no seu ombro, depois vamos levantar juntos, vamos escovar os dentes juntos, fazer o brinde que fazemos sempre que escovamos os dentes, tchin-tchin, tchon-tchon, tchun-tchun, vamos nos beijar mais uma vez, aquele beijo mais quente que o verão, tem de ser, o que tem de ser tem muita força e nesse caso é até saboroso, e finalmente vamos nos vestir para casar,

    eu vou vestir bermuda e você o que bem entender, a surpresa faz parte do encanto, te amo seja qual for a roupa que vestir, e sem roupa ainda mais, tenho de confessar, quando sairmos de casa e antes de entrarmos no carro vou te olhar nos olhos pela última vez solteira na nossa garagem, vou te pedir que me faça o casado mais feliz do mundo porque já estou farto de ser o solteiro mais feliz do mundo, você vai sorrir, não sei se vai segurar uma ou outra lágrima, vai me abraçar e em silêncio dizer que me ama, eu vou acreditar, te abraçar de volta e te perguntar o que vou te perguntar mesmo depois de casarmos, a todas as horas em que precisar sentir com palavras o que não precisa de palavras —

(diz que sim porque eu preciso viver) quer casar comigo todos os dias?

Acordo à sua procura e só depois é que me encontro.

Sinto-me ansiosa enquanto durmo, como se me faltasse algo até dentro do sono. Procuro descobrir a cura para a necessidade de dormir porque não quero descobrir a cura para a necessidade de te amar.

Gostaria de sonhar com você todos os dias para poder ter uma vida cem por cento de sonho.

Se eu controlasse os sonhos nunca nos afastaríamos. Inventaria histórias variadas, faria de nós heróis e vilões. Os vilões são mais excitantes. Os vilões são intensos, vivos, estão sempre desassossegados. Recusam o sempre certinho, o sempre legal.

Os vilões fazem do mundo um lugar melhor para viver.

Você é o meu vilão preferido e é isso que te faz ser o meu herói.

Gosto de coisas ilegais. Como amar, por exemplo.

Acordo lentamente, vou com as mãos ao seu encontro. Se você está eu estou. E fico. Fico pela cama dormindo acordada para poder te trazer até o limite da consciência, até o limite do que nos separa. Aos poucos fomos capazes de diluir a distância que separa dois indivíduos e nem assim deixamos de ser únicos.

Sei exatamente o que você sente quando te olho e mesmo assim você ainda me surpreende sempre que te olho.

Somos repetitivos e imprevisíveis, constantes e irregulares. Desde que acordo me entrego a você e só eu sei como me custa só me entregar a você desde que acordo. Fico horas só fazendo de conta que durmo enquanto você escreve. Quando adormeço nesses momentos acabo por imaginar que você está me escrevendo um daqueles textos que só você é que sabe escrever em que eu sou a sua rainha e você é o meu príncipe.

Desde que acordo acredito em príncipes e desde logo em você.

Quem não acredita em príncipes não sabe viver. Quem não acredita no amor nunca amou assim.

Desde que acordo acredito no amor e felizmente tenho acordado todos os dias.

Entrelaço as pernas nas suas, fecho os olhos e me dedico a sentir. Coloco tudo o que sou capaz de ser, tudo o que sou capaz de pensar, naqueles centímetros em que a minha pele toca a sua.

Como pode tão pouca pele me ocupar o corpo todo?

Você me acordou para a vida e é assim que me sinto todos os dias quando acordo: a acordar. Antes de você precisava acordar. O sono era uma boa companhia, me fazia escapar do que não tinha. Havia tanto em falta em mim, tanto que só o sono podia trazer.

Eu me deitava para a possibilidade de ser feliz porque acordada raramente a tinha.

Os sonhos são a melhor parte da vida para quem não ama.

Quando acordo me apetece não sair mais da cama, prolongar aquele sono a dois para sempre. Fazer de uma cama um hábitat natural. E hibernar e saltar no meio dele.

O mundo é ridiculamente pequeno quando comparado com o que podemos viver debaixo dos lençóis.

Mas você quer levantar e sair para o que está lá fora. Você e essa mania de querer escrever e criar. Deixe disso e fique. Só mais cinco minutos, te digo. Eu te pedincho só mais um espaço só nosso. Lá fora vão estar e-mails e telefones. Lá fora vai estar o que te tira de mim.

Eu sei que você volta mas por que raios tem de ir já?

Fique. Fique mais um pouco. Se encoste ao meu corpo e o sinta à espera de paz e de loucura. Agora escolha. É sempre você quem escolhe. Ou paz ou loucura, qualquer uma me serve desde que seja você a trazê-las.

Quando acordo me apetece dormir com você para sempre e estar acordada com você para sempre.

Quando acordo me apetece você para sempre — me perdoe o eufemismo.

⁓

Mudei de vida e aprendi a viver.

Tudo em mim se alterou quando você chegou. Começou por dentro, como tinha de ser. Uma sensação de abismo escalando por mim. Eu sabia que podia cair mas nem isso me fez parar.

O amor é bem capaz de ser a sensação de que podemos cair e nem isso nos fazer parar.

Eu era uma solitária convicta, uma mulher que se fazia sozinha e não temia a solidão. Vivia comigo e ia me suportando assim. Ia vivendo assim e não me queixava. Tinha dias felizes, momentos felizes, com as amigas, com os amigos. A vida ia acontecendo e eu ia acontecendo com ela.

A vida não é para ir acontecendo; a vida é para ir fazendo acontecer.

E você chegou e tudo mudou. Por dentro, como te disse. E por fora. Deixei de estar sozinha para estar com você. E na verdade nem isso me tirou a intimidade, nem isso me impediu de me sentir total em mim.

O amor é bem capaz de ser a melhor maneira de nos encontrarmos conosco.

Preciso de você para saber de mim.

E o sei sempre que por minutos parece que vou te perder, numa discussão das que vamos tendo. Discutir é abrir a válvula do amor, deixá-lo respirar, sangrá-lo para poder regressar à estrada. Nenhum amor aguenta sem sangrar.

Preciso de você para pensar em mim.

E o sei porque quando parece que você vai eu vou também, deixo de saber quem sou, como sou. Para onde vou.

Preciso de você para precisar de mim.

E os que não me entendem que vão para o raio que os parta. Os que dizem que isso não é nada recomendável, que isso não devia ser assim, que eu devia ser capaz de ser o que sou sem precisar de você. Infelizes.

Preciso de você para cuidar de mim.

O amor é bem capaz de ser precisar do outro para cuidarmos de nós.

E eu me cuido. Quero estar viva para poder te amar. Conhece melhor motivo do que esse? É claro que amo os meus pais, a minha família toda, os meus gatos, aquilo que a vida tem me dado. Mas se quero estar viva é antes de mais nada porque é a vida que te traz até mim.

Mudei a vida toda para te dedicar a minha vida.

E sou feliz. E não deixo de ser a mesma mulher que sempre fui. Não deixo de ser a mulher com cabeça, com ideias. Não deixo de ser a mulher singular que se apaixonou por você e que te apaixonou também.

Sou mais eu sempre que sou sua.

E sou sempre sua.

Amo o que você me fez ser. O que você me faz ser. Amo a mulher em que com você me tornei. Amo saber que tenho em mim o que te faz me querer em você. Somos os dois prisioneiros mais livres de todo o universo. Somos os dois escravos mais felizes da história da humanidade.

Me escravize completamente e te faça escravo de mim, te ordeno.

Não seguimos os manuais. Os manuais que ensinam o amor em part--time, o amor saudavelzinho. O amor em doses. O amor dividido em rações. O amor como uma empresa. Que tristeza.

Nos consumimos sem moderação porque se é moderado já não é amor.

Somos ridículos na maneira como nos amamos mas só quem nunca amou é ridículo.

O amor é bem capaz de ser a melhor maneira de ser ridículo.

Você ainda gosta de mim e isso chega para estar feliz.

Dói. Há dias em que dói. Dói muito. Somos humanos e temos discussões, você diz o que não deve, eu digo o que não devo. E acabamos os dois sofrendo o que não devíamos. O que ninguém devia sofrer.

Somos humanos e não podemos ter um amor perfeito.

Os amores perfeitos duram pouco. Os amores perfeitos são passageiros. Os eternos exigem dedicação. Exigem construção. Há que carregar muitas pedras às costas para construir um amor eterno.

Noventa por cento dos amores morrem por falta de dedicação. E os outros dez nunca sequer foram amores.

Chama-se amor ao que passa e não há coisas que não acabem — mas o amor não é uma coisa. Sofremos quando somos teimosos, sofremos quando somos casmurros que nem rochas. E é quase sempre por motivos que não são motivo nenhum. Uma chave do carro que não se sabe onde está, um esquecimento de um que o outro não entende de primeira. Os amores acabam sempre sem motivo quando não são amores. Quando são continua-se. Mesmo que doa. Mesmo que seja impossível não chorar. E não é masoquismo, é sobrevivismo.

Construir coisas boas exige sempre passar por coisas más.

Só assim é que o bom é mesmo bom. Quando existiu o mau. O que é sempre bom não é nada bom. O que é sempre bom é uma mentira. Como aqueles casais que estão sempre bem, aqueles casais que nunca discutiram.

Quanto tempo dura um casal que não discute?

Você é imperfeito. Um absoluto idiota muitas vezes. Você sabe. E sabe que eu condescendo. Que eu faço de conta. Que eu me agarro ao que é excelente e esqueço num instante o que não foi bom. O que foi mau. Você faz asneiras. Diz coisas horríveis quando se sente ferido. Eu também. Tenho certeza de que também sou uma absoluta idiota. Uma pessoa. As pessoas são assim e o grande erro nas relações é não ver o outro como uma pessoa.

O primeiro passo para amar alguém é vê-lo como um absoluto idiota.

Saber que vai falhar, saber que faz coisas de que eu não gosto, que diz coisas de que eu não gosto, que vai ver filmes e programas de televisão de que eu não gosto, que vai ler livros de que eu não gosto. Ou que nem sequer vai ler quando eu sou uma leitora compulsiva. E é assim que tem de ser. Para que a relação cresça tem de haver diferenças. São as diferenças que mudam o mundo. São as diferenças que fazem a felicidade. E você me faz feliz, posso te assegurar.

Você é um homem impossível de aturar e seria impossível viver sem você.

Como eu sou uma mulher impossível de aturar e você não conseguiria viver sem mim. Sei que sim. Tenho de saber que sim. Tenho de saber que você me quer assim, como eu te quero. Que me procura quando está desprotegido. Que me quer quando te dói. É quando dói por todo lado que o amor aparece. Quando alguém precisa de apoio, quando o mundo magoa. É aí que você procura a sua casa. E sou eu a sua casa. Quando te custa você vem até mim e quando não custa também. Sou a sua companheira de felicidade e também de infelicidade. São momentos diferentes mas são sempre momentos de amor. Momentos de verdade. Momentos em que somos profundamente um do outro. Momentos em que nos entregamos. Momentos de confissão. Confesso que te amo mesmo que você chore, mesmo que doa – eis a maior declaração de amor que alguém pode oferecer ao outro. E eu te amo.

A verdadeira intimidade é ver a dor de perto, pouco mais.

Um amor sempre feliz é uma tristeza de marca maior.

Havia por vezes a vontade de sofrer. Havia por vezes a vontade de perguntar pelo que não estava, de procurar pelo que não havia, de insistir no que não existia. Havia por vezes a vontade de sofrer. Mas depois chegava o suor como ambulância, o gemido como terapia, o abraço como anestesia. Havia por vezes a vontade de sofrer. E até isso transformavam em prazer.

Morro de medo da morte.

Foi com você que a encontrei pela primeira vez. A morte custa menos quando temos os ombros de quem amamos para chorar. Mas a morte custa. A morte custa tanto. Quando a minha avó morreu estávamos os dois dormindo. Que coisa estranha, não é? Eu dormindo e a minha avó morrendo. Que mundo é este em que ninguém avisa que um pedaço de nós vai se perder?

A morte é um corpo estranho no meio da vida.

Uma escultura de medo. É isso o que a morte é. Uma escultura de medo no centro da vida. Em todas as ruas da vida. Vamos por um lado e ela está lá, no meio da rua. Vamos por outro e ela também está lá, no meio da rua. Se estamos felizes ela nos diz que vai acabar. Não se preocupe que vai acabar, nos diz ela, de sorriso nos lábios. Se você está mal ela nos diz que está desperdiçando tempo precioso. Que está te desperdiçando. Você é tão palerma que não aproveita, nos diz ela, aquele sorriso maléfico nos lábios.

A morte até pode não ser má pessoa mas me faz tão mal.

Quando a minha avó morreu o que tive em mim foi apenas o desejo de cair. E felizmente você estava ali para me deixar cair sobre você.

Amar não é não deixar cair; amar é amparar a queda.

Você amparou. Você estava lá quando o telefone tocou. Estava lá quando a primeira lágrima caiu. Me ouviu gritar. Me ouviu morrer um bocadinho diante de você. E depois me deu a vida que eu tinha perdido. Me abraçou, veio comigo. Fomos juntos até a morte.

Há uma quantidade infindável de vidas que se juntaram por culpa da morte.

Não foi o nosso caso. Mas a morte nos chegou pela primeira vez. E nos fez pensar nela. Nela nos meus pais (a minha mãe teve um câncer e eu não soube onde havia de cair mas só queria era cair quando soube, a sensação de que tudo o que fazia era inconsequente quando uma notícia assim nos aparece nas mãos), nela nos seus pais. O que vamos fazer quando um deles morrer? O que se faz quando um pai nos foge das mãos, quando uma mãe se perde de nós? Como continuar? E nós? E ela no meio de nós? A morte chegou pela primeira vez e nos fez pensar nela em nós. Nessa noite e nesse dia eu pensei que um dia seria o seu dia ou o meu dia. Que um dia alguém que nos ama iria receber uma chamada no meio da noite dizendo que um de nós morreu. Que eu ou você um dia vamos receber uma chamada dizendo que o outro morreu. Ou que um de nós vai ver o outro morrer ali à frente, sem poder fazer nada. A vida de quem ama acabando e você sem poder fazer nada. A sua imagem morrendo diante de mim me faz querer morrer e te matar agora mesmo. Nenhuma morte merece se meter entre nós.

Quando você acabar acabe comigo também, promete?

A minha avó morreu e eu chorei por ela e por nós. Por saber que somos mortais. Por saber que vamos acabar. Por saber que não se pode acabar com algo assim. É claro que acredito que há de haver algo mais para quem se quer dessa maneira. Há de haver uma segunda oportunidade para amores tão grandes. Sim. Eu acredito. Foi a isso que me agarrei.

Uma vida é apenas o começo para um amor como o nosso.

E é um excelente começo. Vamos aproveitá-lo. Vamos aproveitá-lo até a última gota, até o último final. Que nunca fique a sensação de que podíamos ter mais. De que podíamos sentir mais. Por isso anda. Vem. Me ame agora. Me ame já.

Dispa-se que temos muito para conversar.

Quando a morte chegar vai nos encontrar embrulhados.

Pode ser que tenha vergonha e vá embora.

⌣⌒

Sonhava que você existia mas nunca pensei que existisse mesmo.

Ainda hoje não acredito. Você existe. Existe mesmo. Está aqui. Sou sua. A sua mulher. E você é o meu homem.

Como pode tudo bater tão certo assim?

Ainda me levanto no meio da noite para olhar para você. E depois me belisco. E é mesmo real. Sou mesmo esta pessoa que passa os dias com você. Todos os dias. Todo o dia. Eu e você e esse sonho.

Quem não acredita em sonhos é porque nunca amou.

Tenho tanta sorte. Um mundo inteiro para amar e você foi amar logo a mim? Que sorte.

Providencial só o amor.

Você é primário em mim. Urgente em mim. Ainda te quero com uma precisão incontrolável, ainda para tudo quando você para. Quando parece que você vai parar.

Sou feliz na sua felicidade.

Quanto mais te conheço mais te amo.

Te amo de paixão. Te amo com uma eletricidade própria, com uma energia que chega não sei de onde. Te amo com partes de mim que nunca soube que existiam. Partes de mim que nunca soube que sentiam.

Acontece amor quando você encontra em si partes que nunca soube que sentiam.

E aprendi. Temos aprendido. Temos sido incansáveis aprendizes um do outro. Mudamos tanto e somos cada vez mais nós. Mudamos para nos encontrarmos melhor. Você chega mais longe em si quando me ama. Chego mais longe em mim quando te amo. E nos amamos sempre. Sabemos como sair juntos do que magoa, como avançar com coragem pelo que faz sofrer. Não gastamos muitas palavras. Conhecemos pelo olhar o que diz o outro. E comunicamos por abraços. É chocante o que nos ataca mas mais chocantes somos nós.

O mais chocante é sempre o amor.

O mais chocante é que nos amamos sempre. O mais inacreditável é que nos amamos sempre.

Não existe saída se não sairmos juntos.

Passamos por tudo com o amor nos braços.

Já passamos pelo que dói e aguentamos. Já passamos pelo que fere e aguentamos. E nem é só aguentar. É amar.

O mais chocante em nós é que não suportamos os defeitos um do outro; amamos os defeitos um do outro.

Se o sonho existir é isso. Se o sonho existir é um conto de fadas que ultrapassa finais infelizes. Não vivemos felizes para sempre.

Amamos para sempre – e a felicidade é uma consequência disso.

Você é o meu conto de fadas mesmo quando não é príncipe nenhum.

Os contos de fadas não têm príncipes; têm homens.

E não é por isso que deixam de ser contos de fadas, contos de sonhos. Você é o meu sonho e acabei de me beliscar para saber que você existe mesmo.

Você ainda me deslumbra e te ter para mim me deixa mais feliz que Deus.

Deus é onipotente e onipresente mas é comigo que você dorme – como se pode competir com isso?

Não quero que você seja tudo o que eu quero que seja, até porque nem eu sou tudo aquilo que queria ser.

Você me pergunta "o que se passa" e eu respondo "nada". "Então ria", você diz. E eu rio. E andamos nisso, andamos nisso tantas vezes. Andamos nisso e adoramos isso. Adoramos as nossas palermices, as nossas brincadeiras que nos fazem rir e nos sentir tão grandes no que soubemos criar.

Aumentar um amor é lhe dar a importância toda que tem sem deixar de não lhe dar importância nenhuma.

Nos amamos com toda a naturalidade. Não pensamos se estamos fazendo bem, se estamos fazendo mal. Não pensamos se deve ser assim ou se não deve ser assim. Nos amamos porque tem de ser. Porque se não nos amarmos não pode ser. Porque há uma imensidão entre aquilo que somos e aquilo que podemos ser.

Tenho certeza de que já vivemos o melhor que há para viver e não deixo de ter certeza de que o melhor está por vir.

Há demasiadas coisas sérias no mundo. Demasiadas coisas graves. Há tanta coisa que não devia haver mas que não podemos deixar que haja.

E apetece desistir. Para quem leva tudo a sério apetece desistir. Apetece parar. É tudo forte demais, difícil demais.

A vida é séria demais para não ser levada brincando.

Nós brincamos. Quando se brinca os dias ficam curtos, os problemas parecem pequenos. Quando se brinca a solução parece mais fácil, chega primeiro.

Rir não é o melhor remédio; é o único remédio.

Depois de discutirmos rimos muito. Nos abraçamos a pequenas imbecilidades. E rimos. Rimos para sarar. Rimos para fazer do que parecia um monstro uma reles caricatura, uma cômica caricatura.

Rir cura.

O que faz falta a muitas relações não é amor; é humor.

Humor verdadeiro, humor real. Humor transformador. O nosso humor. Somos amaristas ou humantes, uma mistura qualquer entre amante e humorista. Andamos pelas horas assim, brincando para equilibrar. Ora dizemos uma piada sobre o beijo perfeito, ora beijamos o beijo perfeito.

Temos de ser cômicos para nos amarmos bem.

Há amores que não sobrevivem sem humor. Todos.

O nosso faz stand-up a toda hora. Levanta-se e nos faz rir. Rimos de nós. Sobretudo de nós. Também dos outros, claro. Por vezes somos mauzinhos, por vezes somos cruéis. Fazemos humor negro e nem assim nos deixamos cair no escuro.

O escuro só serve para amar e nem sempre.

Perguntei agora mesmo "você gosta de mim" e você respondeu "sim". "Ainda bem", concluo eu. E até isso tem graça. Até o que não tem graça nenhuma tem graça. São dezenas de vezes essa pergunta e dezenas de vezes essa resposta. E em todas as perguntas e em todas as respostas rimos. Porque resistimos. Porque estamos vivos. Porque sabemos rir.

Saber amar é também muito saber rir.

Ainda estamos juntos porque ainda rimos juntos.

Envelhecer é apenas a certeza de que você teve a oportunidade de ter muito mais orgasmos do que os jovens — e se não teve é problema seu.

Nós tivemos. E vamos ter. Até sermos velhinhos. Até que as rugas que eu te garanto que não tenho nem terei mas que você tem e terá apareçam com mais profundidade.

A pele cai mas nós não.

Pode cair tudo à nossa volta que nós não vamos cair. Vamos envelhecer de pé. Venha quem vier. Venha o que vier. Se um não puder andar nem assim vai deixar de andar porque o outro vai estar lá para levá-lo. Para ampará-lo. Para lhe mexer as pernas, passo a passo, se tiver de ser.

Os velhos são só os que não sabem envelhecer — os outros são só jovens mais experientes.

Mas tenho medo. Claro que tenho medo. Tenho medo de ficar gorda e feia. Tenho medo de deixar de ser a mulher que você deseja. Tenho medo de que o tempo afaste você de mim.

Tudo o que desejo até a morte é que você me deseje até a morte.

Ouço por aí histórias. Histórias de homens que abandonam as mulheres de muitos anos porque uma moça os enfeitiçou. Ouço que é mesmo assim, que tem de ser assim. Mas não tem. O caramba é que tem. Você é o meu homem e se te apetece uma mulher excitante é bom que essa mulher seja eu.

A excitação é um processo que envolve muita coisa — mas que também envolve amor.

Te olho nos olhos quando descubro mais uma ruga que eu não tenho mas que aqui e ali vou vendo. Te olho nos olhos quando me vejo com a pele cedendo, a idade aparecendo. Te olho nos olhos e pergunto se você me quer, se ainda te basto. Você me agarra com essa sua maneira de me agarrar desde os ossos, me aperta toda e diz que sim. E sorri. Passa a vida me apalpando e Deus te livre de deixar de apalpar. Quero que você morra me apalpando. Até o fim abusando de mim.

O amor é o resultado perfeito de uma adição impossível de Deus pelo Diabo.

Não temo os anos se eles não tirarem você de mim. Com a velhice posso bem. Desde que seja uma velhice com você. E com você não haverá velhice nenhuma. Haverá apenas novas formas de te amar. Novas descobertas para fazer. A experiência nos ensina a falhar com mais prazer, a falhar nos momentos certos. Com você vamos apenas continuar a viver enquanto envelhecemos.

Sem você não envelhecerei; só morrerei.

Havemos de ser os velhos mais tarados do bairro. Havemos de ser invejados pelos moleques todos. Havemos de ser os velhos mais legais do baile da Universidade Sênior. Havemos de chocar os adolescentes com os nossos beijos às escondidas na parte de trás da igreja.

Quando nos aposentarmos vamos estar mais ativos do que nunca.

Ou então mortos. Mas daqueles que viveram até a morte.

Quando você envelhecer vai ficar mais bonito do que nunca mas só eu é que vou conseguir ver — já viu que sorte?

Ela disse: Queria ser a dona dos seus ombros, colonizá-los como se fosse território de pele. O meu país de prazer.

Ele disse: Tudo o que interessa é parcial. Quando é tudo você passa a sentir em parte. Quando é em parte você sente tudo nessa pequena parcela que lhe está reservada.

Ela disse: Quero sentir tudo em tudo. Sou razoável. Me satisfaço com o impossível.

E todos os ombros foram possíveis.

Quando nos conhecemos já nos conhecíamos há muito.

Se calhar desde sempre. Ou com certeza desde sempre. Quando nos conhecemos já tínhamos nos conhecido antes disso mas ninguém sabia. Noutro dia escrevo essa noite. Hoje não. Hoje escrevo o dia em que nos conhecemos. Estava calor e eu estava em casa quando me você enviou uma mensagem. Já há muito que não me enviava uma mensagem. E quando olhei para a tela e vi que era você algo em mim mudou para sempre.

Sempre que você me olha algo em mim muda para sempre, para ser honesta.

Era uma mensagem curta mas acabou por ser a mensagem mais longa que algum dia li, quanto mais não fosse porque a li centenas de vezes. Milhares de vezes, para ser honesta.

Honestamente não sei o que andava eu aqui fazendo antes de ser sua.

Você me fez o convite mais simples do mundo e o meu organismo respondeu imediatamente. Claro que aceitei e passei a manhã no banheiro tentando me livrar de uma ansiedade de que ainda hoje não me livrei.

Passo a vida ansiosa por te amar mesmo quando passo o dia te amando.

Você queria ir para a praia e assim foi. Chegou atrasado uns minutos e eu já lá estava. Ansiosa como mais ninguém ali. Ao meu lado nem sei quem estava. Me deitei à espera de que você chegasse e quando chegou fiquei pronta em segundos. Nem sei como consegui andar. Nem sei como consegui saber o caminho para ir te buscar. Estava no piloto automático desde que soube que ia te ver.

Estou no piloto automático sempre que estou nos seus braços.

Esqueci os óculos de sol na areia e não sei como não esqueci como me chamava também. Caminhei como pude até você. Quando te vi ao longe a sensação de que podia desmaiar foi ficando mais próxima. E ali estava você. Você e esse sorriso que mais parece sortilégio.

Quando você sorri nem sei de que terra sou mas só quero ser da mesma terra que você.

Nos cumprimentamos como bons amigos que não éramos. Queríamos acreditar que era isso que seríamos. Que era isso que teríamos de ser. Não vou me lembrar por quê. Não quero me lembrar por quê. Só quero me lembrar daqueles metros que caminhamos até a areia. Lado a lado. Você dizendo piadas que podiam até não ter graça nenhuma mas que me faziam rir. Porque eram suas. Porque você estava ali. Porque tinha feito uma viagem só para estar comigo. Uma esperança ridícula começou a crescer em mim e só um palerma não poderia ver. Felizmente você é um palerma. Obrigada.

Havia centenas de muros entre nós e mesmo assim conseguíamos nos ver limpidamente.

No final da tarde você quis esticar o dia. Esticar a esperança em mim. Quis ir ao cinema e eu só queria festejar e não podia. Me mantive serena. Avisei os meus pais e ali ficamos. Pela primeira vez íamos viver o que dois namorados vivem. Dizíamos que estávamos apenas vivendo o que dois amigos vivem. Ingênuos. Quem conseguíamos enganar? Havia um desejo incontrolável em cada um de nós. Era inconfessável o que nos unia, temos de confessar.

A vida vale a pena sobretudo pelo que é inconfessável, temos de confessar.

O que veio depois foi o que tinha de vir. Porque era o que já lá estava e nem precisou afinal vir.

O amor nunca chega porque sempre lá esteve.

Você sempre esteve em mim. Ainda está. Você é o meu pecado favorito. A minha melhor maneira de errar.

A grande vantagem de falhar é obrigar a repetir.

Me ame até que não haja erro?

⁓

As lágrimas também servem para amar.

Para estar pronta para amar outra vez. Para amar o mundo. Para amar essa coisa estranha que por vezes parece insuportável. Choro para insistir. Choro para ultrapassar. Para que as lágrimas me façam entender.

Choro para poder continuar, por favor entenda.

É difícil, eu sei. É difícil me ver chorar tantas vezes. Pelas menores coisas. No outro dia chorei porque vi uma baleia encalhada na costa, morrendo lentamente. Dezenas de pessoas olhando e ninguém fazendo nada. Uma delas até filmava, e por isso é que eu pude ver aquilo. Que nojo.

A vaidade em excesso é uma forma de psicopatia.

Às vezes apetece ser psicopata. Sentir é uma forma de hiperatividade.

A sensibilidade é um problema e é uma felicidade.

Coitado e feliz de quem não chora.

E você me viu ali, chorando. A pobre baleia dando tudo de si. Tentando se mexer. A areia seca. E ela ali. Se movimentando como podia. À procura de água. Morrem tantas criaturas à procura de água. Queria matar toda a gente que não fazia nada para salvá-la. E você ao meu lado. A baleia morrendo toda e eu chorando toda. O corpo todo cedendo, o corpo todo se encolhendo. Chorar é o corpo todo cedendo. O corpo todo se entregando. O corpo todo descansando para poder sair das lágrimas mais forte.

Enquanto houver as suas mãos para secá-las nenhuma lágrima será perda de tempo.

E em poucos minutos ou segundos já estávamos os dois chorando. A baleia indo. Ninguém para salvá-la. Estávamos os dois à espera de que alguém a salvasse. Mas ninguém. Ninguém. Alguns sorriam, outros filmavam. Mas ninguém a salvava.

O que foi que aconteceu com as pessoas?

Você parou a porcaria do vídeo e me abraçou. Estava me vendo chorar mais uma vez. A sua mariquinhas. A sua chorona. Me olhou nos olhos e quis acalmar o que custava tanto a acalmar.

Choro para acalmar o peso do mundo em mim.

Tenho tantos defeitos e no entanto você é meu. Queria ser mais forte para te fazer sofrer menos. Queria falar menos quando você escreve e eu não percebo. E continuo falando e você me olha e não diz nada porque tem medo de me magoar.

Quando eu estiver sendo chata me diga que eu deixo de ser chata pelo menos durante um minuto ou dois.

Não vou deixar de te perseguir. E exijo que você me persiga. Não vou deixar de ser a impertinente de sempre e você o meu insuportável de sempre.

Que em nós haja ordem mas nunca sossego.

Que exista um caos humano, me desculpe mais essa redundância. Que nos fartemos um do outro todos os dias. Que estejamos sempre fartos, sem um espaço que seja por preencher.

A dor não é mais do que um ou mais espaços por preencher.

Ou espaços preenchidos a mais. Nós estamos meticulosamente fartos. Você me ocupa toda e eu te ocupo todo. E é só assim que não nos fartamos. É só assim que mantemos as fronteiras fechadas. Só entra quem nós queremos e raramente queremos alguém.

Que haja dois egoístas e dois altruístas em cada casal.

Por dentro somos um para o outro. Damos tudo ao outro. Por fora somos contidos. Quem entra tem de ser grande o suficiente para merecer entrar e pequeno o suficiente para poder caber.

É com abraços que se calculam as pessoas.

~

Tínhamos a noite toda para nós e ainda era dia e já parecia tão pouco.

Nos conhecemos em andamento. Saí de casa sem saber para onde ia. Ia até você. O resto não imaginava. Ou imaginava mas nem quero me recordar de como imaginava.

É difícil imaginar o que vai acontecer quando já se sente inteiramente o que se vai sentir.

Sentia por antecipação. Sentia que nada restaria de pé depois de você. As pernas não podiam deixar de tremer mas ainda assim não podiam deixar de andar.

Tinha medo de te amar e quando é assim é porque já se ama.

O trem andava e você estava lá dentro. Cheguei à estação uns minutos mais cedo. Antes tinha escolhido a roupa como se escolhesse um lugar para morrer. Como se fosse a escolha definitiva. A escolha final.

Me vesti não para matar mas para morrer.

Os minutos tão grandes. A espera tão diabólica. E tão boa. Sempre que me lembro desse tempo em que esperava que o seu trem chegasse fecho os olhos e a sensação vem de novo. Aquele pássaro gigante no meio do peito. Uma vontade insensata de fugir dali e de ficar ali para sempre.

Te esperava como se espera uma sentença e tinha tanto de inocente como de culpada.

Ao longe você estava chegando. O trem estava chegando. Um medo ingovernável no meio de mim. O que seria de mim se não tivesse apanhado aquele trem?

Há dois tipos de pessoas: as que perdem os trens; e as que ganham os trens.

Naquele final de tarde eu ganhei. Entrei, te procurei pelo vagão. Você estava lá. Ao fundo. Exatamente como eu sabia que era. Exatamente como eu sabia que tinha de ser. Meu.

Por mais que não se entregasse você nunca deixaria de ser meu – pela simples razão de eu só me entregar toda a quem é meu.

Você sorriu para mim e começou a brincadeira.

Começou a brincadeira: se não é essa a melhor maneira de descrever o começo do amor então não há amor nenhum.

A viagem durou o necessário para eu não ter a mínima ideia do tempo que demorou.

A vida acontece mais do que tudo naqueles momentos que você não faz a mínima ideia do tempo que demoraram.

A felicidade tem tudo menos relógio.

Quase à chegada você arriscou e eu te deixei arriscar. A sua mão me tocou a perna, no interior das botas mais felizardas que algum dia tive.

Me apeteceu te avisar severamente de que você tinha a vida inteira para tirar dali a mão.

Saímos na estação e depois houve um carro. E a música tocou. Cada vez que me lembro da música que tocou choro. Só não choro mais para não você pensar que estou infeliz. Era de uma banda portuguesa. Nunca fui grande fã mas talvez sejam aquelas as músicas da minha vida. As músicas da nossa vida são aquelas que nos viram felizes. E aquelas viram. Eu estava ao seu lado e sonhei logo ali como seria ser aquele o meu lugar. Ao seu lado. Naquele momento não percebi mas já me via sua mulher quando ainda nem sabia que sabor tinha a sua pele.

Há amores que nem precisam de pele para nos arrepiarem todos.

Você me levou para um apartamento e o resto não pode ser contado. Só sentido.

Desculpe. E obrigada.

O que mais me assusta é não saber dormir sem você.

É uma impossibilidade orgânica. Não consigo. Fecho os olhos e não se passa nada. E tudo continua se passando da mesma maneira. Nada para se você não parar comigo. Você tem de estar ali, bem ao lado. Tenho de saber que você está para poder descansar.

Só a sua presença me liberta de mim.

Sou uma mulher fraca, eu sei. Mas sou sua. Às vezes tento. Juro que tento. Fecho os olhos quando por acaso você não está. Fico assim muitos minutos, forçando. À espera de que chegue o sono e me leve dali para fora. Mas nada. Nada. Estou viva à espera de que você venha.

Dedico a minha vida a esperar que você venha e você vem.

Quando se espera algo que acontece sempre se é feliz. E eu sou. Sou uma feliz condicional.

A única condição para te amar é você existir.

A primeira vez que dormimos juntos foi a única vez que não dormimos juntos sempre que dormimos. Fiquei acordada. Suspeito de que você também. Fiquei te vendo dormir, te decorando o sono. Soube que de olhos fechados você continuava com um olhar sereno. Inventei sonhos que você pudesse estar sonhando. Olhei em volta e descobri que estava em casa, apesar de não fazer a mínima ideia do lugar onde estava.

As casas não são quatro paredes; são duas pessoas — ou mais.

Depois de te conhecer andei quase dois anos sendo sua sem você. Tentei outras pessoas. Te garanto que tentei. Tentei o que não valia sequer uma tentativa.

Depois de te conhecer todos os outros não valiam sequer uma tentativa.

Experimentei sair como saía antes, sorrir como sorria antes. Mas desisti. Ficava sempre um vazio maior do que aquele que eu tentava preencher.

Depois de você tudo o que não fosse você me esvaziava mais de você.

Me tornei solitária de você. A sua solitária particular. Estive sempre disponível, sempre pronta.

Amar é mais coisa menos coisa estar sempre pronto.

Eu estive. Desanimei muitas vezes quando o tempo passava e nada chegava. Cheguei a jogar a toalha, confesso. Acreditei que você não vinha mais, que alguém teria te ganhado para sempre. Mas nem assim segui em frente.

Amar é mais coisa menos coisa a única coisa que se tem à frente.

E agora não durmo sem você. A cama fica despovoada quando você não está. E eu carente, eu sempre carente.

Amar é mais coisa menos coisa estar sempre carente.

Sou uma precisada de você, uma junkie de você. Não sei agora como aguentei tanto tempo sem te ter ao meu lado. Mas ainda bem que aguentei.

Confesso que amo e que obviamente temo.

Quem te olha ou fica lamechas ou é cego. Se você não fosse lindo de morrer como é te amava até a morte mesmo assim.

Dedico a minha vida a te livrar do mal e nem penso em ser santa.

O amor exige alerta máximo, um estado de sítio sem armas. Quero que saiba que por você vivo numa trincheira interna. Quero que saiba que tenho um medo que me pelo de que alguém te roube. Assumo-o sem medos. Tenho uns ciúmes malucos de você. Incontroláveis. Demolidores. Difíceis de tolerar. Mas prometo que vou tentar dormir com eles. Até porque são a única maneira de dormir com você.

Amar é mais coisa menos coisa ser herói e medroso sem perder a coerência.

Somos dois medrosos que resolveram se amar sem medo.

Cruzavam as ruas como se fossem poemas.
Ele lhe ensinava a vida, a ciência dos minutos.
Ela lhe ensinava o sonho, a matemática do que não existe.
Viravam os ombros para olhar a carne dos dias. Procuravam, em cada ombro dos outros, a certeza do ombro absoluto, o ombro insuportável de só ele tudo suportar. Procuravam em todos os ombros o ombro final.
E o encontravam sempre.

~

Você é um bebê desprotegido e mesmo assim me protege.

É incrível o que nos conhecemos. Nos sabemos antes de nós mesmos. Quando pensamos pensamos com o outro, quando sentimos sentimos com o outro. Há quem te veja seguro. Há quem te sinta intocável. Há quem acredite que você sai ileso do que querem te ferir. E sai. Mas antes entra no que te cura. Antes tem de vir até nós. Tem de preencher a fossa com a nossa solidão. Tem de vir até o silêncio em que confessa tudo.

É preciso partilhar o silêncio para que ele não seja apenas solidão.

Você é tão frágil e só eu é que sei. Os outros te acham uma fortaleza e é assim que você fica forte. É assim que vai se construindo.

Que me perdoem os que amei antes mas você é o primeiro que amo.

E até quando você ganha sofre. Até quando ganha há algo em você que te leva para baixo. Como se tudo o que fosse passageiro magoasse. Magoa. Eu sei que magoa. Tudo o que é passageiro magoa porque acaba. Você sofre. E eu te puxo. Não sei bem ainda como. Ainda não percebi perfeitamente como. Mas puxo. Primeiro aguento. Espero que passe aquele estado inicial, aquele impacto inicial em que cada palavra que você ouve te atinge. Há momentos em que ouvir magoa. Seja o que for. Há momentos em que ouvir magoa. Então eu me calo e espero que você volte.

Só quem cai bem está em condições de se levantar bem.

Não tento entender por que você sofre; apenas tento te livrar do sofrimento. Você é a minha arca secreta. Um segredo que nunca ninguém saberá.

Se depender de mim mais ninguém saberá quem você é.

Mais ninguém saberá o menino doce que você é. O menino indefeso que é. Mais ninguém saberá que é mais frágil do que eu — tão frágil que até eu tenho medo de te partir. Você está sempre sentado no abismo.

Te amar é construir uma casa numa falésia e ainda assim me sentir segura.

Mas somos felizes. Somos estupidamente felizes nessa beira de precipício. Somos tão felizes com os nossos gatos, com o nosso sofá. Temos dois gatos e um sofá e nada nos falta.

Deem dois gatos e um sofá a quem se ama e estarão lhes dando o mundo.

E o prazer. O prazer chegou quando você chegou. Antes de você eu tinha o prazer possível; agora tenho o prazer impossível. O prazer inacreditável, o prazer que não vem nos livros. Não pense que este será exceção.

Hoje estamos aqui para juntarmos assinaturas ao que já assinamos há muito. Hoje a lei saberá que somos foras da lei — porque amar assim não pode ser legal, amar assim não pode ser decretado. Hoje você se veste de bermuda para me levar ao altar. Não há altar nenhum mas é lá que me sinto. Sem igreja, sem nada. Um altar em que você me pôs desde aquele trem que nunca parou a marcha. Um altar terreno, inocente.

Sou culpada de te amar perpetuamente.

Pensei horas no que havia de vestir. Penso sempre muitas horas no que vou vestir. Pode ser para ir ao supermercado que penso mesmo assim. Não por ser vaidosa mas porque me faz bem. O meu cérebro gosta de pensar no que há de vestir. Vou levar aquele vestido preto com abertura do lado. Quero que me veja a pele quando for oficialmente o meu homem.

Quando penso que você vai ser o meu homem descubro que vou ser sua mulher — e choro.

Espero que você não esteja vendo. Não quero que me veja chorar. Já basta quando tem de ser. Agora me visto e o espelho me diz que nunca me vesti para um dia maior, para um dia mais meu.

Hoje que vou ser oficialmente sua é o dia em que mais me sinto minha.

Temos um amor que deu folhas. Um amor genial. Um amor criador. Um amor artista, que soube resistir a coisas tão pequenas e assim se fez grande.

O grande amor é o que resiste às pequenas coisas que todos os dias querem impedi-lo de crescer.

Qualquer casal resiste à morte; o difícil é resistir à vida.

À vida constante, à vida permanente. A vida às vezes devia parar. Time-out. E cada uma das pessoas ia apanhar ar para outro lado qualquer, para outra vida qualquer. Resistimos todos os dias à vida de todos os dias. Temos um amor Camus ou Tolstói, um amor Matisse ou Picasso ou Dalí, um amor Mahler ou Mozart. Temos um amor criativo, sensível, extraordinário. Um amor que sofre e que faz do que sofre arte. E que faz do que sofre vida.

O artista não é o que sofre mais; é o que sofre melhor.

E nós sofremos bem. Nós sofremos com o coração dentro. Nós quando sofremos vamos todos dentro. Não deixamos nada escondido, nada de reserva.

Amar é também não ter reservas.

Você foi tomar banho e eu tenho saudades suas. Morro de saudades suas. E é assim. Ainda é assim. Somos tão enjoativos como deliciosos.

Amar é também ter tanto de enjoativo como de delicioso.

Tenho saudades de você até quando estou nos seus braços — Deus me ajude.

Você foi tomar banho e eu me visto e penso no seu olhar quando me vir. Você vai certamente sorrir e dizer que estou linda. Depois vem e me abraça com força.

A primeira vez que me abraçou foi a primeira vez que percebi que nunca tinha sido abraçada antes, não sei se já tinha te dito.

E vamos ficar alguns minutos numa dança interior em que os nossos corpos estão parados. Simplesmente parados sentindo tudo por dentro mexer.

Amar é também dois corpos parados com tudo por dentro a mexer.

E depois um de nós vai chorar, o outro vai chorar em seguida. Não vou limpar a maquiagem porque nunca usei maquiagem. Você me amou assim e não vou querer mexer no que te conquistou. Quando choramos juntos nos aproximamos do centro da vida. Como naquele dia em que morreu o Joaquim. O Joaquim. O mendigo que nos fez pensar na vida toda e querer mudar o mundo inteiro naquele dia. O mundo seria muito melhor se todos fôssemos Joaquins. Fazemos o possível, fazemos a nossa parte. Eu sou a sua Joaquim e você é o meu.

Amar é também fazer o possível, fazer a nossa parte.

Somos uma equipe imbatível e ainda por cima nos amamos. Não sei se depois de assinarmos os papéis vamos para algum lado. Pouco me importa, devo te dizer. Mas se formos fique já sabendo que adoro as nossas viagens. Desde o começo foram elas que ajudaram a nos juntar. Ali éramos só nós. Ali não havia mães nem pais nem amigos. Ali éramos nós. Eu e você. Nos conhecemos até o interior da carne enquanto viajávamos. Foi na estrada que nos fizemos nós.

Amar é também amar a estrada e não só a companhia.

Hoje vamos ser marido e mulher, no dia que marcamos sem saber que íamos cumprir.

Amar é também nunca saber se vamos cumprir – e depois cumprir.

Cumprimos e aqui estamos. Eu já vestida para te amar como dizem que tem de ser. Nunca fomos pelo que tem de ser mas agora tem de ser. Agora temos de juntar mais palavras às muitas que já nos juntaram. Nos escrevemos tanto. Somos feitos de letras. Já aí você vem e eu te peço um minuto. Me viro de costas e disfarço. Daqui a uns segundos já te amo. Me deixe só limpar as lágrimas e te amar para sempre em silêncio.

Quer casar comigo todos os dias?

Sentou-se na esplanada, perna cruzada, e esperou que o tempo passasse. Sabia que a vida se resumia, por vezes, a isto: o tempo passando entre uma garrafa de cerveja e o vento correndo sobre o rosto. A loucura é acreditar que vale a pena. Recordou as férias, a praia, as correrias e os suores. E a pele dela. Ah, a pele dela. A loucura é acreditar que vale a pena. Fechou os olhos e foi lá, exatamente lá, ao momento e ao lugar da pele dela. Às pernas tocadas por baixo das mesas, aos braços roçados por cima das mesas. E aos lábios que se beijavam a cada vez que se falavam. Ah, a pele dela. A pele dela sempre por descobrir. A loucura é acreditar que vale a pena. Toda a pele por descobrir. Ah, o riso dela. Aquela forma de encher a vida com um simples som. Fechou os olhos e acreditou que era agora o tempo do riso, que era agora o tempo da loucura. A loucura é acreditar que vale a pena. E vale.

Deitou-se na cama, serviu-se do corpo. Como se servisse um cálice de vida. Como se celebrasse o que deixou por viver. Há uma vida a mais sempre que se vive o que se deixou por viver. Quis que fosse outra vez o tempo perdido, o tempo do choro, da saudade, da tristeza. Quis outra vez sentir a ausência. Como se *fosse a única forma de presença. Como se sentir a falta fosse a única forma de voltar a sentir o que quer que fosse. Como se o tempo perdido fosse a única forma de ganhar tempo. Esqueceu-se dos lençóis chorados, esqueceu-se do nunca mais que se ergueu no eco das horas. E serviu-se do corpo. Há uma vida a mais sempre que se vive o que se deixou por viver. Imaginou-o na esplanada de sempre, no nada querer de sempre, no espaço vazio de sempre. E serviu-se do corpo para não se servir das lágrimas. Imaginou-o na cerveja de sempre, na distância de sempre, na terra sem dono de sempre. Há uma vida a mais sempre que se vive o que se deixou por viver. Imaginou-o o mesmo incapaz de sempre, o mesmo zero de sempre. O mesmo dependente de sempre. E quis, sem sequer chorar ou sentir, ser a mesma louca de sempre. A louca dele. Para sempre.*

Havia o minuto de todas as horas na esplanada em que a manhã se fizera tarde. Havia ainda a cerveja, havia ainda a sensação de que não havia espaço para o que os olhos viam. O trabalhador de camisa branca sentado, ao lado, sem saber a felicidade de não ter uma saudade para chorar, a velha sorridente que passa com o neto pelo braço, sem saber o milagre de não ter um nunca foi que nunca deixa de ser. Há um instante em que você percebe que foi o que não forçou que valeu a pena. A esplanada vazia sob o calor tórrido do pico da tarde. A esplanada vazia com aquele homem e aquela cerveja e aquela saudade dentro. A esplanada vazia. A vida se resume à absoluta sensação de vazio que só o que você ama te oferece. A vida se resume à absoluta sensação de vazio que não ter o corpo de quem você ama te oferece. O homem vazio cheio de saudade, a cerveja vazia cheia de verdade. Já nem sequer a velha sorri ("esse menino me dá cabo da cabeça"), já nem sequer o trabalhador descansa. Mais um gole que nada sacia, mais uma recordação que nem o vento carrega. Um homem deixado na sua rotina que não deixa. A felicidade é uma rotina que se repete sempre diferente. Não fecha os olhos, não imagina o que um dia foi nem o que um dia será. Limita-se a sentir, no corpo, aquilo que nem a alma consegue digerir. Limita-se a sentir. A vida se resume a sentir.

A cama por amar. A mulher se serviu do corpo e nem o corpo se sentiu servido. O prazer é um produto corpóreo da imaginação. Estendeu-se e sentiu-

se estendida, na cama em que todos os êxtases se vieram. E acreditou. Acreditar é um segundo de prazer. Quis estender a recordação, trazer de volta o que sabia que nunca, na verdade, fora capaz de ter. Imaginou-o no lugar de sempre e foi — respiração parada, como sempre. Sabia que não podia, sabia que não devia, sabia que nem ela a si o recomendaria. E acreditou que tinha tudo o que queria: a esplanada de sempre, a ausência de sempre, o nada ter de sempre, a desgraça de uma dependência de sempre. O prazer é um produto corpóreo da imaginação. Acreditar é um segundo de prazer. Não sabe se foi ele que correu para ela, não sabe se foi ela que correu para ele. Sabe que houve um abraço no meio do caminho — mas nem sabe (como saber o que só se sente?) qual era o caminho. Sabe ainda que ele não disse que precisava dela nem disse que a sentia como ela disse que o sentia. E sabe que aquilo, aquele nada dizer, aquele nada sentir, foi tudo o que precisou ouvir, foi tudo o que precisou sentir. Regressou à cama e aos lençóis e os encheu de saudade em estado líquido. Não chorou mais do que o costume, não se quis mais dele do que o costume. E soube que a felicidade podia muito bem ser apenas aquilo: o homem defeituoso de sempre na realidade imperfeita de sempre.

A chave na porta, barulho, ranger.

O chaveiro daquele aniversário em que caminhamos no limiar de uma ponte sobre o mar, o aniversário em que me você disse

Vou partir, olho cada onda que bate e me sinto dentro de cada uma delas, uma espuma branca, sem futuro.

Entro devagar, pés ausentes.

Nesse dia desse aniversário eu não acreditei que você era verdade como nunca foi, não entendi que você sentia o que era como nunca ninguém sentiu — nesse dia eu não consegui entender que houve um engano de quem manda nisso que somos, e quem recebeu o presságio foi a personagem principal do presságio. Nesse dia só soube rir das suas palavras. Te abraçar, te amar — e te querer mais, sempre mais, com a certeza de que os anos por vir eram mais do que os passados, com a certeza de que os beijos que te dei eram bem menos do que aqueles que a partir dali te daria. Com a certeza de existir, sempre a existir — porque você sabe que existir não é viver, existir é o exato antônimo de viver.

As meias pretas que você usava sempre que andava pela casa, roçadas embaixo

— Estes são os meus chinelos

e você ria com o riso que consigo ver, que só consigo ver, um riso que está dentro dos meus olhos.

Vejo contigo dentro, você é uma cortina que envolve os palcos que vivo.

E você caminhava, corria e saltava, o seu corpo em ebulição, sempre ereto, sempre saúde. Como poderia eu algum dia perceber que um corpo pode ser máscara?

No dia do aniversário você pediu a minha mão, a mão na mão, eu em você, você em mim, pediu a minha mão e a colocou sobre o seu peito, não sorriu nem reagiu — respirou, só respirou, e eu me limitei a sentir o movimento do seu respirar.

— Eu sou isso que você sente, subo e desço, vou e venho, umas vezes mais depressa, outras vezes mais devagar, você sente o movimento, sou eu

você me disse depois de longos minutos em que foi o olhar sem palavras, em que foi substância sem conteúdo.

A nossa casa. O tapete limpo, imaculado, desde o dia em que você me pediu perdão por querer ser mulher a sério e arrumar e limpar.

— Hoje você vai ter uma esposa, amor

e arregaçou as mangas

— Me desculpe se estou te desiludindo, mas hoje vou ser esposa

e riu, riu muito, riu alto — eu te abracei, me lembro bem, te abracei, te apertei, e senti uma sensação estranha, como que um acenar de adeus nas suas mãos.

Nas suas mãos, o chaveiro que abriu a porta desta casa que foi nossa, naquele dia o chaveiro sentiu a sua vida, os seus movimentos — que

estranho é pensar que o chaveiro está aqui e você não, um simples chaveiro sobreviveu a você. Naquele dia daquele aniversário em que você me deu esse chaveiro eu não entendi que você era mais verdade que nunca. Naquele dia eu não entendi que você já não era minha nem da vida, você vagueava numa outra esfera a que me recusou entrada, distante de mim e de você, uma esfera de sombras, de nevoeiros, de canções lúgubres.
Naquele dia eu não entendi que se despedia dos aniversários.

~~

O sofá vazio, os braços que não toco, as mãos que não aperto, as pernas pequenas, roliças, carnudas.

Hoje me disseram que o sofrimento passa, que o sofrimento não pode continuar porque nada continua para sempre, tudo termina, como um fio que para ser o que é, para ser fio, tem de ter início e fim, como uma estrada que para ser o que é, para ser estrada, tem de ter início e fim, porque as estradas foram feitas para terem um destino, para conduzirem a algo — e ninguém percebe que eu sou um fio ou uma estrada que não é fio nem é estrada, porque jamais comecei e jamais terminarei, sou talvez um fio de meio, uma parte de meio de um fio ou de uma estrada, que é só meio, que no princípio é meio e no fim é meio, uma junção de três meios naquilo que os outros veem como princípio, meio e fim.

Hoje me falaram em não voltar a esta casa onde você repousa no sofá, com as suas pernas, os seus braços escuros de sol, a sua boca, me falaram em não voltar para aqui onde te encontro, onde te busco, onde te amo mesmo sabendo que esse amor que te devoto é o mais platônico dos amores, mesmo sabendo que não há, não pode haver, retribuição da sua parte, me disseram para te abandonar — te prometi devoção numa tarde em que você disse

— Te amo
e jamais irei quebrar a promessa

A morte tem muitos poderes, eu sei, mas entre eles não está o de eliminar um amor, pelo menos o meu, que parece ser ainda maior a cada minuto que não tenho você.

Por vezes dou por mim pensando que talvez você tivesse morrido para ser mais amada, para ter dentro de você a inabalável certeza de que eu não deixaria de te amar — você me conhecia, eu sei, você me conhecia e sabia que caso se fosse eu seria seu até a hora de ir também, seria seu como não posso imaginar que não sou.

Marcas dos dedos dos seus pés no chão molhado junto à banheira, o meu corpo no chão, o meu rosto afagando o chão sujo, gelado, e sentindo nele a sua pele rosada, as suas unhas que você pintava religiosamente dia sim dia não
— A beleza também tem regras
ouvindo o barulho quase imperceptível dos seus passos, que descobri numa noite em que acordei e te ouvi caminhando de um lado para o outro, com esses seus pensamentos que te impediam de dormir
— Não consigo parar, quero parar e não consigo, penso que tenho de parar de pensar, e isso é um pensamento, mais um pensamento, sempre um pensamento, quero parar, quero parar, quero parar
você pedia, e eu dizia que sim, que um dia isso ia parar, que um dia a voz que estava na sua cabeça ia parar de falar, e então você seria só sua para poder ser minha — mentia, agora posso dizer que mentia para você, sempre percebi que a sua voz que te falava de dentro para dentro era a única voz que você tinha, era ela que te fazia ser vida, se um dia ela se calasse (e nós sabíamos que um dia ela se calaria) você também se calaria.

Eu amava a voz dentro de você porque sabia que sem ela o pouco que tinha de você seria nada como nada é agora.

O chão dos seus passos pequenos molhado de mim, disso que me cai e não me leva, que cai e continua caindo e caindo sozinho, vazio, sem carregar isso que me faz molhar os seus dedos neste chão de não te ter. Penso nas tardes em que vínhamos da praia, penso na areia pregada

— Vamos jogar o jogo do esconde de uma maneira diferente: você tem de encontrar cada grão de areia que tenho no corpo

nunca ganhei esse jogo, nunca consegui perceber como é que havia sempre um grão a mais escondido na sua pele — mas ganhava sempre, ganhava suor, ganhava paixão, ganhava você: era nos momentos de prazer que te sentia exorcizada de você, esvaída dos pensamentos,

nem que fosse só naqueles pequenos pedaços de segundos em que você era orgasmo e não razão.

∽

Lençóis gelados, amputados, manetas, cegos, surdos, mudos, paraplégicos.

O seu frio, a sua pele eriçada de inverno

— Me aperte, me aperte

a sensação de te ter como um vento, uma temperatura, uma aragem de memória.

Você deitava no sofá, se enrolava como sempre se enrolava

— Pareço um bebê, não é, amor

e pouco a pouco me pedia auxílio: primeiro uma camisa mais quente, depois um cobertor, depois outro, até que por fim se entregava à incapacidade de poder ser calor, à incapacidade de ser companhia quando era solidão — estar só é estar frio, estar só é estar como eu estou, trêmulo de corpo e de saudade.

Imensidão, deserto, o seu lado da cama desocupado, como uma casa sem dono mas que ninguém ousa colocar à venda, uma terra aparentemente de ninguém mas que é a terra de um só, a terra com dono definido, tão definido que jamais estará à venda — uma casa que por mais deteriorada que esteja será sempre o lar onde vivo, o lar onde sou.

Tenho nas mãos o seu cobertor favorito, o do Mickey (sempre criança, amor, sempre criança), apertado bem de encontro ao meu corpo — e é com ele que falo

— De manhã voltei à rua onde te conheci, de manhã passei pela praia, talvez estivessem ainda os seus óculos de sol por lá, pelo carrinho de sorvetes, de manhã voltei a viver o que vivi naquele dia, a sentir o que senti naquele dia, e só quando pensei sobre o que estava sentindo é que percebi que estava sentindo o início de algo que já é fim.

Pensar sobre o sentir era o que você fazia sempre que sentia — e você era sentir sobre sentir, era emoção sobre emoção.

Um dia leu para mim frases de um poeta famoso que dizia que pensar demais era sofrer, que quem pensa muito morre de pensamento

— Adoraria não pensar

mas no fundo agora sei que não é o pensamento que mata, é o sentimento — pensar é meio, não é um, é conta incompleta, o que mata verdadeiramente é o sentir que o pensar nos dá, o sentir o que a dor de pensar nos dá. Que seria do pensar sem o sentir?

Não se julgue pensadora, querida, não se sobrestime em demasia, você não passava de sentimento, do mais puro, e por isso hediondo, sentimento.

E era o sentimento, e não o pensar, que te fazia chorar

— Não quero voltar, não quero

sempre que você chegava em casa depois de mais um dia de uma vida de gente

— Nunca vou conseguir ser normal, tenho ódio dos meus colegas, e eles até são bons, tenho ódio do diretor, e ele até gosta de mim, tenho ódio do porteiro que me sorri todas as manhãs quando chego lá, tenho ódio da mulher da cantina, que insiste em estar bem-disposta mesmo sabendo que não tem onde cair morta e que quando chegar em casa tem de cozinhar para o marido e para os cinco filhos pelos quais se escraviza, tenho ódio de quem sorri, tenho ódio.

Ter ódio de tudo é estar no caminho do suicídio — misantropismo sentimental, a porta vedada da sociedade do sentir.

O escuro do candeeiro aceso, o escuro do sol, o escuro do dia, o escuro dos meus olhos claros.

A escuridão da luz.

Nas noites mais frias que eram todas as que estávamos juntos (se lembra de quando chocamos tudo e todos quando dormimos colados no dia mais quente do ano e dissemos que tínhamos frio?) encaixávamos os corpos-carinho, os corpos-ternura, e enterrávamos na maioria das vezes um bicho antropófago chamado sexo — tínhamos vontade de amar e amávamos, sem corpo, só alma

— Obrigada por ser assim, obrigada por me perceber

e éramos felizes assim — sim, amor, eu era feliz mesmo quando queria pulsão e você queria afeto, mesmo quando queria suor e você queria afago, mesmo quando me masturbava de costas para você só para poder ficar pronto para fazer amor contigo como o amor tem de ser feito: calmo, tranquilo, sem tesão.

Saber que se é completamente de outro é ter a nítida certeza de se ser capaz de satisfazer o desejo de fazer amor sem sexo.

Mãos quentes, cima baixo, cima baixo, memória, saudade, ausência, cima baixo, cima baixo, orgasmo, choro, vazio.

Todos os dias desde que você não é me entrego a você da mesma forma que me entregava quando você ainda era: mãos no sexo duro de te imaginar, olhos fechados, a sua imagem fazendo tudo aquilo que eu gostaria que fizesse se não fosse como era, nessas maquinações de prazer você não tinha rosto mas eu sabia que era você, e gritava de prazer a seu lado e pensava que era em você — pelo menos nisso não há diferença, pelo menos nisso você é tão minha viva como morta, pelo menos nisso te tenho toda como significava para você alguém te ter toda.

Um dia você disse

— Quero experimentar o que é que os outros sentem quando falam em prazer

fomos para a cama e você se despiu (despida) e saltou e chupou e gozou e foi a melhor mulher de cama que alguma vez tive (tive muitas antes de você, você sabe)

— Ser putinha é fácil, como você vê, o difícil é sê-lo só com a cabeça
depois raramente foi assim, e na minha boca ficou sempre a sensação de que cada orgasmo era um salto para o vazio, de que cada orgasmo te despia da dor simplesmente porque te aproximava do fim —

ter ainda algo de diferente para sentir era uma das poucas coisas que te faziam perseverar.

⌒

Pela casa ainda anda o cheiro de tabaco, o seu cheiro de tabaco.
Caminho pela sala, pelo quarto, e ele me persegue, sempre comigo, sempre você caminhando através de um cheiro para dentro de mim — e não renego o cheiro, e não te renego, abro as narinas e deixo-o (deixo você) entrar.
Você tem sabor de tabaco podre, de tabaco morto.
Tem sabor do tabaco que te pedia
— Deixe de fumar
e que você respondia
— Fumar me mata, me deixe fumar
e me mostrava a frase em letras garrafais
— Fumar mata
e acabávamos os dois fumando, os dois morrendo e rindo — você sempre venceu as batalhas em que nos envolvíamos, eu nunca soube contornar a estranheza do que você pensava.
O cinzeiro cheio, as suas cinzas espalhadas pelo chão da sala.
Quando você saía de casa e me deixava dizia
— Esqueci outra vez de limpar o cinzeiro, desculpe, amor, despeje-o, está bem
e eu despejava sem pestanejar, rendido à sua forma simples de te vender com um simples sorriso, um simples pedido — ainda hoje acredito que você seria uma vendedora milionária se conseguisse ser você quando abandonava a companhia daqueles que sabia que te amavam.

Você era outra sem querer, apenas por não poder ser você, quando estava com outros e outras, com aqueles que não conseguiam te dar a certeza de que você era amada, de que era querida, de que era apreciada. Perdia a sua graça, o seu carisma, se perdia
— Fico sem saber o que dizer, sem saber o que fazer, só me apetece correr e fugir para bem longe
sem conseguir mostrar àqueles que não te conheciam que você era tudo isso que nós sabíamos que era
— Tenho medo de falar, tenho medo de rir, não sei quando falar e quando calar, não sei quando agir e quando parar, não sei.

Você não sabia, amor, não sabia ser você quando quem te via e ouvia não sabia o que você era — você chamava de vaidade, ego, terror de inadaptação. Eu chamo de pânico de conviver, porque você comigo não convivia, você comigo atuava, como se estivesse em cima de um palco representando algo que sabia de antemão que ia ser apreciado pelo público que tinha — você era uma atriz corrupta, que comprava o público, que o escolhia meticulosamente antes de entrar em cena, só para não ter um dia a desilusão de ser apupada e não aplaudida, de ser insultada e não elogiada.

Comigo podia ser você porque você era extravagância e sabia que mesmo que eu não gostasse acabaria por gostar — porque te amava, porque te queria, e sobretudo porque você sabia que o amor vê tudo, menos o que está diante de si.

Bordado de castanho, um buraco no sofá — nesse dia você pediu
— Perdão, mas me apetece estragar algo, quero me queimar mas sei que vai doer, e se é por causa da dor que me apetece queimar algo não faz sentido me dar mais um pouco do que me faz sofrer, se é precisamente isso que quero atenuar

eu te deixei queimar e te senti mais calma a cada segundo que passava, a cada milímetro de tecido consumido pela força do fogo, a cada cheiro nauseabundo de pano queimado que você inalava — a seus olhos você estava ali, era um sofá, um pano de sofá sendo lentamente comido pelas chamas, e a sua dor pouco a pouco se esvaiu, se transmutou para o pano.

A minha mão no buraco, uma carícia no seu rosto.

Quer casar comigo todos os dias?

∼

O espelho com riscos de batom, vermelhos, laranja, rosa — o preço da sua vaidade dentro da minha saudade.
Em segundos, entro no vidro e sou um risco — e te vejo espampanante como sempre fazia questão de estar, de vestido longo ou curto, entrando num restaurante chique aonde íamos cada vez que te apetecia ser lady
— Sou uma senhora, me respeite por favor
você brincava com olhar e palavras sérias quando eu te pedia para não ir, quando te dizia que não gostava dessas coisas.

Me sinto perdendo a virgindade a cada segundo sem você.
Você é a mulher que me desflora de dor verdadeira, dor a sério — tal como o amor, a dor só é pura quando é a primeira, e agora que te sinto sem te ter sei que nunca sofri, que nunca chorei, que nunca me doeu.
A dor primeira nunca morre, a dor primeira se repete em episódios corrompidos do que já foi, a dor se mantém, escondida, atenta, como um predador numa selva esperando a sua presa, à espera de que o tempo que teve a ousadia de deixá-lo faminto ao falsear o fim da saudade e da falta lhe traga a presa fácil de uma nova dor que não existe, que não é, é apenas uma ramificação distorcida da dor primeira — sim, esta que sinto: era virgem de amor antes de te conhecer.
Era virgem de dor também — porque não é dor tudo o que não seja não te ter.

Peço a um caminhão que me atropele e me tire as pernas e os braços e a capacidade total de andar se isso te trouxer de volta; peço a quem te tem que me ponha sem ver, sem ouvir, se me oferecer a sua voz viva, os seus lábios vivos, a sua silhueta viva, mesmo que nada possa ouvir ou ver.
Te quero aqui mesmo que nem eu aqui esteja.

Um dos riscos desenha uma curva apertada, uma subida a pique. Não me aguento: tento apagar com as lágrimas os riscos e os riscos se espalham ainda mais, os riscos já não são riscos, os riscos são manchas que crescem, que se alastram, que me atravessam — dentro de mim acontece o mesmo com você, com a sua presença que não é ausência, que é ausência mas que por isso mesmo, por ser ausência, é presença, e que se mantém, e que se eu tentar apagar como a esses riscos se estende ainda mais por tudo o que é meu, por tudo o que sou: acaba por ser uma mancha una, filha sua e da sua morte que não me larga.

Já não me vejo, o espelho te espelha, com as suas manchas que é você para mim — finalmente o espelho diz a verdade, ao revelar diante de mim aquilo que os olhos me mostram sempre que para ele olho.
Se eu fosse otimista pensaria que o pior já passou, que a partir de agora vou crescer e vou ser forte e vou conseguir ser mais inviolável à dor, que a partir de agora tudo pode me acontecer que estou preparado — e esqueceria que a partir de agora sou um suicida em potencial, um tresloucado sem eira nem beira: a partir de agora sou um pedaço de nada com capacidade para andar, uma réplica viva daquilo que deve ser a morte: pálida, cadavérica, inerte: morte.

As palavras da morte têm uma sonoridade igual às que ouço sempre que me ouço.

⁓

Os seus cremes solares dentro do armário, sempre você me aparecendo a cada passo que dou, a cada gesto que faço: me lembro das suas manias de cor, das suas manias de que ia derrotar o Deus que quis que você fosse branca de pele
— Pareço lixívia
e não te deu a cor morena que era a sua por dentro (por dentro você era uma morena vistosa — por que não poderia sê-lo por fora também?)

— Não aguento ser assim, ser assim é ser falsa, é parecer o que não sou. Não aguento ser falsa, especialmente quando sou falsa não por espontânea vontade mas porque alguém assim o definiu de nascença. Vou ser morena.

E foi mesmo: de dois em dois dias

— Não dá mesmo para ser todos os dias e muitas vezes em seguida? (perguntou ao funcionário que te atendeu, desesperada por não poder resolver o assunto rapidamente)

lá ia você para a sua igreja, para as suas preces, onde se deitava nua e crua perante a cor que meia dúzia de lâmpadas te davam

— Me sinto bem ali fechada naquele casulo, só eu e a luz, fecho os olhos e sinto o calor do clarão me queimando, me cobrindo de mim, dando verdade ao meu aspecto: me sinto caminhar de encontro a mim quando estou dentro do meu solário

você tinha o seu solário

— Só faço naquele, aquele é o meu, espero o tempo que for necessário

me explicava quando íamos juntos e você não conseguia ir para outra cápsula que não aquela — quando eu te perguntava por que, respondia com a maior naturalidade do mundo

— Se me entregar a outro serei uma puta da pior espécie, uma traidora, e jamais conseguiria viver bem com a minha consciência

dizia também

— Só me deito contigo e com essa luz, a minha luz, mais ninguém

nada tinha para contrapor quando você argumentava com o irrebatível

Não me sinto à vontade perante outro para me pôr nua, não sou uma qualquer.

As minhas mãos espalhando creme seu pelo meu corpo — entrando na minha pele, você, a sua cor, a cor que quis ter e acabou por ter, a cor com que você morreu mas que a morte te tirou: é verdade, amor, é verdade, tenho de te dizer que acabou por ficar branca como era por fora, como nasceu por fora. Quando te vi e te beijei dentro daquele caixão era branco sobre branco

— É da maquiagem, amor, é da maquiagem

sei que você estará agora respondendo — mas não era a maquiagem, era simplesmente a cor da morte vencendo a cor da vida, a claridade do fim vencendo a escuridão de um começo.

Dentro do caixão, morta, e dentro do solário, viva, você era a mesma (só mudava a cor): quieta, olhos fechados, rosto rígido. Por momentos sorrio e penso que a morte é um solário que não acaba, um solário com cadeado e do qual ninguém tem a chave, um solário que ao invés de bronzear aclara, um solário que te ofereceu aquilo que você mais desejava: a impossibilidade de envelhecer, a fuga às rugas, às doenças, às dependências, ao fim lento
Quando vir que estou velha me mato, quando vir no espelho um fragmento de morte já estou morta, só vivo até o dia em que o espelho deixar de me dar o que eu quero ver.
Na antecâmara de um suicídio anunciado, você ganhou a fuga para a frente —

te deram a juventude eterna, escondida nas catacumbas da morte.

〜

Já não sinto as mãos, os dedos que mexem sem que eu tenha poder sobre eles — são dedos autônomos, autômatos da vontade de te ter seja de que forma for, nem que seja por uma voz sua que já não existe, que já nada é: não passa de uma voz vinda do fundo de um túnel, do fundo da morte, do fundo onde você está e de onde te trago sempre que os dedos das minhas mãos te buscam sem me pedirem autorização.

A prova de que o coração é um órgão elástico, maleável, e que tanto pode ocupar escassos centímetros (quando encolhido pelo vazio) como se estender por todo o corpo (quando, como em mim, há um amor que o enche de tal maneira que ele se estica, atinge territórios que não lhe pertencem mas que são dele), é ver esses dedos te ligarem sem que eu entenda como, se eu estou quieto por fora, sem me mexer, e vejo o celular ser mexido, as teclas serem apertadas e a sua voz

— Ligou para mim, não vou dizer quem sou porque se me ligou é porque sabe quem eu sou

me dizendo que você ainda fala, que ainda está viva mesmo com terra e bichos por cima

— Neste momento estou demasiado ocupada ou demasiado sem nada para fazer e por isso não posso atender

ainda rio com as suas ironias, com a sua capacidade desconcertante de falar, de dizer — você fazia do trivial especial, do banal distinto

— Se estiver disposto a ligar mais tarde nada o impede, se não quiser tente ser feliz e fazer de quem o rodeia alguém feliz.

Faço isto tantas vezes por dia, tantas vezes por hora, tantas vezes por minuto: ligo para o seu número de celular, deste celular que está aqui comigo, ao meu lado neste sofá entupido do seu cheiro, e fico sentindo a sua voz nos meus ouvidos, me entrando como entrava na cama

— Te amo

e fico muitos minutos falando com você, te contando tudo o que fiz, tudo o que não fiz, por te querer apesar de saber que te ter é uma impossibilidade lógica, um delírio — uma utopia mais utópica que acreditar que você me ouve quando te digo (no gravador de mensagens do seu celular que você abandonou)

Hoje vou fazer aquele arroz de ovo que te fazia babar, que te fazia ficar horas passando a mão pela barriga, satisfeita, saciada.

Quando te imagino me ouvindo pelo celular te encontro recostada debaixo de uma árvore desse lugar onde você está (onde está? há música aí? já dançou? já fumou ou quando se morre morrem também os vícios?), atenta e com um sorriso nesses lábios que estão aqui tocando os meus, de que ainda sinto o sabor, a textura, escrevendo numa folha branca as respostas a todas as perguntas que te faço, os comentários a tudo aquilo que te digo, as sugestões — e quando eu finalmente morrer (quando morro?) você vai passar muitos e muitos dias lendo para mim tudo o que escreveu, entre beijos e abraços e suores, e à noite (há escuridão por aí?), quando você acabar as palavras do papel, ficaremos nos olhando nos olhos sem falar durante horas, até sentirmos que as saudades de te ver e de você me ver já foram completamente saciadas.

Você mora em cada esquina dos meus olhos fechados, te encontro mais vezes agora do que quando podia realmente te encontrar — sou um homem vulgar, que só dá valor ao que tem quando já não o tem, que só olha para o que vê quando já não tem qualquer possibilidade de vê-lo.

Quer casar comigo todos os dias?

⌒

Estou passeando de braço dado com você, amor.
Foi aqui que te olhei de dentro para dentro e te perscrutei a alma, e te analisei cada pormenor: quando você desviava o olhar sempre que estávamos falando algo de realmente importante; quando punha as mãos nas ancas e fazia um olhar sério quando eu te fazia perguntas mais indiscretas; quando abria muito a boca e me mostrava os dentes desalinhados sempre que eu te dizia que era linda
— Vê lá se assim continua achando o mesmo
e abria a boca, e tirava a língua para fora, e contorcia o olhar — e no fim de todo esse espetáculo em que você quis esconder a beleza, eu te disse
— Você é linda, estou apaixonado por você
e você corou
— Nunca ninguém esteve apaixonado por mim
e atirou
— Só fica apaixonado por mim quem eu consigo apaixonar, e eu para apaixonar alguém tenho de estar apaixonada
e morreu logo ali nos meus braços, logo naquele instante em que você soube que eu te sentia como você me sentia se entregou e eu me entreguei, e juntos terminamos a tarde (chuvosa, ventosa, fria) passeando de braços dados encharcados de chuva e você de mim e eu de você.

Está vento e chuva e frio.

Em casa, na nossa casa, o vento assobia pelas janelas, o frio entra pelos ossos, a chuva bate nas persianas — e eu te ouvia a cada assobiar

— Vem, amor, vem ficar comigo, vem ficar comigo à porta do fim

vesti o casaco sem perceber e quis sair sem saber para onde, porque não sabia onde era a porta do fim — até que você voltou a me segredar ao ouvido a cada rajada, a cada chuvada, a cada tremer

— Você sabe tão bem quanto eu que o lugar onde tudo termina não pode ser outro senão aquele onde tudo começa

e agora aqui estou, aqui estamos, de braço dado, sentindo a chuva e o vento e o frio que é você (porque tudo é você), falando de saudade

— Aqui foi onde você me beijou pela primeira vez

você me assobia (pelo vento) ao ouvido

— Aqui foi onde saltei para o seu colo com tanta força que caímos os dois no chão e ficamos sujos de lama

me molha (pela chuva)

— Aqui foi onde pela primeira vez você viu o meu umbigo e me disse: É igual ao meu, completamente igual, o corte, a espessura, a profundidade, esse umbigo é a prova de que quando nos cortaram nos uniram, nos fizeram na medida para voltarmos a encaixar em alguém, para encaixarmos com perfeição um no outro

me toca (pelo frio).

A água escorre pelo meu rosto, me tapa os olhos.

Sei que você está aqui dentro, te sinto ainda aqui — mas para ser sincero cada vez te vejo mais como uma silhueta distante, quase imperceptível: você é cada vez mais um vento ou uma chuva ou um frio —

voláteis, esporádicos, você.

A minissaia nas pernas, a camisa justa, com estampa de folhas, você e eu vestidos da mesma maneira para a celebração final.

Remexi no seu armário que até hoje nunca tinha tido coragem de abrir e tirei de lá algumas roupas, alguns conjuntos — e acabei por escolher vestir esse azul justo, esse em que você brilhava como a princesa que era e provocava como a instigadora que também era.

Olho para o céu e consigo te imaginar assim vestida, com a versão morta dessas roupas vivas, defronte do espelho como eu agora, sorrindo e dizendo
— Hoje você vai arrasar, hoje ninguém vai passar por você sem te ver ao mesmo tempo em que estica os lábios e lentamente passa a língua pela parte de cima da boca e pisca o olho.

Para quem não te conhecesse você seria com certeza a mãe de todas as ninfomaníacas — para mim você era a mãe de todas as atrizes da vida, a atriz que enganava quem quisesse quando quisesse: me enganou quando me conheceu, me enganou quando me disse
— Te amo
porque se você fosse verdadeira teria de dizer
Me amo e você é o espelho que me faz me beijar e me abraçar e me querer e passear de braço dado comigo sem que os outros, sem que o mundo, me olhem de soslaio e encontrem em mim a louca que sou.

Hoje me vesti de gala, me vesti de você, porque sinto que é hoje a última festa que vamos partilhar: você já não está aqui dentro como um músculo vivo, um músculo potente e que me governa, é cada vez mais um osso pouco sólido, doente, fraco, que tende a se desintegrar à medida que o tempo corre —
não pense que você vai deixar de estar aqui dentro, não é isso, amor, apenas vai estar aqui dentro como um quadro numa parede: presente mas praticamente ausente para quem já o encara como parte da parede, daquela parede, e que em nada ou quase nada influencia a vida de quem o colocou naquela parede — me desculpe, amor, mas você já nada significa para o

curso da minha vida, já trabalho, já rio, já corro, já salto, já choro sem ser por você, e imagine que até já amo outro corpo que não o seu.

Não pense que estou te traindo só por ter outras debaixo de mim —

o meu entendimento do mundo pressupõe um relacionamento liberal entre um casal em que um dos elementos está morto.

Mas hoje não saí nem vivi, resolvi ficar aqui, de novo sozinho com você, me vestindo de você para podermos ter a última festa a dois, em que você vai me fazer o strip que me prometeu e que morreu sem cumprir, e eu vou servir de modelo para as suas fotografias de extravagâncias nuas, como as chamava.

Vem, amor, me dê a mão, ande comigo para a mesa, hoje preparei o arroz de ovo que você adorava, espero que goste.
Na despedida que sonhei, você era choro e eu lágrima, você era dor e eu sofrer, mas nesta que vivo, real, a única dor de que padeço é a de sentir liberdade por conseguir me ver livre da sua presença em movimento,

e finalmente conseguir te prender no espaço recôndito e cada vez mais exíguo que reservei para o amor.

～

Estou te queimando, amor.
Sinta as chamas que te consomem, aqui, neste quarto onde fizemos suor e fizemos dor, aqui neste quarto onde quisemos ser mais um e onde acabei por ficar só eu comigo.
Já não acredito que você volte, já não acredito que esteja — te sinto, sei que te sinto, sei que passarei todos os dias que me restam a te sentir, mas sei também que te sinto como um vento fraco, cada vez mais fraco, cada vez menos vento e cada vez mais aragem.

As chamas quentes saboreando os seus vestidos, cada partícula de cada roupa sua, matando o que você era e te trazendo até mim como você está em mim: sem aspecto, sem corpo, só uma memória, só um amor que te tive e te tenho por mais que queime as suas roupas.

A fumaça criada pela roupa amontoada, a mancha de branco cobrindo esta casa —

que melhor imagem do que essa para me despedir de você, que melhor imagem que a de uma fumaça branca e espessa que tudo cobre e que esconde a sua partida?

As velas que espalhei pela casa se juntando em fumaça ao seu desaparecimento, o caixão de mármore que comprei para você, à sua espera, silencioso, também ele quase totalmente coberto pela fumaça que é você dentro desta casa onde desvanece em morte como desapareceu em vida: sem aviso, sem ninguém esperar.

Já só há cinza escura onde anteriormente havia roupa — e um odor de morte no ar, esse odor que me persegue.

Agora já só faltam as fotografias, o cinzeiro, os seus produtos de beleza — está tudo dentro de um cesto que atiro para dentro do caixão: você vai sair com toda a pompa e circunstância que merece. Queria chorar mas já não consigo, simplesmente talvez porque não tenha mais lágrimas aqui dentro (haverá um estoque de lágrimas disponível para cada vida?)

Está tudo arrumadinho: o caixão bem cheiroso, as suas cinzas dentro dele; está na hora de ir, amor; desculpe mas tem mesmo de ir, tem mesmo de me deixar ser corpo, tem mesmo de me deixar ser esperança — tem mesmo de me deixar.

Só faltam as palavras finais, aquelas que têm sempre de ser ditas em alturas como esta

Não sei se conseguirei levar a cabo o que essa cerimônia representa, não sei se conseguirei me soltar de você de vez como tudo isso revela, mas sei que se houver alguma coisa que possa recordar de você se conseguir te ver como algo que não me pertence, como algo que já pertence a outros territórios que não estes de vida e gente que ainda piso, será a forma como você gostava de encarar a morte, a forma como dizia que morrer não é um fim nem um começo, morrer é só mais um passo de uma existência, como o primeiro beijo, a entrada na faculdade, o primeiro filho, somente uma etapa, mais uma etapa na existência de um humano. Viver não é existir, viver é uma etapa do existir, porque quando morrer vou continuar existindo, vou continuar sendo alguma coisa, nem que seja só uma memória para aqueles que me tiverem na memória, nem que seja só um ódio para aqueles que me tiverem como ódio, nem que seja só uma inveja para aqueles que me olharem sem vida com inveja, você dizia, e olhava para mim quando o fazia, como que me dizendo que eu era um desses, que eu era um daqueles para quem ver morrer era invejar, era querer estar no lugar da morte, no lugar do caixão, no lugar da evasão derradeira. E agora que te dedico estas palavras e te peço para me largar para a vida, só consigo te dizer que apesar de te invejar e a todos que passaram mais uma etapa da existência e já não vivem já não acredito que possa ser eu a ter uma palavra para dizer no meio disso tudo que é o nosso caminho, e por isso já nada penso nem faço para me colocar no trilho que gostaria de seguir, me limito a andar para onde a maré me leva, esperando que um dia possa voltar a te ver sem corpo, só uma alma, e possa te conhecer: o seu riso de alma deve ser mais aberto que o seu riso de corpo; o seu choro de alma deve arrepiar ainda mais que o de corpo.

Os meus piores momentos com você foram os que não vivemos, valha--nos isso,
e magoe-nos isso, também.

Morra em paz, amor.

Quer casar comigo todos os dias?

BÁRBARA
O diário

Hoje decidi passar o dia no céu. Daqui a dois minutos bato à sua porta, sim?

∼

    gosto de viver aos poucos,
    e depois morrer de uma vez,
    esperar o pico absoluto, tocá-lo com a ponta dos dedos,
    agarrar a pele e fazer dela minha senhora proibida,

    quando morrer vou para o inferno, eu sei,
    mas para já estou no céu.

∼

    Passeio madrugador pelas ruas quase sem gente. Velhos de cartas na mão e juventude amputada nos olhos se debatem com a incerteza do dia da partida. Uma mulher de seios caídos me procura na memória e só me encontra quando já estamos distantes. Hesita entre voltar e continuar. Continua. Agradeço-lhe a bondade de me poupar de pessoas. Do outro lado da rua, um homem estendido no chão viaja no sono que lhe rouba, por momentos, a casa que não tem. Sobre o papelão que é uma cama, os ossos o sugam de nada ter. E o céu carregado, o céu que não passa. No quiosque, uma velhota me confessa baixinho, como se temesse estar perante um segredo que pudesse colocar em perigo o futuro da humanidade: "Eu sei quem você é". Retiro-me sem uma palavra. Sempre tive inveja de quem sabe mais do que eu.

⁓

Há lá coisa melhor do que duas mãos que se beijam?

A mão dela tinha Deus dentro. Eu a apertava, a beijava com a minha mão apressada, com a minha mão urgente, a minha mão como se numa ambulância, e percorríamos as ruas mesmo que fossem as ruas que nos percorressem, simples corpos sorridentes

Há lá coisa melhor do que dois corpos que se sorriem?

Sabia, com cada um dos meus dedos, com cada uma das minhas mãos, todos os riscos e ranhuras da mão dela; era ali, no por dentro das mãos que eu tocava, que ouvia as novidades, que lia os títulos das notícias, de todas as notícias que me importavam

Há lá coisa melhor do que ler as notícias na mão que se ama?

Não havia, nos passos que dávamos, qualquer distância andada, nem sequer um caminho a andar; éramos caminhantes de andar, viajantes do nosso tempo. E acreditávamos, todos os dias, em todas as respirações que respirávamos no espaço das nossas mãos, que o tempo era apenas o instante em que, juntos, parávamos o tempo

Há lá coisa melhor do que o instante em que se para o tempo?

Recusávamos as palavras, até os gestos; e era assim que nos contávamos por inteiro.

Há lá coisa melhor do que aquela parte em que nos contamos por inteiro?

Não sabíamos, nunca soubemos, se era muito o tempo, o tempo das horas e dos minutos, que passávamos juntos; sabíamos que era, para nós, todo o tempo do mundo

Há lá coisa melhor do que sentir o tempo de sentir todo o tempo do mundo?

Sabíamos que era, como as nossas mãos eram, o tempo suficiente para aguentarmos o resto mais um tempo, para suportarmos o por fora das nossas mãos mais um tempo. Talvez, no momento em que as mãos deixavam de se amar, houvesse lágrimas, as lágrimas que se deixam cair sempre que algo cai dentro de nós. Talvez quiséssemos ficar por dentro das nossas mãos para sempre.
E ficamos.

⌢

a insatisfação não passa,
e ai de mim se passasse,
gostaria de ser imortal só para aprender a melhor morte, perceber qual a melhor altura para desistir, olhar para o que falta com olhos de gozo,
os gatos e a casa tão grande para o que precisam, quando aprenderei a ser minúsculo e a me fazer grande?,
a vida passa e nem diz olá,
avisem a ela que não a largo, por favor,
e não a larguem também.

Dias de chocolate e sexo. Dias de doces e suores. Dias a dois, na solidão cheia de um mundo sem par. E tudo se resume ao prazer. Todos os suores merecem amar. Todas as bocas sabem o que é a felicidade. Todos os homens sabem o que é a felicidade — mas só alguns têm a coragem de exigi-la. Em você, por detrás do pano do beijo, por detrás da força do abraço, por detrás do barulho eterno de um gemido, há toda a coragem de nada mais haver senão tudo. Passar as mãos pelo céu, beijar de língua o sonho: eis o que, por estes dias, nos faz os dias. E, é essa a certeza que a cada orgasmo nos convence, há dias definidos para se ser feliz. Todos.

a ambição dói antes do osso,
na recatada região da felicidade absoluta, existe a possibilidade de te abraçar,
e mais nada.
devia ser possível te comprar em prestações, é isso o que todos os dias tento fazer,
haja um beijo disponível em mim e será seu,
se quiser viver me chame e eu vou,
sou tão feliz, sabe?,
e se não sabe eu te ensino passo a passo,
começa com um abraço,
anda,
e acaba com uma lágrima e o sono,
quando adormeço acredito na vida eterna,
e quando acordo e te olho o confirmo,
de que Deus você veio?

à noite, o silêncio se faz ouvir,
para onde vão as pessoas quando dormem?,
e acontece mais eu, as coisas paradas deixam de fazer mexer as vidas,
as ruas existem para se olharem,
me lembro de adormecer triste vezes demais,
as lembranças gostam do escuro, por que será?,
aguardo a chegada do sono como se aguardasse a sua chegada,
e você vem.

⁓

não compreendo o rancor, mas ele acontece por todo lado, gente que guarda e sofre,
também porque guarda, claro,
e se houvesse um tribunal de dor, por exemplo?,
meritíssimo, hoje me magoei tanto, e não precisava,
cadeias com pessoas que se doeram quando não precisavam, crianças de sorriso nos lábios ensinando o mais simples, e que ninguém aprende,
só o que serve para viver deve ser lembrado, lembra?,
como o dia em que te amei o corpo todo pela primeira vez,
quer que te mostre como foi, quer?

⁓

O seu beijo, meu amor.

E em volta tudo como se houvesse em volta. Tudo como se houvesse tudo o que não é, quando te beijo, o seu beijo.

O rasgo dos seus olhos, o cheiro do seu vento, a onda do seu abraço.

Saber que te sou. Incondicionalmente te sou.

A sua boca por preencher a minha.

Saber que me (te) rendo.

A minha boca por preencher a sua. A colina dos seus braços, a luz da sua voz.

Saber-me seu. Passar o tempo para não me passar de você.

O abrigo do seu colo.

Sair do espaço que não é você e me saber fora do espaço que não sou eu.

O toque da sua pele. O seu beijo, meu amor.

E em volta tudo como se houvesse em volta. E em volta a certeza de que te amar, meu amor, não tem volta.

∽

um corpo que quer acabar é uma indecência, o mundo existe e ele não o acompanha,
que estupidez é essa de haver o fim à revelia?,
todas as mortes deviam exigir requerimento, advogados, debate público, familiares, amigos, amantes, todos juntos decidindo se é hora ou não de partir,
com que então o senhor meu pai quer nos abandonar, é isso?, e que motivos alega, pode-se saber?,
a decadência acontece e não se sabe quando começa, quem a decide,
quando não souber escrever me matem,
ou então me ensinem a cantar, ou a pintar, ou a desenhar,
quando não souber escrever me matem,
ou então me ensinem a viver.

precisar de prazer é a humanidade primeira, o começo de todas as pessoas,
   existimos para o prazer, para que instantes de nós absolutos aconteçam,
   tudo o que somos se extingue diante de um orgasmo,
   e ainda bem.

o sucesso é ter quem fique feliz com o meu sucesso,
   tão simples assim, e é mesmo assim,
   me vale quem me abrace quando estou feliz, e no fim das contas é mais por isso que estou feliz,
   de que vale ao campeão do mundo ser campeão do mundo se não tiver quem o ame para ser campeão do mundo com ele?,
   todas as vitórias são coletivas,
   sobretudo as individuais.

Descobri que existia Deus no espaço interior dos seus lábios.

você cheira a ariel,
   as suas palavras tão simples, e rimos tão parvos e tão felizes,
   a vida pode ser apenas ser parvo e ser feliz, talvez aqui e ali um bocado de seriedade, um momento para não rir, para só estar, olhar em volta, perceber a dimensão que não acaba do que é isto onde estamos,
   quem inventou o mundo terá ainda mão nele?,
   em mim não tem, ninguém tem,
   só você, a maneira como os seus lábios levantam os meus,

prefiro me estender com você no sofá e ver o tempo passar enquanto a inconsequência define o que fazemos,

de que serve arriscar o presente em razão de algo tão inexistente como o futuro?

༺༻

gosto de lamechice,

até dizer isso é lamechas, e eu adoro,

adoro as palavras que me levam para dentro de algo que me arrepia, como quando você diz que me quer velhinho nos seus braços, e depois me aperta na raiz da pele,

ontem percebi de onde vem a alegria, logo te explico tudo debaixo dos lençóis, sim?,

respeito quem não compreende o amor, nem o escreve,

só não compreendo quem não ama,

você me ama?,

te digo que sim e cumpro,

amo,

pode ser agora, por favor?,

e vai ser,

está sendo, aliás,

você é inteira em todas as partes de mim,

quem diz te amo e não se mexe está faltando ao que ama,

me ama mesmo?

༺༻

o corpo cansado no escape da noite,

basta um segundo para encher todo o dia, já reparou?,

hoje fui feliz,

começaria assim o diário de hoje, como todos os diários deviam começar,

hoje soube que havia pessoas que me queriam bem,
que felicidade incomparável é saber disso, já reparou?,
um dos gatos me olha com a profundidade interessante dos gatos,
se deus existir é um gato, tenho certeza,
ou simplesmente você,
hoje continuou a ser minha como sempre e minha pela primeira vez como sempre,
começaria assim a biografia de mim,
e acabaria da mesma forma,
mas com um abraço, claro,
toma.

Na cama em que os sonhos se fazem, o seu corpo misturado com o meu. Assim se ergue a vida, por detrás do cheiro do sexo molhado, por sobre a verdade dos lábios esfaimados. Te agarrar na carne e me sentir de alma, o por dentro de estar vivo a cada segundo de suor. Te dou com a força de um animal, louco e insaciável animal — com o "toma", o "gosta?", o "pede". E ainda assim te dou com a ternura incomparável de um cúmplice — com o "preciso de você sem igual", o "gosto de você até os ossos", o "te amo sem amanhã". Na cama em que os sonhos se fazem, nem os corpos sabem a quem pertencem. Somos dois, com o prazer de todos os mundos. Somos um. E um é tudo.

seis da manhã, no porto um navio entra e a ponte abre,
a precisão de um gigante como se fosse uma formiga, cada espaço conta, cada movimento pode matar,
quantas vezes na vida temos de ser gigantes com a precisão de formigas?,
e nem assim deixamos de morrer,

há pessoas que se levantam por esta altura, crianças que se preparam para o dia,

a diversidade da vida daria para inventar outro mundo,

ainda não me deitei, o sono não vem, penso nas obras que poderia escrever um pouco, no milagre de ter ainda pai e mãe,

obrigado por tudo, fiquem mais um pouco, sim?, só até eu ir também, pode ser?,

o navio já entrou no porto, pessoas com músculos descarregam,

há pessoas felizes sempre que trabalham, outras miseráveis,

o mar pode ser sonho ou inferno, como tudo,

até a sua perna pousada sobre as minhas,

se fosse pintor era assim que nos pintava, a sua perna sobre as minhas,

pode um corpo ser mais feliz do que isso?,

os olhos caem mais um pouco, chegou a hora de desistir de olhar para te ver melhor,

me olha a noite toda, olha?

⁓

dia do trabalhador, sol, as pessoas esquecem o que lhes dói e vão buscar o que lhes resta,

resta, apesar de tudo, tudo,

a mãe que leva o menino ao parque e é criança outra vez,

cuidado que te magoa, e eu te amo,

o namorado que leva a namorada ao parque e perde a respiração outra vez,

ai se não estivesse aqui tanta gente, um dia te levo para o meu quarto quando os meus pais não estiverem, um dia te levo mesmo,

a amiga que leva a amiga ao parque e se confidencia toda outra vez,

promete que não conta isso a ninguém, promete?,

os desconhecidos que se cruzam no parque e se cumprimentam e se sorriem outra vez,

boa tarde, como está?, tudo bem?, obrigado,

o velhote que joga cartas com outros velhotes no parque e se chateia outra vez,

você fez uma renúncia, como é que quer cortar um ouros?,

resta, apesar de tudo, tudo,

a vida percorre os espaços em branco por dentro de nós, existe o mundo para nos desocupar de nós,

e depois existe você para me ocupar de você, nem que seja à força, nem que seja para sempre, nem que seja eu a te pedir para ser ocupado,

resta, apesar de tudo, você,

e acima de tudo também.

∽

falta qualquer coisa na comunicação entre as pessoas,

provavelmente a noção da inutilidade da razão, do absurdo de se matar para que o que vemos seja o que o outro vê, ou o que sentimos seja o que o outro sente,

me sinto cansado de tentar a harmonia completa, e sinto muito,

às vezes desisto oficialmente de entender o que define os caminhos, me deixo ir, me apago e espero que o que me impede de ser livre passe,

penso então na valia inquestionável do seu abraço, na necessidade estrita de ter você ao meu lado quando a vida aperta,

e descanso.

∽

A alegria genuína de duas crianças que brincam. Tão grande que nem o pensamento a inibe. E a alegria genuína de dois adultos que amam. Tão grande que nem o medo a inibe. Só o que é grande demais não encolhe. Só amar é tão grande como o que não acaba. As crianças brincam e saltam e gritam. E tudo aquilo — o brincar, o saltar, o gritar — vale por tudo o que é: tudo aquilo é tudo o que é. Sem que pensem no que vem depois, sem que pensem que tudo — sobretudo aquilo que agora as conquista e as arrebata — vai acabar. Só o que é curto demais, tão curto que parece sempre de menos, é eterno. Só o que acaba cedo demais é eterno. E te amar, meu amor, é sempre cedo demais. E depois, quando acaba, é sempre tarde demais. Te amar, meu amor, é sempre demais. Só o que não conseguimos segurar nos segura.

⁓

o silêncio é o momento em que a vida se escuta por dentro de mim,
tento ouvir o que me faz querer a ausência, perceber onde está o motivo para a existência de tempo,
há silêncios que conseguem ser dolorosos e libertadores, provavelmente todos,
o meu pai me liga da manifestação, feliz, à procura de uma nova revolução,
quem é essa gente que nos governa?, onde deixaram a capacidade de sentir?,
me deixa tão aberto ao mundo ver quem amo vivo, preciso viver para tê-los,
e logo aí a existência faz sentido,
já para não falar de você, claro, que me procura calar o silêncio sempre que pode,
e consegue sempre,
obrigado.

⁓

se te disser que choro a cada vez que você chora, mesmo quando me calo e pareço te ver ao longe,
você é tão grande em mim que às vezes tenho de me distanciar para que você possa caber, sabe?, dou dois passos atrás, te olho mais distante, depois arranjo maneira de te trazer toda, e só então regresso,

o corpo pode ser elástico mas nunca como o tamanho interior que você me deu desde que te conheci,
eu era pequeno, minúsculo, quase nada antes de você,
ou mesmo nada, se as palavras existem têm de ser ditas, não é?,
se te disser que choro a cada vez que você chora, dizia, me deixe chorar com você assim?, ficar calado à espera que passe, pedir às horas que te deixem parar,
posso te abraçar quando me apetece fugir?,
agora quero me sentar com você à mesa,
gosto de você mais do que arroz, e esta?,
eu que como arroz com tudo,
gosto de você mais do que arroz, que tal isso como declaração de amor?,
se te disser que choro a cada vez que choro você deixa de chorar, deixa?,
e deita no exterior das lágrimas para chorarmos juntos,
e já agora nos amarmos,
pode ser?

∽

quando acordo e os seus pés enrolados nos meus,
acordar é isso ou então não é nada disso, nem sequer acordar,
a vida acontecendo lá fora, carros, pessoas, corridas e medos, e nós numa paz inquieta,
o segredo da vida é inquietar levemente a paz, lhe dar desassossego, e depois aparecer para resgatá-la completa, adormecê-la nos braços, protegê-la do que não para,
viver é isso ou então não é nada disso, nem sequer viver,
o segredo da vida é protegê-la do que não para,
e nunca parar.

∽

Depois da adrenalina, o sono. A alma pousando, lenta, na almofada de nada querer. O dever cumprido, o sorriso obsceno de quem sabe que fez bem. De quem sabe que fez a diferença. Viver é ter a certeza de que é possível fazer a diferença, obrigar à mudança. Nem que seja de uma só pessoa, nem que seja de um só gesto, nem que valha um só abraço. Viver é fazer a diferença. As palavras que se perdem da boca e que se deixam cair no que não se diz. Quero tanto dizer o que ninguém disse. Te amo como nunca ninguém te disse. Te amo como é impossível dizer. E está dito.

~

a vida passa enquanto pensamos que a vida é curta, nos perdemos estudando o tempo, tentando entender o melhor uso que fazemos dele,
e nos esquecemos de usá-lo bem,
perceber como podem os seus lábios conter o terceiro segredo de fátima, por exemplo,
que só pode ser que deus existe e está no meio de nós,
eu e você, claro,
quem mais?

~

tantas expectativas por cumprir, pessoas de olhos vencidos,
por que olhamos o chão quando temos de nos erguer?,
nascemos com os sonhos todos do mundo e apenas uma vida,
deus pode ser onipotente mas não sabe nada de matemática, isso é certo, e de você, que pode existir apenas num lugar e consegue ocupar pelo menos dois,
quando me perguntam como estou digo que estou ocupado, e estou, quando nada sobra por dentro do que sentimos estamos ocupados, não é?
também há quem os chame apaixonados, quero lá saber,
o amor nos faz valer por dois, tome lá essa lição de onipresença e de aritmética, ó todo-poderoso, e faça com ela o que quiser,

os olhos querem descansar mas falta te encontrar no momento final,
os dias só acabam quando nos deitamos para amar,
e nos amamos mesmo.

༄

a poesia serve fundamentalmente para mudar o mundo,
ou então fundamentalmente para nada,
passe o pleonasmo.

༄

Se a vida falasse me diria "te amo". E eu agradeceria, e diria "eu também me amo". E depois iria para os seus braços, te apertaria contra o meu peito, te beijaria com força (aquela força que nem precisa de músculos) — tudo para ela perceber que sim. Que me amo por dentro do que é nos amar. E que é isso — a vida inteira de me ser por dentro do que você é, por dentro do que juntos somos capazes de ser — que me faz me amar e te amar (e amá-la). Se a vida falasse me diria "te amo". E eu agradeceria. Obrigado.

༄

você queria escrever um livro, nada mais, contar a história que viveu, meter a vida pelo meio das páginas, juntar os amigos, a família, ganhar alguns fãs, talvez,
a morte interrompe tanta coisa, até um livro,
não se sabe como chega o fim, nunca se sabe de onde vem, você falou de uma febre, coisa pouca, mas a escrita tinha de esperar,
que valor tem uma palavra quando diante do que ela vale?, morte é tão pouco para o que ela nos faz à vida,
deem a um morto a possibilidade de denominar a morte e saberão o que ela é,

sabem lá bem os vivos daquilo que falam,

acordei com a notícia de que você se foi e um aperto estranho no meio dos dias, um pouco de medo, um pouco de culpa,

que obra eu poderia ter te ajudado a escrever?, me diz assim que puder que eu preciso saber,

isso pode levar vírgula?, e eu dizia que sim, e você sorria, não te via, os computadores escondem as lágrimas mas também os sorrisos,

mas você sorria, que eu bem sei, esticava os lábios e siga com o texto,

esticar os lábios e siga com o texto, se pudesse definir a melhor maneira de viver seria assim,

e de morrer também,

não te direi que ficou algo interrompido, nem pense, poucas coisas posso dizer que sei, quase nenhuma,

mas sei uma que ninguém sabe, não a conte a ninguém,

acho que nem deus sabe isso, veja lá você,

há sempre um livro para além da morte.

⁓

podíamos ser tão felizes, pá,

que raios falta no mundo para tanta gente chorar?,

me encosto ao sol, as pessoas estendidas na relva, algumas mergulham na piscina, não lhes falta nada e no entanto têm tanto para chorar,

a vida tem sempre tanto para chorar, não é?,

a morte de um amigo, ou conhecido, a dor no pé, na mão, no peito, um arranhão que o gato fez, o menino que só faz asneiras, danado, a promoção no trabalho que nunca chega, o desemprego há tanto tempo, o governo que mente,

e de repente os seus olhos,

a vida tem sempre tanto para querer, não é?,

existe desde logo o sol,

em quantos mundos não bastaria esse sol para não haver mais motivos para chorar, sabe me dizer?,

o mar pode ser só um monte de água salgada mas faz tanta gente feliz, já viu?,
provavelmente é só isso que todos precisamos, nada mais,
ver num monte de qualquer coisa algo que nos faça felizes,
um monte de beijos, quer?,
e você vem e já não me interessa o choro nem sequer o sol, e estou me lixando para o monte de coisas que me faltam,
um monte de nós, sim?,
e só quem não sabe onde acaba um abraço pode não gostar de encontrar uma vida assim,
coitados.

∽

mês de apresentações por todo o país, a vida entrando tão forte pelos olhos pode por vezes ferir,
há sempre quem nos queira ferir, e é esse o grande mistério da vida, quem explica quem quer ferir?,
eu não, com certeza, não consigo, gostaria de poder, falo sério, não brinco com coisas sérias,
mesmo que só se deva brincar com coisas sérias, um dia explico por que mas não agora, que estou falando de coisas sérias,
há tantas coisas más que nos podem ferir e ainda existem pessoas ao lado dessas coisas más, o que as move, alguém me diz?,
quando morrer quero apenas que saibam que nunca feri com intenção,
e se isso não servir para ir para o céu que se foda o céu,
fica desde já isso aqui dito.

∽

A sensação de que o tempo para como medição perfeita do seu grau de satisfação, do seu grau de vida.

Se você parasse agora, agora mesmo, o tempo para sempre: seria feliz para sempre?

É esse o teste, a toda hora, a todos os minutos, que você tem de fazer: se o tempo parasse agora para sempre, neste exato momento em que você faz o que neste exato momento está fazendo, você seria feliz para sempre? Eu, neste momento, seria. Escrevo, sol no céu e quem amo ao lado. Eis o máximo que posso pedir.

⌒

a ignorância tem um preço,
mas raramente uma infelicidade é ignorante, não saber pode causar muita coisa mas quase nunca causa dor,
que sentido faz saber o que nos faz doer?,
basta olhar uma criança para perceber que o caminho é infantilizar a vida, mas às escondidas, desligar a sensibilidade racional e acionar a sensibilidade emocional,
se me faz bem é bom e ponto-final, se me faz mal é mau e ponto-final, se dói por que existe?,
a vida nos oferece o que nos faz doer e é mau, que tal isso para explicar o que é a ironia?,
nenhum mundo poderia sobreviver se ninguém soubesse nada, claro, ninguém curaria as doenças,
quantas doenças restariam se não houvesse o tormento do conhecimento a causá-las?,
mas não custa aqui e ali ser capaz de abdicar da sapiência,
só a sapiência indolor deveria existir,
que me interessa saber o que me dói se é precisamente saber que me dói o que me faz doer antes de mais nada?,
isso para te dizer que ninguém devia saber da existência da morte, as pessoas acontecem e deixam de acontecer, como a chuva,
isso,
como a chuva,

a chuva existe e depois deixa de existir e ninguém se queixa, é assim,

se todos víssemos a morte como vemos a chuva talvez viver custasse menos,

e sobretudo morrer,

o que custa na morte é deixar pessoas para trás,

e o que custa na vida é isso também,

gostaria de ter mais ignorância em mim, tenho certeza, e me basta a perfeita consciência disso para me custar ainda mais saber que não a tenho,

a noite só é bela porque ninguém a vê bem, tire a escuridão da noite e o que temos é o dia sem pessoas,

ou com as pessoas paradas,

que seca, não?

---

a função primordial da poesia é produzir musas,

gostou de como te escrevi ou sente que tem versos a menos?

quando um poeta escreve a beleza existe, nem que seja um poeta mau, como eu, que só sei dizer de você que é linda e que te amo,

desculpe a minha falta de criatividade mas é mesmo assim, te amo e você é linda,

agora ande cá que eu quero te escrever melhor,

a poesia exige pesquisa, ou pensa que não?, isso ainda dá trabalho, há que aprofundar a maneira como te beijo, entender o encaixe mais apropriado para o abraço, dissertar sobre os caminhos mais indicados para as minhas mãos sobre a sua pele,

e não só as mãos,

mas nem pense que vou mais longe, ou julga que eu sou um poeta ordinário como uns e outros que andam por aí?,

se te amo sem me cansar é apenas porque sou um poeta,

e já agora porque te amo e você é linda,

mas acho que já tinha dito isso, não já?

é tão necessário o mistério, o que fica por dizer, o segredo é o suporte maior da felicidade mundial, soubéssemos todos o que todos sabem e o mundo não duraria um dia,

nem meio, nem meia dúzia de horas,

o olhar do meu gato, por exemplo, se não tem uma pessoa dentro tem qualquer coisa ainda maior do que uma pessoa dentro,

o que é maior do que uma pessoa, consegue me dizer?,

talvez o momento em que você se encosta em mim e me aquece os gestos com os seus, mas já me perdi no que realmente interessa,

o mais interessante da vida é que nos faz perder do que realmente interessa,

e se calhar é mesmo isso que interessa,

onde é que eu fiquei?, ah, já sei, o olhar do meu gato,

está agora em mim e nem um raio x poderá me olhar tão fundo, a diferença entre as máquinas e os homens está na espessura do olhar,

peçam a uma máquina para diagnosticar um amor e percebam enfim a sua inutilidade,

quem criou as máquinas foi o homem, pode até amá-las e esperar reciprocidade, provavelmente um dia haverá máquinas que acabem com o mistério,

deus me livre de estar vivo por esses dias,

haja o bom senso de preservar o mistério, por que é que as suas mãos quando me tocam me erguem os pelos?, por que é que quando abraço a minha mãe me sinto um menino e um adulto orgulhoso também?, por que é que quando falo de futebol com o meu pai qualquer chute a gol é um verso e qualquer jogador é Neruda?,

me tirem o mistério mas me matem antes,

e que até a minha morte fique por perceber,

se virem lá com esta,

yeah.

Foi na esquina do seu beijo
que me fiz puta
do seu amor.

pode haver precisão mais exata,
e mais urgente,
do que a das suas costas encostadas no meu peito inteiro apertado contra você, mas eu não conheço,
você gosta de mim, gosta?,
já nada nos segura acordados, tão poucas horas para dormir,
sim, te amo,
e é assim que todos os dias adormecemos de cansaço,
e mais ainda de amor,
quando eu acordar quero que você esteja,
ou então não acordar.

um homem na televisão fala em momento histórico, diz que a felicidade está chegando,
a senhora de oitenta anos bate à minha porta e pede esmola,
ou só um pão, também serve,
depois o homem na televisão explica que tem orgulho no que se fez, o país independente, a capacidade para mudar o rumo,
para melhor, claro,
peço à senhora para entrar,
o menino tem certeza?,
o melhor de um prato de arroz é que pode ser dois pratos de arroz e ainda conseguir matar a fome,

ao lado do senhor na televisão há outros senhores com gravatas no pescoço, digo eu que são gravatas aquilo que têm no pescoço,
e não falo só por fora, bem entendido,
o menino permite que coma esse resto de sopa também?,
o lixo pode alimentar, e bem,
acenam os engravatados uns para os outros,
parabéns, conseguimos, yes,
sorriem, se aplaudem com entusiasmo,
parabéns, conseguimos, yes,
ao longe alguém diz que acabou a crise,
e o resto da sopa também,
deus o ajude,
a fé resiste a tudo, até à fome,
eu é que não,
me deem a possibilidade de mudar o mundo,
ou nada.

bem-aventurados os que ousam se destruir, que tal esse começo para um texto de autoajuda?,
mudar é muito mais não do que sim, consegue me entender, sim?
me apetece passar o dia beijando seus pés, me permita que lhe diga,
e depois que o faça,
por que diabos hei de continuar se posso reformular?,
é dos fracos que reza a história, e esta?,
os heróis não são os que vencem mais batalhas, são os que vencem as melhores batalhas,
e os que perdem no momento certo,
como quando me perco no seu corpo, sabe?, uma derrota completa,
me deem uma derrota assim e serei feliz,
quero arriscar a humilhação, a liberdade é isso ou não é nada, uma surpresa, uma ruptura absoluta com o expectável,

que porcaria vale o que já sabemos que vai acontecer e depois acontece mesmo?,

hoje acordei a tempo de perceber a vida, e é tão bom,

que importância tem o ridículo se existe a morte, a dor, tanta coisa que nos magoa, tanta?,

já que falamos do inexplicável por que têm as suas calcinhas um nó tão difícil de desapertar, eis o sentido da minha existência neste momento,

e nos que agora se seguem,

deixa deixa?

Não tenho pena dos que sofrem profundamente. Tenho pena dos que nunca sofreram profundamente. Mas que merda afinal é que eles viveram?

---

a alegria tem de caber na poesia, para que insistem os poetas em escrever tão longe do riso?, não entendo,

há que incorporar o final das lágrimas nas veias do verso, terminar com o primado da dor,

se pudesse seria humorista só para poder te ver rir mais vezes,

os grandes desígnios nascem de desejos tão pequenos,

aposto que não existem super-heróis que não estejam apaixonados, entende?,

passo horas vendo pessoas rirem, e é tão poético que dói,

pode haver outras vantagens de estar vivo mas rir como um louco é uma delas,

e ver rir é outra,

o seu riso não cabe nas definições canônicas de beleza,

e alguma vez o que foi tão banal que virou cânone interessou para alguém, pelo menos para mim?, acontece poesia quando a senhora do peixe conta uma anedota ordinária,

e não é que o filho da puta era cornudo, pá?,

o rude é uma forma de arte, pensei nisso mesmo agora, depois decido se faz sentido ou não,

que difícil é ensinar a simplicidade, sabemos exatamente o que magoa e ainda assim magoamos,

gostou da piada que eu disse há pouco?,

amanhã te escrevo um soneto sobre a indecência com que o seu suor cai precisamente nos locais que me apetece conhecer em você,

mas agora tenho de saber onde acaba o seu suor,

me diz?,

diz que não para eu descobrir, diz?

---

nunca se dá a devida importância ao acidente,

quase tudo o que interessa no mundo aconteceu por acidente,

ou por amor, o que é a mesma coisa e você sabe,

você deixou cair um papel e eu o apanhei,

obrigada,

podia até continuar respirando mas preferi parar só para te sentir melhor, o momento em que a nossa vida muda merece uma pausa de tudo, até da própria vida, morrer uns segundos para começar de novo,

no dia seguinte aconteceu um acidente outra vez, foi planejado ao pormenor por mim mas não deixou de ser um acidente,

se há algo que não podemos ser no amor é picuinhas,

foi um acidente e ponto-final,

o papel caído, você tão rápida a apanhá-lo,

o amor pode se cumprir pela velocidade com que se apanha um papel do chão, não é poético mas é tão bonito,

e quando você percebeu o que eu tinha escrito na folha,

toma um café comigo para eu te agradecer?,

sorriu, ou riu mesmo,

e ainda nem sabia que eu não tomo café, nunca tomei,

o que aconteceu depois não vale a pena contar,

ok, eu conto, nos abraçamos ao fim de dois ou três minutos, e não precisamos de mais quatro ou cinco para que eu soubesse como se abria o botão da sua camisa,

o amor pode se cumprir pela destreza com que se abre o botão de uma camisa, não é poético mas é tão bonito,

acontecemos por acidente e de propósito, por mais que toda a gente diga que não é possível,

mas nós também não somos e ainda aqui estamos,

e por acidente eu te amo,

e você a mim,

que desgraça e que felicidade,

no amor há acasos interessantes, não há?

---

a inutilidade da perfeição me importa,

há maldades tão boas, sabe?,

me importa o território curto entre a falha e a vontade, quem delimita a fronteira entre o pecado e o prazer?,

eu não, sei lá eu algo mais que o sabor da sua língua depois dos meus lábios,

tenho medo de ser pouco o que te dou, as minhas imperfeições te incomodam muito?,

não sou infalível e tenho ciúmes,

mas sobretudo medo,

me magoa saber que posso te magoar, pode ser pouco mas é insuportável,

existe algum amor que mesmo sendo pouco se suporta?,

amanhã você vai estar com muitas pessoas e tem de estar,

te quero feliz mas a mim também,

uns apertos de mão, dizer umas palavras e já está,

prometo que vou torcer por você, gostaria que fosse a mais amada criatura do mundo, e só minha, como sempre,
    nada de beijos aos outros, mesmo que inocentes,
    é obscena de tão boa a sua boca, como pode ser inocente?,
    nada de beijos aos outros, dizia eu,
    deus me perdoe o que me passa pela cabeça,
    me perdoe você também,
    mas onde está um herpes labial quando mais se precisa dele?

~

As pessoas temem. Por todo lado, o medo como refúgio final. O medo como refúgio fatal. Uma mulher carrega nos ombros o peso do que não tem e teria de ter. Fecha os olhos. Abre os olhos. E não há maneira de a realidade mudar, e não há maneira de o que não há haver. A criança, no colo, sorri. As crianças sorriem sempre que não sabem o que fazer. E os adultos temem sempre que não sabem o que fazer. Toda a gente, um dia, percebe que não sabe o que fazer. O país perdido em não saber o que fazer. Tentar é o melhor remédio, tentar é sempre o melhor remédio. E a mulher limpa as lágrimas, sorri ao olhar o sorriso da criança que leva no colo. E tenta. Sabe que pode não haver o que desde há muito não há; sabe que a sopa, até ela, pode não haver. Mas sorri ao ver o sorriso da criança que lhe sorri nos braços. Tentar é sempre o melhor remédio. Sobretudo quando não há outro remédio.

~

    falta mais ironia ao mundo,
    e um dia hei de arranjar maneira de dizer isso de modo irônico, prometo,
    a mulher que me atende no restaurante tem uma dor estranha no olhar, saberá que se nota?,
    me encosto a um canto, tento me esquecer de pensar,

você ainda demora para me impedir de sofrer?,

as lembranças são úteis quando nada se tem, eu prefiro me lembrar do que me espera e te espero com calma,

se é que roer as unhas e olhar para o relógio e para a porta de entrada do hotel de dez em dez segundos é estar calmo, eu acho que sim, se estivesse nervoso seriam cinco ou quatro ou três segundos,

provavelmente estaria mesmo à porta, não fosse você passar e não ver que eu te esperava aqui,

onde te espero é sempre aqui, escreva esta para colocar num próximo livro, por favor,

podia te elogiar os sapatos com que você acabou de chegar, a blusa rasgada que me apetece rasgar, percorrer com o dedo indicador todo o percurso até a lágrima absoluta,

e ser inesquecível enfim, se esta cama não é feliz a felicidade não existe,

podia te dizer que estou farto de que você me consuma assim, que a liberdade tem um preço e que pode muito bem ser você,

me permite teorizar sobre a abertura sincronizada das nossas bocas com mais propriedade, permite?,

podia te dizer que abdicaria de você em nome de um espaço livre por dentro de mim, e que quando quiser serei capaz de existir à revelia da sua ausência, basta querer,

mas isso já seria ironia demais.

~

(para a mulher que vi que sofria hoje no ônibus; para todas as mulheres que sofrem — para que ergam a voz acima do que dói)

a sua mão pesa mas não te ter pesa mais,

deve ser isso que me segura,

não, não bata com tanta força que ainda dói muito,

você era tão bonito quando me conheceu, me dava a mão e namorávamos como adolescentes, o parque no domingo à tarde, o cinema, até flores quando eu menos esperava, lembra daquela comédia romântica em que rimos juntos até as lágrimas?,

agora só choro porque me dói, amanhã lá vou ter de usar os óculos escuros, espero que a minha mãe não estranhe outra vez, está ficando difícil esconder mas faço o que posso,

alguém bate à porta, é o segurança do hotel,

não, está tudo bem, só estávamos brincando,

sorrio com convicção, minto para poder te agradar, talvez agora você se acalme e me abrace,

quando começamos a namorar eu me enrolava em você e adormecíamos juntos no sofá, eu sentia que nada no mundo poderia me ferir, e tinha razão,

nada no mundo pode me ferir,

só você,

obrigado mas não é preciso nada, boa noite,

me portei bem e espero recompensa, você ainda aguenta dez ou vinte minutos contendo o que eu não sei o que é,

o que você tem?, o que se passa?,

mas depois você volta e me mostra as veias salientes,

vê o que fazem esses seus gritos, minha puta?,

e as suas mãos outra vez, gostaria de não gritar tanto mas dói tanto, me desculpe, prometo que vou tentar fazer menos barulho, o que somos é só nosso e não o devia expor a ninguém, tem toda razão,

há qualquer coisa vermelha nas suas mãos, deve ser sangue, só espero que não seja seu porque tem tão pouca resistência à dor,

quando está com gripe tenho de te tratar como um menino, leitinho com mel na cama, muitos beijos e ternura,

você é tão indefeso e tão perigoso, e me basta um bocadinho de um lado para suportar o outro, sou burra mas escolhi assim,

por favor pare, não sei se aguento mais,

na porta batem com mais força, é a polícia, temos de abrir, me deixe ver como posso tapar o sangue, as feridas, as marcas escuras,

está tudo bem, senhor guarda, fique descansado e vá à sua vida,

mas não vai, alguém percebeu que a quantidade do que te amo é ilegal,

não o levem, por favor, não o levem,
   já me fugiu das mãos o que te fazem, você vai ficar triste comigo, me perdoe, te peço por tudo que me perdoe,
   não, claro que não,
   até me ofende que me perguntem isso, sou lá eu traidora para apresentar queixa contra você?,
   e até sei que mereço o que me bate agora,
   quando vir que estou perdoada pare um pouco e me abrace, sim?

~

   Te disse que sim, que queria o ar irrespirável dos seus dedos, a ciência sufocada do seu toque, a terra quente de todas as noites como nossas; te disse que arriscava a felicidade, o poder da assimetria das nossas culpas — partilhar o sono e a carne sem pensar nas fronteiras do abismo. Te disse que nada me faria falar o não a você, que nenhum senão me rodearia a alma. Disse que acreditava ir ao centro da morte para te saborear como à vida, que nem o fogo aquece como o gesto do seu sorriso. E assim foi. Mas depois vem a lembrança, a repetição por esquecer — e dentro de mim começava a falar baixo a página sensível da euforia. Havia que inventar tudo de novo. Os lençóis molhados, a cama em que corríamos pela noite grandiosa. Há que inventar tudo de novo. O rosto sufocado, o inferno sem nome do prazer absoluto. Te disse que sim. Que todas as manhãs seriam descoberta, que todas as noites seriam desordem. Havia que inventar tudo de novo. Havia que inventar você de novo.

~

   há qualquer coisa de céu no regresso à casa,
   a cama do hotel era a melhor do mundo, me bastou olhar para o lado e te ver para saber,
   mas há qualquer coisa de céu no regresso à casa,
   os gatos com vergonha de mostrar a saudade, um mia enquanto se encosta à parede, pede atenção mas finge nem ligar à que vai recebendo,

o outro mantém a pose altiva, o pelo eriçado à procura das mãos,
aqui mando eu mas por favor me toque para me manter capaz de mandar,
o líder não é o que manda melhor, é o que precisa melhor,
e não sei se te disse que há qualquer coisa de céu no regresso à casa,
as coisas valem pouco mas significam tanto quando nos servimos delas para nos amarmos melhor,
o melhor objeto do mundo é o que permite amar o melhor do mundo,
fica a dica para os criadores da área do lar,
e para os designers,
uma casa se desenha para amar e não para estar,
quando era menino me perguntava todos os dias por que havia uma sala de estar e não havia uma sala de amar,
sabe?,
eu sei, agora sei, e faz sentido, que tolo eu era, confesso,
não existe sala de amar, só existe casa de amar,
ou então não existe casa nenhuma, só um espaço com vazio dentro,
e é uma tristeza viver numa casa vazia, com certeza,
mas é ainda mais triste ter uma casa cheia de vazio,
há tantas casas com tantas pessoas e sempre vazias, não há?,
anda ter comigo embaixo dos lençóis para encher a nossa o quanto antes,
vem?

~

Acordar enrolado na vida. A luz que diz que é tempo de continuar, tempo de prosseguir. A rua em movimento, passos e vozes de fim de semana. Ouve-se a despedida como se ouve o olá. O maior pecado é fugir de pecar. A senhora de olhos cansados abraçada ao neto que a abraça. Diz-lhe: Você é a vida que me resta. Ouve: Você é a mãe que me interessa. E o abraço ultrapassa todas as curvas, todos os limites. Ultrapassar o limite é a única maneira de não ser insuficiente.

às vezes nos esquecemos do primado dos sentimentos,
e é então que sentimos,
olhamos para as coisas e nos perdemos nelas, a droga faz esquecer mas também faz morrer,
e nunca deixa de ser uma droga, não é?,
no começo era o amor,
ainda é, não diga a ninguém mas ainda é,
o mundo existe quando existe o amor, o resto é qualquer coisa que nunca tornou ninguém inesquecível,
é de quem ama que se faz a história, um país, uma mulher, um homem, um ideal,
e você,
acordei para te sentir, uma precisão orgânica, sabe?, nem o sono te leva de mim, e há uma irrequietude que só você pode parar,
e alimentar, certamente,
o meu corpo acontece no toque da sua pele,
o meu pé raspou de leve no seu ao fundo da cama, que coisa tão insignificante é essa que acabou de me mudar a vida?,
a felicidade é uma soma significativa de coisas insignificantes,
como este texto, que mais não é do que a tentativa desesperada,
conheço amores que não são desesperados, mas temo bem que não sejam amores nenhuns,
mas este texto, eu te dizia, não é mais do que a tentativa desesperada de te chamar para os meus braços abertos ao lado do peito,
aposto que a sua cabeça vai caber com perfeição aqui,
quer experimentar, quer?

quando for grande quero ver o mundo de baixo, olhá-lo como deus olha se existir, se deus existir está no chão e não no céu, já tinha te contado?,

gostar do mundo é entendê-lo no que tem de pior, viver mais longe do que no fio da navalha, saber sem equívocos que a maldade não desfaz o abraço,

me dê um imediatamente, que estou fraquinho,

obrigado, agora estou melhor,

é uma ignorância te adorar assim, um perigo incontrolável,

se um dia me pisar use os seus melhores sapatos, vá lá, e fique com a certeza de que me fez feliz para sempre desde o primeiro segundo em que se deixou descontrolar,

quando não houver descontrole ninguém tem mão no mundo,

faz sentido?,

toda a gente precisa sair dos limites para se manter sã, antes de você o meu limite era o orgasmo e agora sei que há tanta vida depois da vida toda,

quando me lembro de te ver sem limites,

você geme com o corpo todo, sabe?,

acredito que o prazer é a regra e nunca apenas a exceção,

depois você descobre e passa dos limites como eu nunca vi antes e se calhar um prazer desses é mesmo a exceção,

mas há que confirmar a regra, não é?,

você trouxe o bloco e o corpo,

trouxe?

⁓

sou o seu herói, não sou?,

ainda ontem te dei um abraço e fomos voar juntos pelo parque, te agarrei com tanta força que em poucos segundos já estávamos por cima das nuvens, você não acreditou muito mas é só porque é adulta e os adultos têm dificuldade em voar,

aquele senhor que se chama deus os ajude,

hoje vou ser ainda mais herói, e hoje você vai me abraçar com mais força ainda, você é tão grande em mim, mamãe, maior que o playstation, veja lá você, mas não diga ao diogo nem ao carlos, eles não iam entender o seu tamanho,

mas é maior do que um playstation em mim,

agora me deixe cá tratar de te fazer essa surpresa,

com certeza você não espera que eu cozinhe o seu prato favorito,

gosto de assado porque te faz feliz, a comida serve para fazer as pessoas felizes,

e também as alimenta, eu sei,

um assado para você e fui eu que o fiz sozinho, sem ajuda de ninguém,

pedi à joana que me deixasse ficar sozinho um bocado, ela confia em mim e também gosta de ir ao facebook enquanto cuida de mim,

você a escolheu bem, é a mais bonita de todas as que já passaram a tarde comigo,

daqui a nada não preciso de ninguém, já sou grande, não sou?,

o arroz já está pronto, fiz como vi a senhora fazer na televisão,

vai ser o melhor arroz do mundo,

já descasquei as batatas e temperei a carne,

cozinhar é bem legal,

vai ficar tão orgulhosa de mim, mamãe,

agora é colocar tudo no forno e daqui a duas horas está tudo pronto,

não demore muito a chegar, sim?, que isso ainda queima,

te amo mais do que a um gol do sporting no último minuto da final da liga dos campeões,

há um barulho estranho, um cheiro estranho,

será de queimado?,

a joana vem correndo, você também já chegou e vem logo correndo, qualquer coisa correu mal mas não foi por mal,

os adultos não entendem que às vezes as coisas correm mal mas não é por mal,

você me diz que estou de castigo e que está desiludida comigo,

os seus olhos cansados de mim me impedem de não chorar,

me dói tanto a sua desilusão como me dói tirar uma nota vermelha em educação física,

lá porque ando de cadeira de rodas não tenho de ser incapaz, não é?, me perdoa por querer que você tenha um bocado de mim do que tenho de você,
perdoa?

⁓

"É na voz de todos os silêncios que percorro o instante do seu arfar."
Diria a ela assim se assim fosse possível. Diria a ela assim se aqui fosse possível, se houvesse um aqui. Se houvesse um agora, diria a ela que, depois do nosso agora, nunca mais houve agora, nunca mais houve depois.

"Há em você a data de todos os dias, a rua de todas as moradas. Há em você aquilo que ficou por viver. E ainda assim tudo aquilo que me ficou de viver."

Diria a ela a vida se fosse vida aquilo que vivo. Diria a ela o sonho se fosse sonho aquilo que sonho. Diria a ela a saudade da pele que não toco, a verdade das mentiras que me conto. Diria a ela que é o corpo dela em todos os corpos que amo, o ai dela em todos os orgasmos que vendo. E diria a ela, ainda, que não me rendo. Que sou de todas as que ainda me querem para me saber da única que nunca me quis. E que, estranhamente, foi a única que me fez sentir querido.

"Você é o abraço que a vida me deu para apertar."

Trocamos as lágrimas como se fossem os beijos, soubemos a cor exata dos nossos lamentos, o caminho perfeito dos nossos sonhos. Dissemos a eternidade no silêncio das vozes, o para sempre no não haver dos corpos. Dissemos ainda o que não poderia haver — mas era. Dissemos a fogueira gasta das verdades, o gesto vadio das vaidades. Dissemos, um dia, que não haveria dia para nos terminar, que nem a morte nos poderia acabar. Dissemos, um dia, que não chegaria o dia. E não chegou.

quando estou ao volante e você não está até um espirro me assusta, como agora,

aprendi a ver num espirro,

a vida é celebrar até um espirro, não é?, me chamem de ingênuo, maluco, mas nunca distante,

e aprendi a ver num espirro um motivo perfeito para te falar, ou para você me falar,

santinho,

e eu sorrio, e você sorri, e depois um beijo, outro, um abraço se possível, haja semáforos que nos ajudem a amar no centro da cidade gelada com tanta gente por aquecer,

há um vazio insuportável,

ou suportável porque não tenho outro remédio senão suportá-lo,

sempre que espirro e a sua voz não chega,

quero que saiba que hoje espirrei e me apeteceu chorar,

me apetece chorar quando você não está, e o pior é que quando me apetece chorar e você não está eu choro mesmo,

e o pior pior é que quando eu choro e você não está você não está para aguentar o meu choro,

vá, não é nada,

as suas mãos entrando pelo meu cabelo,

me arrepio quando imagino a ponta dos seus dedos no meu cabelo, quer ver a minha pele agora para comprovar, quer?,

queria invadir a aula onde você estava longe de mim,

quem disse que ganhar a vida é ganhar dinheiro não sabe nada de vida,

e muito menos de ganhar,

invadiria então a sala e diria com urgência o que você tinha de saber com urgência,

espirrei,

você diria o que tinha de dizer com urgência,

desculpe,
há que aprender a pedir desculpa sempre que quem amamos precisa do nosso corpo e nós não o temos para dar de imediato,
nem a voz,
você sorriria para a turma toda, diria que tinha de sair porque o amor é,
o amor é, que raios tem isso de tão difícil, me explica?,
e viríamos os dois cá para fora, toda a sala calada te vendo me amar, você não precisaria sequer passar a ponta dos dedos pelo meio do meu cabelo,
mas já agora passe, vá, só uns segundinhos,
bastaria que me olhasse nos olhos e me descansasse até o fim da vida,
santinho,
e então sim estaríamos à altura de pecar,
estou à espera no carro, sim?,
é onde estou agora, mais cinco minutos e você vem,
talvez seja a altura de cheirar a flor que arranquei do jardim,
bendita alergia, é o que é,
santinho,
obrigado,
e com toda a vontade.

⁓

O que é o que sou? Passo pelas horas à procura de me encontrar. Às vezes, penso me encontrar num olhar escorregadio, numa espécie de sorriso, num toque leve do vento sobre a pele. Todas as buscas são inúteis. O propósito essencial de procurar não é encontrar; é continuar procurando. Sei que fiquei aquém. Do texto que me sei capaz de escrever, da obra que me sei capaz de criar — até do amor que me sei capaz de dar. Estou aquém do que poderia ser. E no entanto é isso, a certeza de que mais é possível, de que melhor é possível, que me faz manter vivo como estar vivo tem de ser: com incontrolável necessidade de continuar. Tudo o que vale a pena é incompleto.

te amo quando sei tanta coisa, a temperatura exata em que você entra em ebulição,

mais ou menos dois graus antes da chegada do verão, fiz ontem os cálculos,

a maneira desavinda como entra no orgasmo,

um espaço de desistência temporária, renuncia de olhos fechados à vida para tê-la inteira outra vez,

sei tanta coisa quando te amo,

menos o meu nome,

há por aí pessoas que dissertam sobre quem ama, explicam o beijo, teorizam sobre o abraço, compreendem a capacidade que um corpo tem de se instaurar no interior de outro,

faço de conta que existo quando me deixo existir com você,

há por aí pessoas que sabem tudo sobre o amor,

menos amar,

é com os dedos que o amor se pesquisa, fiquem os intelectuais sabendo,

os seus são finos e percebem cada contorcer do meu corpo, se me viro para a esquerda quero mais palavras, se me viro para a direita quero o silêncio violento,

nunca um intelectual ganhou um concurso de felicidade,

a sabedoria não vem nos livros,

escrever é a maneira mais fácil de fazer de conta que se vive,

e eu escrevo porque você ainda não chegou,

que raio de reunião é essa afinal?,

a prova da imbecilidade inexplicável da humanidade é haver nobéis para tudo,

menos para o amor,

talvez porque ninguém queira explicar o que nunca sentiu,

você chegou e este texto tem de acabar, qualquer leitor feliz sabe do que falo e não me levará a mal,

os intelectuais não vão gostar mas estes também não me leem, em relação a isso posso estar descansado,
 e estou,
 não existe um nobel do amor por muitas razões,
 mas sobretudo por escassez de nomeados,
 quer vir investigar comigo e tentar desde já a nossa sorte?

---

poderia haver maneira de me livrar de você, de inventar uma poção qualquer, um ou dois truques, umas palavras mágicas e você iria, mas depois ficaria eu e você não estaria, há alguma faca que impeça as lágrimas?,
 e antes doente de você do que impedido de sofrer,
 e de amar, claro.

Quem diz que basta um minuto para mudar o mundo está exagerando. Para que raios é preciso tanto tempo?

---

 não sei quem sou mas sei que sou muitos,
 um bar é o espaço onde a euforia fala, manobras de diversão, a sensação de que todos os olhares se procuram,
 que coisa estranha é estar vivo,
 gostaria de construir uma instalação de felicidade, a lágrima sem medo, acordar todos os dias para a pele infinita,
 lá ao fundo alguém procura o destino no relógio de parede,
 que coisa impossível é o tempo,
 passamos as horas à procura do minuto perfeito, e nos perdemos tanto assim,

falo enquanto os ecos me entram no ouvido, dois jovens abandonam
a sala, depois mais dois,
  que coisa intolerável é a singularidade,
  um homem ao balcão pede uma bebida e chora pelos lábios,
  o medo gela, e mesmo assim aquece,
  gostaria de fazer toda a gente feliz, e morrer enfim triste,
  que coisa estúpida é acabar,
  até que a letra final chegue,
  queira deus que me leve,
  promete?

~

Uma mulher com a cabeça no seu ombro pode ser o suficiente para a vida valer a pena. E é.

~

  só não te mato porque preciso de você,
  e me abraça,
  o sol para para te ver brilhar, sei que é cafona mas também é verdadeiro.
  você ri tão para sempre quando ri para mim, se fechar os olhos durante trinta anos,
  ou cinquenta, vá,
  não ficarei um segundo que seja sem uma imagem diferente sua,
  me expresso com as suas expressões desde que te amo,
  você podia ficar milionária como atriz,
  não quer e ainda bem, onde é que já se viu haver mais alguém para conhecer o seu gênio?,
  só não te mato porque preciso de você,
  e há tanto de cômico como de verídico em tudo o que você me diz,

o amor anda tão perto da morte, sabe?, e quando penso no que o fim pode me tirar acabo chorando por você, vejo fotografias nossas gostando de viver e me assusto com cada possibilidade de final infeliz,

se acaba é infeliz, é essa a grande diferença entre a vida e os filmes,

queria que fôssemos imortais,

ou então inconscientes,

vivemos na extremidade do fio da navalha, todas as opções nos obrigam a chorar,

quem nunca chorou nunca morreu,

e nunca viveu também,

havemos de ser finitos, nem deus vai viver para sempre, os mais católicos que me perdoem isso,

mas a grande maravilha da morte é não aparecer enquanto estamos vivos, já viu?,

só não te mato porque preciso de você,

mente,

só me mata porque precisa de mim,

e eu gosto.

⁓

é profano acautelar as lágrimas,

chorar fica apenas depois de arriscar,

mas rir também,

nunca quem teve medo de chorar foi feliz, não sabia?,

divino é acreditar no passo desprevenido, a possibilidade de deus e do inferno ao mesmo tempo,

mais ou menos como no momento em que nos conhecemos inteiros pela primeira vez, só para você ter uma ideia,

não agi com precaução perante as lágrimas, e é por isso que te tenho,

e a mim também,

ou você pensa que alguém que nunca desprezou a dor foi amado por alguém, e muito menos por si?,

escolho todos os dias entre a certeza e a dúvida,
admito que por vezes fico na dúvida, nem isso receio,
mas regresso à recordação da faca em mim quando te vi pela primeira vez,
era uma mulher livre nos braços de outro homem, onde haveria de caber eu se você já estava em mim?,
e tudo me recomendava que parasse,
e foi por isso que avancei,
quem nunca chorou profundamente não sabe do que falo, você sabe,
nunca me afastei das lágrimas, porque foi sempre com elas que fui feliz,
me beije agora, por favor,
e traga um lenço de papel já que está de pé.

Sou doente pela mulher inteligente.

Sou fanático pela mulher inteligente. Sou viciado na inteligência da mulher inteligente. Preciso dela, a exijo a toda hora, a persigo como um cão com fome persegue o osso. Sou obcecado pela mulher inteligente. A mulher inteligente é a criação suprema de Deus. A mulher inteligente é o próprio Deus. A mulher inteligente, suspeito, deve ser mesmo uma forma superior do próprio Deus. Até Deus tem inveja da mulher inteligente. Meu Deus.

A mulher inteligente despreza o que a mulher não inteligente ama.

A mulher inteligente não quer saber da conta bancária, não quer saber da marca do carro, da maquiagem na cara. A mulher inteligente veste Prada a cada vez que fala, a cada vez que pensa. A mulher inteligente faz do que é um estilo, do que defende uma lei, do que parece uma moda. A mulher inteligente faz do tesão um estado de alma. A mulher inteligente me dá tesão. Mmmm.

Partilhar a vida com uma mulher inteligente é a única forma de partilha possível.

Só com ela consigo partilhar, só a ela consigo dizer tudo o que sinto, tudo o que sou. Só ela saberá como eu sei — e depois de pensar um pouco saberá muito melhor do que eu sei — aquilo que eu quero dizer com aquilo que eu estou dizendo. Sim: a mulher inteligente sabe mais do seu homem do que alguma vez o próprio homem saberá. E só um homem burro se sente inferiorizado com uma mulher inteligente. Viver com uma mulher inteligente é um milagre que só mentes pequenas não gozam a valer. Viver com uma mulher inteligente é um privilégio que muito poucos estão à altura de degustar. Não é qualquer um que está à altura de rastejar e de ser rastejado. Viver com uma mulher inteligente não é uma humilhação — é uma diversão, uma animação, um verdadeiro vulcão. E é só dentro de um vulcão que a temperatura aquece. Ai.

A mulher inteligente aquece — as outras nem aquecem nem arrefecem.

A mulher inteligente é inteligente na pele, nos lábios, nas orelhas, no nariz, no rabo. A inteligência da mulher inteligente se alastra, se contrasta. A mulher inteligente lambe como se lesse Dostoiévski, fornica como se citasse Proust, abraça como se tivesse descoberto a cura para a morte. E é: a cura para a morte está em abraçar como se fosse a cura, em fornicar como se fosse Proust, em lamber como se fosse Dostoiévski. A mulher inteligente faz de tudo o que faz um ato inteligente. E nada é mais certo do que isso: se a mulher inteligente o faz é porque era assim que tinha de ser feito. Bem feita.

Hoje me apetece escrever à minha mulher inteligente e lhe dizer que tem em si todas as obras-primas da história da arte.

Hoje me apetece te escrever e dizer que a vida só existe para que você possa estar viva. Hoje me apetece te dizer, sim, que tudo o que tenho para te dizer já foi dito. Mas que o mais importante do que quero te dizer é o que ficou por dizer. Te digo ao ouvido daqui a pouco.

é inadmissível uma ferida ignorante,

se é para doer que seja com tudo, saber exatamente por que dói para poder curar,

ou então para sofrer melhor,

viver é muitas vezes encontrar o sofrimento melhor, recebê-lo com serenidade, protegê-lo de sofrimentos maiores,

ou menores mas piores,

entre todas as coisas que se medem o que dói é o que menos precisa dos palmos,

me custa que você esteja triste quando não é comigo, você me foge das mãos, quero encontrar um sofrimento que te sirva e que eu domine,

o segredo é encontrar um segredo que nos sirva e que possamos dominar,

me diga o que você tem,

ou o que não tem,

para que eu encontre em mim e em você uma frincha de futuro,

resisto a tudo menos à inexistência de um futuro em nós, percebe?,

há um buraco em sangue me ferindo o centro das veias, e não sei de onde vem,

vem de você mas como chegou até aí, me diz?,

me falta saber como andar quando te vejo apagada,

te serve o meu corpo para pisar, serve?,

te daria tudo o que existo para te fazer sorrir, me use até que a morte nos separe,

e depois me mate também,

não conheço a ferida que você me mostra e me esconde, como posso te salvar?,

o amor ou é salvação ou não tem salvação possível,

me deixe ser ainda o seu super-homem,

e rastejar com você, por favor.

A sua voz: "Se um dia deixarmos de ser ridículos chegou a hora de nos separarmos". E depois o seu toque. O seu cheiro, o seu suor, a absurda certeza de que o tempo só conta quando é tempo da sua pele. E novamente a sua voz: "Se um dia o nosso amor fizer sentido estarmos juntos não tem qualquer sentido". E depois o abraço — aquele que nem as lágrimas conseguem calar. Passar a língua por cada gota de prazer e saber que é aquilo, apenas aquilo, que faz sentido. As suas pernas trêmulas nas minhas, eretas. E então a minha voz: "Só a absoluta insensatez é sensata quando te amo". E finalmente a sua voz: "Me fode com tudo como se fosse a primeira vez". E finalmente o amor.

---

a poesia é ressuscitar os olhos,

quando acorda você fica com olhos de milagre, me sinto onipotente no centro do que você vê,

encontrar a parte de trás das coisas é o ofício do poema, e se não houver nada por lá inventar, escrever factualmente sobre fatos que não acontecem,

para que raios serve o real se tudo o que me abala não existe?,

o cheiro do seu toque, por exemplo,

os sentidos não são cinco, são tantos mais,

a felicidade é misturar os sentidos, ver com o nariz, olhar com a boca, não faz sentido mas o sinto tão dentro,

você seria muito menos do que o que é se só fosse a soma de cinco sentidos,

ontem inventei um sentido novo, lembra?,

não sei o que escrever quando apenas escrevo para te ter quando não te tenho, estivesse você aqui e todos os meus críticos ficariam felizes,

aqui jaz um poeta falhado, e feliz,

alguém escreveria no topo das minhas páginas vazias,

como esta, em que tanto escrevi e em que nada valioso está,

por nenhum motivo em especial,

apenas porque você não está,
afinal de contas a arte é simples, objetiva,
ou serve para amar ou serve para nada,
nota zero para mim,
mas você me ama,
tomem esta, seus artistas invejosos.

pobres coitados, os que amam um amor erudito,
quantos intelectuais sabem o que é um abraço?,
miseráveis,
a sabedoria das coisas é vivê-las,
a propósito, deixei um bilhete embaixo da almofada, já leu?,
a sapiência dos teóricos é a escapatória possível, procurar preencher o vazio com experiências remotas,
se você não sentiu não existiu,
alguém diga isso aos desgraçados que queimam pestanas,
e a possibilidade de viver,
quando ler isso me beije nem que eu esteja no fim do mundo,
é o que diz no bilhete,
ainda demora?, a minha boca urgente reclama,
uma velhota passa por mim e me olha com o fim da vida, e ainda me sorri,
é isso a literatura, nada mais,
se a sua boca falasse seria perfeita,
e fala,
me leve,
eu vou,
me dê um amor animal e um poema,
e me faça feliz.

Você me ocupa. Me incapacita de mim. A sua voz no meu ouvido. Você me falta.

Não recordo o que não se sente. Te olhei saindo. A porta bateu, as costas viraram. Mas não recordo o que não se sente. Acabar um amor é acabar quem ama. Um amor não acaba. Um amor acabado é um coma estático. Anos a fio tentando enganar a vida. Anos a fio tentando enganar a morte. Deixar de amar é um instante de ilusão. É o seu corpo que, todos os dias, a sós na escuridão do quarto, continuo amando. Nem que seja outra mulher, nem que seja outro suor. É o seu corpo que, todos os dias, a sós na escuridão do quarto, continuo amando. A sombra dos seus olhos. Como se você me soubesse por detrás da pele. Me sabe.

Te sou. A geometria perfeita das suas sobrancelhas. Como se quisessem te proteger do que vê. Te dependo.

---

 somos matéria temporária,
 hip-hip-hurra,
 que haja sempre uma morte que nos desfaça,
 mas não a sua, não desfazendo,
 você pode morrer à vontade, pouco me importa,
 desde que me mate antes, claro,
 a felicidade é uma corda interna atada ao pescoço, carne faminta, impossível,
 como você apareceu invisível e me impediu de ver?,
 quero o prodígio do mundo, o imperdoável,
 ou me perder no enigma,
 quero lá bem saber de onde vim e para onde vou se você me acontece todos os dias,
 antes analfabeto que insensível,
 porque os livros não se leem,
 nos leem,
 que violência é essa que se tira das letras?,

antes um erro que estrangeiro de mim,
nenhuma urgência fala inglês,
can you love me forever,
por favor?

～

me falta hoje a nossa manhã restrita, perceber a elevação do mundo,
quando você vira de costas debaixo dos lençóis e se encosta toda em mim e pede com a mão que eu lhe pouse a minha na barriga, e eu pouso e todas as minhas preocupações se esquecem,
nem que por segundos você é aquilo que me faz esquecer o mundo,
o amor é também isso, não é?,
quando você vai mais cedo o sono pode até acontecer mas o chamo saudade,
fecho os olhos e tento fugir da sua inexistência,
as manhãs existem para se amar o que sobrou da noite,
o abraço da maturidade, talvez, depois de uma noite de explosão sabe bem acalmar a alma,
as manhãs existem para se amar,
e as tardes, claro,
não me fale das noites, te peço, basta que o sol se ponha para me deixar inteiro à espera de ter você,
já tinha dito que gosto de encostar o meu rosto à sua boca só para sentir o ar que sai de você em mim?,
tudo o que venha de você me aquece,
menos a incapacidade de resistir à inutilidade de nascer um dia sem nascer para você,
me promete que não volta a sair tão cedo, me deixo cair quando não sei que você está aqui para me levantar,
não volte a me fazer isso,
nunca mais, sim?,
nenhuma manhã será desperdiçada, promete?,

ande daí que se faz tarde,
e ainda assim vamos perfeitamente a tempo.

∽

era uma vez duas pessoas que se amavam,
e que se amavam para sempre,
uma separada da outra, claro,
não fosse a convivência acabar com o amor,
de maneira que se encontravam ano a ano, num local exato previamente definido, percebiam as rugas novas, os penteados novos, os olhares novos,
ela até anotava as diferenças num bloco de notas,
você está na mesma e eu te queria tanto,
ele só olhava e aguardava,
você seria a mulher da minha vida, e é,
diziam tudo o que sentiam,
te amo,
te amo,
e um ou dois minutos depois partiam,
e era uma vez duas pessoas que se amavam e que nunca se amaram,
obrigada por ter vindo, Zé, se não for mais dentro de um ano nos vemos, boa viagem de regresso, e vá devagar, dê um beijinho na Rute por mim,
obrigado por ter vindo, Raquel, se não for mais dentro de um ano nos vemos, boa viagem de regresso, e vá devagar, dê um beijinho no Carlos por mim,
era uma vez a Raquel e o Zé, duas pessoas que se amavam e que nunca se amaram,
e viveram felizes para sempre,
(coitados).

∽

A tristeza de não ser mais do que aquilo que deixei de ser. De não fazer mais do que aquilo que deixei por fazer. Sou os sonhos que não realizei, os passos que não dei. Sou a vida, sim, que não vivi. E é assim que vivo, entre pensamentos de que sou e a lucidez, sempre temporária mas sempre triste, de que não sou. De que não consigo ser. Os dias, lentos e parcimoniosos, são leves brisas de tempo, folhas que o vento, sem esforço, carrega para o destino final. Escrevo porque só sei escrever. Escrevo porque nada sei fazer. E aguardo que, letra a letra, se vá, imagem a imagem, o sonho prometido. E aguardo que, sonho a sonho, se vá, promessa a promessa, o destino ansiado. Sou, mais do que o que sou, o que não sou: o que não fui capaz de ser. Fiquei a meio, sempre a meio, do que desejei finalizar. Meio escritor, meio humano, meio poeta e meio insano, meio senhor, meio criança, meio sorriso na meia infância. Fiquei a meio, sempre a meio, do que desejei finalizar. Fui o quase gênio, o quase artista, o quase pedinte, o quase louco. Fui quase feliz, quase gente — o triste demente, quase. Sou quase, sou meio. Porque sou, mais do que o que sou, o que não sou. Porque sou, mais do que o que sou, o que não fui capaz de ser: o que não sou capaz de ser.

~

se você fica doente te parto todo,
onde é que já se viu o meu pai ficar doente?, ganha mas é juízo, velho,
os velhos têm tanto para nos dizer, não é?, e nós nunca os ouvimos, quantas descobertas que mudariam o mundo se poderiam encontrar na boca fechada de quem já só fala sozinho?,
o médico não percebe nada disso, o meu pai está bem e se recomenda, vamos jogar um futebol, paizinho?,
o tempo impede os velhos de sonhar, a morte mais ainda, a felicidade depende em muito da distância percepcionada da morte, quem raios conseguiria ser feliz se soubesse que morreria amanhã?,
o pior do fim é a existência dele no durante, caminhamos vendo-o à frente, sempre presente, deem à vida a impossibilidade de saber da existência da morte e estarão lhe dando a felicidade,

quem consegue?,

e você também não olhe assim para mim, velha, ou pensa que lá por ele estar assim pode desistir à minha frente?,

hoje me sento ao lado do meu pai, ele com dificuldades em encontrar a melhor posição, mas com aquele sorriso,

sorrir para um velho, mostrar-lhe que existe, é quanto basta para fazê-lo ganhar o dia,

ou a vida outra vez,

a solidão custa tanto quando se é jovem, nem imagino como custará quando se é velho,

imagina?,

hoje me sento ao lado da minha mãe, ela com a lágrima sempre no canto do olho,

o seu pai, o seu pai,

quero ouvir-lhes a vida toda para levá-la comigo,

não agora que ainda têm muito para viver, quem é que manda aqui afinal?,

a salvação é ouvir mais do que inventar, fique com essa escrita, foi o meu pai que disse,

quando aprendi a ouvir percebi tanta coisa, meu filho,

e eu o ouço, já nem me lembrava bem da voz do meu pai, me habituei a lhe falar e nunca a ouvi-lo,

temos tanto orgulho de você, meu querido,

a minha mãe tem uma voz de embalo, me conta histórias como se quisesse adormecer,

e eu acordo,

onde andei esse tempo todo que não os ouvi?,

amar também é ouvir,

não diz o meu pai nem diz a minha mãe, digo eu,

se fica doente te parto todo,

não parti, nem você ficou doente,

e no fim das contas agradeço ao medo, ao médico que falhou o primeiro diagnóstico,

há tantas doenças que não servem para matar,
mas para viver,
se me esquecer outra vez me parta todo, pai,
me garanta, pai,
e agora fale,
já te contei daquela vez em que,
fale que tenho a tarde toda para te ouvir.

~

não se preocupe que eu faço,
os animais não deixam por fazer, dão o que têm até o fim,
alguns morrem tentando, porque ultrapassaram o limite e foram, sabia?,
não sei por que te falo nisso, provavelmente quero te dizer que te amo um amor animal,
não no sentido feio da coisa, descanse,
te amo um amor animal porque não deixo nada por fazer, não me encosto a nada e tento,
alguma vez viu um animal fazer de conta que não é nada com ele quando é preciso trabalhar?,
te amo um amor trabalhador, é isso,
quantas lições pode uma simples formiga nos ensinar?,
o homem sabe demais, já tinha te dito isso?, o homem sabe demais e encontra maneiras de se entregar menos, é para isso que servem as coisas, os objetos, até a contagem do tempo,
quantas vezes viu uma formiga olhando para o relógio?,
e nem assim a viu sem saber o que fazer, parada à espera de qualquer coisa,
te amo como amará uma formiga,
não sei, nunca vi uma formiga apaixonada, mas se trabalha tanto para comer tenho uma ideia de como trabalhará para amar,
amar dá trabalho e isso não tem mal nenhum,

quem disse que tinha de ser fácil?,
eu é que não, tenho certeza,
as pessoas se habituaram a fazer pouco pelo que querem muito, e depois ainda dizem que somos nós os racionais,
que tolice,
a humanidade devia olhar mais para os animais,
e ganharia tanto em humanidade,
já tanta gente disse isso, fica aqui a minha voz também,
te amo um amor animal, já tinha te dito?,
quero, sim, já,
e agora é mesmo no sentido feio da coisa,
ou bonito,
já se despiu ou quer que te arranque a roupa?,
não se preocupe que eu faço,
e você faz mesmo,
viva o trabalho.

⁓

se você soubesse como eu odeio o quarto desarrumado,
as calças espalhadas pela cama, reviradas, esparramadas, engelhadas, escangalhadas, amontoadas,
quando é que você aprende a ser uma pessoa normal?,
as camisas em cabides em vários pontos, não sei o que faço com elas, ponho-as no lugar hoje e amanhã já estão perdidas por aí, pelos dos gatos em todas ou em quase todas, os sapatos pelo chão, a sua zona da casa é uma trincheira de guerra,
ganha sempre você, o mal é esse,
e eu não suporto, não suporto isso, não posso suportar isso,
quando você chegar vai ouvir, ah pois vai, sei que você ouve sempre, que todos os dias ouve, mas todos os dias isso está assim, não adianta,
quando é que você aprende a ser uma pessoa normal?,
um adulto, pelo menos, só isso, não peço mais do que isso, me casei com um homem ou com um moleque, me diz?,

daqui a nada você chega e vai ver como elas doem, vou te esperar na entrada, só para começar logo a te mostrar pela casa a presença do que me incomoda,
  quando é que você aprende a ser uma pessoa normal?,
  já falta pouco para você chegar e eu te contar uma história das más, era uma vez um homem que tinha de aprender a arrumar,
  conhece essa?
  me desarruma tanto essa sua forma de viver no caos, entende?,
  onde você está que nem chega nem atende o telefone?, parece que adivinha, meu desgraçado, parece que sabe que não vou estar para brincadeiras,
  você é tão criança e tão adorável mas tenho de me conter para ficar séria quando você chegar e eu te der uma lição, mais uma lição,
  não gosto de ser sua mãe mas às vezes tem de ser,
  o telefone toca e você não está, continua a não estar, já caiu a noite e começo a ficar preocupada, já atirei a minha roupa para o sofá, sempre que fico nervosa fico assim,
  o medo se transforma em calor, será?,
  ou em frio,
  há uma organização diabólica nesta casa, nada está fora do lugar, vivo numa espécie de geometria doentia,
  o que custa é o silêncio, o que desorganiza é o silêncio,
  deve estar no futebol,
  você é lindo quando está nervoso,
  e quando não está também,
  não há gritos de festejos de gol,
  muito menos garrafas em tudo quanto é mesa, ou até no sofá,
  está tudo onde tem de estar,
  e dói tanto,
  quando é que aprendi a ser uma pessoa normal?,
  a vulgaridade cansa, não é?,
  a mesma pessoa cansa, e misturar as coisas muda tudo, variar a disposição das coisas muda tudo, você me ensinou,

eu aprendi mas continua esse silêncio ferido,
ou morto, para ser mais concreta,
puta que o pariu, deus me perdoe,
se você soubesse como odeio o quarto desarrumado,
e ele agora está arrumado,
sempre arrumado,
e eu o odeio.

Se divertir até a puta da loucura: eis a sua maior prova de sanidade.

ando com o mundo até o pescoço,
até aqui,
e me mostra onde te aperta, a mão se fechando na garganta,
custa andar com a vida às costas, não custa?,
a vida nos oferece tantas possibilidades e depois as leva, uma a uma, mesmo que as transformemos em fatos elas vão,
a felicidade são as possibilidades, nunca as consumações,
milhares de pessoas festejam uma vitória qualquer pelas ruas,
mas só festejam para os outros, não para si,
a festa maior é a pré-festa, a festa que está chegando, a quase festa,
ganhar é pouco, não é?,
menos te ganhar,
ou sobretudo te ganhar, melhor dizendo,
vivo para te ganhar todos os dias,
não é brilhante mas talvez sirva para te ganhar mais um pouco,
temos de colocar uma barreira de fumaça entre a vida e o amor, deixá-los em lugares diferentes mesmo que próximos,
a grande vantagem do nevoeiro é impedir de ver a morte,
se não pode isolar o amor o torne invisível,

o que não se vê não se sente, lembra?,
eu te sinto, os dedos insuficientes para a quantidade de necessidades,
e você continua apertada contra o meu peito, teve uma dose incomportável de realidade e não aguenta,
ninguém aguenta realidade demais,
hoje te levo no colo, só para ser diferente,
a cama acalma a dor,
entre outras coisas,
como trazer de volta o poder dos corpos,
o corpo foi criado para divertir, e nós fazemos questão de respeitar isso,
gostamos de praticar o pecado,
religiosamente,
as suas mãos se abrem para as minhas costas, apertam em todo lado,
até na garganta, como é óbvio,
afinal ando mesmo com o mundo até o pescoço,
e deus me livre de deixar de andar.

~

o senhor ministro discursa na televisão, e cheira tanto a merda aqui,
não é você, eu sei,
o cheiro serve para organizar o mundo,
nada do que faz feliz cheira mal,
por exemplo o cheiro do interior do seu prazer, como é possível haver felicidade assim?,
o país é um exemplo para os outros, o continente aplaude a competência do que o governo fez,
e cheira tanto a merda aqui,
podíamos mudar de canal, ver outra coisa, ouvir outra coisa,
o seu beijo cheira a nuvens,
que raio de frase, uma tentativa de verso,
o seu beijo cheira a nuvens,
te digo eu que nunca estive no céu,

exceto agora, e todos os dias,

um gráfico de crescimento de sabe-se lá o quê, um outro gráfico de decrescimento de sabe-se lá o quê,

podíamos mudar de canal, ver outra coisa, ouvir outra coisa,

mas já mudamos há muito, você está construindo um ninho no centro do meu colo e se aconchega,

o déficit é simplesmente a subtração do que você me consome àquilo que me dá,

e no fim das contas ganha a casa,

ganha sempre a casa, não vê nos filmes?,

os seus olhos quando adormecem cheiram a paz,

quero beijá-los por cima da pele,

a grande vantagem de você adormecer é deixar que eu te beije a parte de trás dos olhos,

ou será a da frente?,

os seus olhos quando adormecem cheiram a paz,

e eu aproveito, são raros os dias em que vai antes de mim,

sou sempre eu a te cair aos pés, ou aos braços, sou sempre eu a cair em você,

o amor é cair no outro e assim nos livrar de cairmos em nós, sejamos práticos e objetivos,

estou quase adormecendo e vou mexendo nas teclas de comando,

a vida nos entra pelos sentidos adentro,

um concurso em que pessoas tentam ficar ricas,

torço por elas uns segundos, depois me canso de me sentir dorido por elas,

um filme em que todos tentam descobrir quem matou quem,

tento descobrir durante uns minutos, depois me canso porque tenho a astúcia de um camelo,

que me perdoem os camelos, claro está,

o ministro que ainda discursa,

e ainda cheira tanto a merda aqui,

que alguém limpe os canais de televisão, é um bom começo,

antes que alguém limpe o país,
que pivete, que eu não aguento,
até que o concurso não é nada mau, afinal,
força, rapazes, a resposta certa é a B, aposto,
isso mesmo,
vamos ficar ricos juntos.

---

tanto medo de falar de sexo,
sexo, sexo, sexo, sexo,
e sexo,
o prazer é tabu, que estupidez é essa?,
te amo em nome do prazer, antes de mais nada, o mundo o chama pecado,
nós o chamamos amor,
blasfêmia, pá,
gosto de mexer nas feridas,
para curá-las, que mais?,
não temer o sangue final, avançar para o que custa, para o alerta temerário,
te amo mais do que a um orgasmo, sim,
mas te amo mais no orgasmo, claro,
a forma como você geme é uma inspirada criação de deus,
blasfêmia, pá,
quem manda no mundo é o sexo,
sexo, sexo, sexo, sexo,
e nem sequer é o corpo,
é tão pequeno o espaço do corpo no nosso orgasmo, não é?,
quando você goza todos os ossos estremecem,
e acontece o mistério da fé,
blasfêmia, pá,

acredito na possibilidade da vida eterna quando te descubro o interior da carne, o momento da qualidade de vida,

quem vive melhor é quem goza melhor,

e quem se ama melhor também, me perdoem a redundância,

quero traduzir por vezes o sentido da vida, mas depois você vem e percebo que é de dentro para fora,

e tudo está explicado,

blasfêmia, pá,

sexo, sexo, sexo, sexo,

chamou?,

e eu te amo,

e vou.

༄

Que nunca os anjos tenham asas, pois é essa a única forma de voar. Que nunca a fantasia se possa tocar, pois é essa a única forma de sonhar. Que nunca das palavras se façam armas, que nunca dos pincéis se faça sangue, que nunca do medo se façam notas. Que nunca a arte se esqueça de chorar, que nunca o artista se esqueça de lutar, que nunca um abraço valha menos que tudo e uma palavra fique por trás de um muro.

Eu queria dançar sobre o céu de uma tela, verter a lágrima sobre o peito de um traço. Eu queria oferecer Picasso ao mendigo, ensinar Dalí ao vadio. Eu queria provar o veneno de quem se deita em pecado, lamber o suor de quem se é de todo lado. Eu queria beijar de língua a boca do mal — e saber com que anjo me deito afinal. Eu queria a verdade que nunca se dissesse, pois é essa a mentira que nunca escurece. Eu queria um Deus que soubesse pecar, pois é essa a única forma de amar.

E que nunca pelo bem se faça o mal, pois é esse o único pecado mortal. Que nunca os anjos tenham asas, pois é essa a única forma de voar.

༄

    vista de costas a minha mulher,
    bárbara, registre-se o nome,
    bárbara, e arrepia-se a pele,
    bárbara, me deixem dizer isso a vida toda,
    e serei feliz,
    mas vista de costas a minha mulher,
    bárbara, ela mesma,
    é uma espécie de mundo ao contrário, a possibilidade da ocorrência de felicidade se aproxima,
    e então ela se vira,
    a bárbara, sim,
    e me abro todo para a deixar entrar,
    tenho dez metros quando a abraço,
    à bárbara, exato,
    e ficamos tão pequenos nos apertando o que nos queremos,
    quero-a mais do que à vida eterna, pelo menos se só houver uma,
    para que raios quero viver para sempre se ela não estiver?,
    a futilidade do tempo é haver relógios,
    quando forem horas de te abraçar diz, sim?, pode ser já, pode?,
    falava com ela, quem mais?
    bárbara, isso mesmo,
    abdico de esperar pela vida quando a tenho, e vou à procura,
    me apetece chorar quando nos tocamos por detrás da pele,
    também sente umas cócegas estranhas na parte de dentro da barriga, mesmo na pele mas por dentro, será amor ou falta de higiene?, por falar nisso quer tomar banho comigo agora mesmo, não vai isso ser grave?,
    já vou e ela vem comigo,
    sim, a mulher que eu amo,
    já disse o nome dela, já?

    me abrace já,
    eu obedeço,

com mais força,

e eu aperto mais,

aí não é um abraço,

tem razão, passei a mão pelo fim das suas costas,

o rabo, pois é,

se não ficasse tão mal escrevia um soneto ao seu rabo, haverá algum dia abertura literária para um soneto assim?,

desculpe,

se cale e me abrace,

as mãos sobem pelas suas costas, começam a te despir a camisa,

tão lisa, tão perfeita para cair no chão agora mesmo,

aí não é um abraço,

e você fica séria,

como consegue ficar séria dessa maneira?,

um dia crio um curso de teatro com o seu nome, nunca subiu em um palco mas tem mais expressões que o george clooney, ou outro qualquer, o clooney dizem que é bom, agora que penso pode não ser bom de bom ator, é?,

me abrace mas é e não perca tempo,

te aperto com força no lugar certo,

o lugar certo para um abraço é da ponta dos pés à ponta dos cabelos, no seu caso, claro,

mas as mãos querem o caminho de algo que não sabem onde termina, nem eu sei, provavelmente acabará onde você não deixa, e assim ainda sabe melhor,

é proibido deixar de desrespeitar as minhas ordens,

foi o que me disse na primeira vez em que arrisquei um beijo quando você só me pediu um abraço, aconteceram em seguida as mãos nas pernas,

você deixou mas com cara de má,

isso não é um abraço,

não era, não é, nunca será,

te abraço com o corpo todo, até com a língua,

passar as unhas pelo exterior das suas costas me dá mais sustento que três bifes, que raio de romantismo o meu, mas você gosta, ou não, mas quase que ri e já não é mau,

enquanto está rindo não vê que sou tão pouco poeta para a dimensão da sua poesia,

os seus olhos fariam de qualquer um um gênio, por que é que eu não sou então?,

aí não é um abraço,

você apertou ainda mais os ossos do rosto, quem não te conhece fica com medo,

até eu fiquei,

aí ainda é menos um abraço mas ai de você se deixa de me abraçar assim,

e eu obedeço, eu bem te disse que a camisa ficava bem no chão,

não sabia era que a calcinha ia ficar tão bem ali ao lado.

~

conheci um dia um menino,

desgraçado,

que não dizia coisa com coisa,

que pena,

eu sei voar,

e eu ria,

vou mudar o mundo,

e eu lhe dava uma palmada de compaixão nas costas,

um dia o menino cresceu,

que triste destino é ter de crescer,

e começou a ir a reuniões e começou a ter contas para pagar, e se esqueceu de voar,

e claro de mudar o mundo,

quem não sabe voar não pode mudar o mundo, até porque é impossível percorrer num instante todo o mundo quando não se pode voar, não é?,

conheceu uma mulher,

penso que te amo,

e se casaram,
depois os filhos,
parem com isso,
o menino não suportava o barulho das crianças pela casa,
me dão cabo da cabeça, não os aguento,
queria se concentrar e não conseguia,
tenha calma, amor,
mas ele não tinha, se irritava com tudo e por tudo,
e por nada,
até que um dia conheceu um menino,
desgraçado,
que não dizia coisa com coisa,
que pena, eu sei voar,
e ele ria,
vou mudar o mundo,
e ele lhe dava palmadas nas costas,
estava pousado numa fotografia escondida na garagem e era muito parecido com ele,
com os seus filhos também,
e quando deu por si já estava voando pela sala, os filhos pendurados nas costas,
coloquem os cintos que vamos aterrissar em nova york,
a mulher chorava,
se chora por nada,
mas sobretudo por tudo,
o que interessa, pelo menos,
toda a gente naquela casa sabia voar, isso era certo,
o menino era afinal o que sempre dissera ser,
que sabia voar não havia dúvidas,
acabamos de aterrissar, esperamos que tenham gostado da viagem,
que tinha mudado o mundo ainda menos dúvidas havia, quem olhasse para o interior daquela casa saberia por quê,
bem-vindos a bordo do voo 403, é um prazer tê-los conosco,

e eu olhei,
obrigado, papai,
e levantamos voo, que parecendo que não a austrália ainda ficava longe.

~

O meu poema favorito?
Es
tou
go
zan
do.

~

me atrai a inexistência de certezas,
com exceção dos seus lábios não conheço nada mais que seja perfeito, lamento,
e do resto de você, claro, só quis te assustar, espero que não leve a mal,
adoro as manchas sujas na parede,
que graça tem uma parede por usar?, todas as coisas valem a humanidade em si, nada mais,
o seu rosto, por exemplo, é tão capaz de me trazer histórias,
sou viciado em histórias, cada pessoa tem tantas para contar e só há uma vida para isso tudo, se deus existir não gosta de ouvir histórias, ou então só as quer para ele, o danado, só porque tem a vida eterna e está em todo lado pensa que pode tudo,
talvez possa,
mas nada pode contra a sua pele se esbarrando na minha,
ninguém pode,
nem eu,

gosto de contemplar a falha, aplaudir o excesso,

é importante te dizer que não suporto o orgasmo em nós?,

e ai de mim se um dia o suportar,

não suporto o que continua, a mesma linha, os mesmos traços, réplicas sem sensação,

tudo se repete mas nunca em mim, que fique isso bem claro,

por falar em repetições tenho os lençóis já quentes à sua espera,

temos de repetir o irrepetível outra vez,

nunca me canso do irrepetível, te garanto,

vem?

⤳

a importância do suor numa relação está subavaliada,

te digo eu, que aprendi a perceber quem ama através do suor, imagine só,

ontem um homem qualquer te fez rir e eu suei de inveja, mas não é desse suor que quero te falar hoje, fica esse registro ainda assim, não suporto os homens que não são eu e que te fazem rir como eu, raios os partam que não imaginam como te amo,

te amo,

as coisas estão longe de ser o que são, e esta?,

o seu suor me traz a profundidade do prazer, a lembrança dos corpos,

e é apenas suor, entende?, é apenas suor e me traz coisas tão boas, meu deus,

o nosso primeiro suor teve eternidade, hei de morrer com o cheiro dele, o toque dele,

a pele escorregadia das suas costas no meio das minhas mãos, o alvoroço incontrolável do interior do orgasmo,

quando morrer te levo inteira, até o seu suor,

se o céu não tiver o seu suor pode muito bem ser um inferno, não é?,

quer me dar mais um bocado para levar,

quer?

～

o mais fácil é deixar que a insuficiência nos leve,

somos pequenos para tudo o que queremos, eis a verdade, e é difícil reagir, acreditar que o possível pode bastar,

ou pelo menos amenizar,

ficarei feliz se mudar o mundo, nada mais,

mas apenas o desassossego conseguirei, no máximo,

eu sei,

saber dói, não saber dói,

viver dói,

também sei,

mas não viver mata, já viu?,

me bastou esse sorriso para mais uma tentativa, falho mais uma vez a cada vez que você sorri,

às vezes também acerto, não acerto?,

tenho de me especializar no contentamento, perceber que todos os dias desgastam, e começar de novo como se fosse o bastante,

o bastante consiste em ter o suficiente para o nosso amor viver saudável, é pedir muito?,

se te falta alguma coisa me diz?, preciso entender o que te ocupa,

e te ocupar,

e de repente creio que a felicidade pertence a quem se ocupa melhor, não mais, melhor,

o mais feliz é o mais bem ocupado, o que se entretém no prazer,

pode haver orgasmos culpados mas nunca infelizes,

está ocupada ou pode vir?

～

O mundo lá fora me provando que o mundo, o que interessa, é o de dentro. O olhar perdido de um cão na calçada, à procura de um sentido. A mão de quem me ama ao redor da minha pele, a saudade sem teto de ter sempre saudade. Mesmo que esteja aqui, pele na pele, tenho saudade sua. Amar é uma forma de saudade que não passa, uma saudade insaciável. Se não é saudade não é amor.

~~~

a vida às vezes é uma velha peçonhenta, uma ranhosa qualquer,
diz que o pessimismo é privilégio dos inteligentes, que burrice,
temos tudo a ganhar e só a vida a perder,
mas essa batalha já está perdida logo de cara, não é?,
há espaços escuros em todas as vitórias, becos esconsos de onde muitos não saem vivos, sabe-se lá quem são os covardes?,
covardia seria não dizer que me aguenta no sonho,
só aceitaria ter outra vez vinte anos se você os tivesse também, sabia?,
quero ir até o fim com você, perceber em você o estado de mim,
há de ser a velha mais adolescente do mundo, e já nos imagino rebolando pelos cantos de um jardim qualquer, deus nos conserve o corpo gasto mas sempre intacto para provar,
tenho vontade de deixar tudo e me deitar, me encostar em você, pousar a cabeça, o corpo,
eu,
no descanso silencioso dos seus ombros,
e adormecer à procura de respostas,
quando acordarmos vou continuar cheio de perguntas,
mas tão completo de você,
e logo de mim, sei que já não era necessário dizer isso mas fica dito de qualquer maneira, se houver algo a nos separar que não seja uma dúvida, percebe?
quando te escrevo sou feliz,
mesmo que esteja triste, e que as próprias palavras sejam tristes,
quando te escrevo sou feliz,
me interno na ferida, toco no fundo, e saio de lá,
de você,

pronto para me ferir outra vez,
a felicidade é sair de uma ferida pronto para me ferir outra vez, e só os tontos temem o sangue,
havemos de chegar um dia ao final da felicidade,
há quem a chame vida, pobres ceguetas,
mas nunca chegaremos ao final de nós,
ou se chegarmos não estaremos aqui para ver,
o que é a mesma coisa, não é?,
bastam essas palavras para você vir deitar comigo ou quer que eu te escreva mais um poema,
desta vez sem chorar?

⟿

acredito tanto em você que se me disser que sou imortal serei mesmo,
foi o que ele disse segundos antes de morrer,
a mão dela apertou a dele,
se tinha de ir por que não avisou antes?, não estava pronta para uma morte agora, tínhamos ainda a casa para comprar,
aquela junto ao supermercado, a dona emília vai ficar desolada por perder o negócio, ou se calhar vou eu para lá, já que tenho de estar viva que seja onde você gostaria de estar também, não acha?,
o médico quis dizer à enfermeira para lhe cobrir o rosto com um cobertor,
tapam-se os mortos para se esconder a morte, é isso?,
ou por vergonha?,
ninguém quer uma morte na família, e no entanto todas as famílias são feitas de mortes como de vidas,
não queria escrever um texto mórbido,
e por isso falo da morte,
há uma proximidade incontrolável entre o amor e a morte,
bem vistas as coisas este é o texto mais romântico que algum dia escrevi,

uma mulher que fica com a mão de um homem,
que interessa se está vivo ou morto?,
e vai amando essa mão como se nela estivesse o território inteiro que tem para ocupar,
depois enfim o médico ganha coragem,
cubram-no, lamento muito,
não tem que lamentar, senhor doutor, eu não fico triste por ele ir, afinal de contas algum dia tinha de ser, a gente não vai antes da hora, não é?, e já há muito que o danado me pedia licença para desistir, eu é que não o deixava, onde é que já se viu um cavalheiro entrar primeiro onde quer que seja?, não fico triste por ele ir, isso tinha de ser,
não tinha de ser era eu ficar,
o médico talvez tenha sorrido um bocado, talvez tenha dito fique bem, talvez tenha dito e feito tanta coisa, mas o que fez com certeza foi ligar para a mulher,
te amo,
e depois ligar para o filho,
o que é que o chato do velho quer?,
te amo,
os médicos trabalham sempre na morte mas nunca ninguém é imune ao amor morto,
por mais que as pessoas digam o contrário o amor precisa do corpo, nem que seja uma mão a que se agarrar, percebe, doutor?,
as palavras da velha, o gesto vencido dela, a descoberta enfim de que é um corpo sem dono, um cão vira-lata na beira da estrada,
ao longe vai um homem com uma mão por apertar,
ainda mais longe vai um médico com uma emergência para curar,
obrigado, doutor,
há de haver uma vida salva,
ou mais,
para cada morte perdida,
disse o médico sem saber que era poeta ao jantar,
bacalhau com natas e um abraço bem regado,
que delícia.

no seu abraço calcula-se o limite do perigo,
você definiu em mim o imediato, se é mais lento do que agora já demora demais, ouviu?,
acordei com uma tristeza distante hoje, me falta sempre qualquer coisa enquanto você não vem,
preciso dos seus olhos abertos para a coragem de abrir os meus,
você pergunta o que eu tenho,
tudo,
mas há qualquer coisa estranha em mim, a esperança de repente tão longe,
de quantas cores somos feitos afinal?,
não sei se quero a paz e o sofá, se prefiro o caos e a cama, provavelmente um pouco das duas,
ou um pouco de nenhuma,
desde que você esteja gosto de experimentar, olhar para os seus olhos quando me dói dói muito, a você também?,
a noite cai mais depressa quando o dia escurece lentamente em nós, nem o sol acalma a noite, na verdade,
você é o desassossego da minha folha branca, e eu agradeço,
talvez a literatura também, ou não, que é ciumenta,
como você,
obrigado às duas, sempre,
literatua,
me apetece te batizar, deixa?,
o bloqueio criativo é falta de amor, e eles não sabem, deem amor ao artista e a arte acontece,
miseráveis daqueles que acreditam na arte triste, na obra melancólica
não o produto, esse pode fazer chorar, claro,
mas o artista, o produtor, o lavrador de facas,
o seu nome é uma lâmina junto ao meu pecado, e pobres dos que não sabem que é no corte e não no curativo que a arte cura,

te arrisco com toda a segurança,
é no medo e no perigo que as pessoas sabem o verbo correto,
a sua língua me ensinou a falar,
literatua,
e a amar,
mais ainda.

⁓

O sol no rosto e o sonho no ar. Um casal de meia-idade com o amor acabado por inteiro. Ela sorri para tapar a ilusão que se foi; ele ordena para não se sentir acabado. E ambos caminham, lado a lado, rumo ao exato ponto onde nada existe. Caminhar por dentro do que já acabou é a mais diabólica das formas de estar parado. Estar parado não é mais do que andar a caminho do que não existe.

⁓

me atravessa a dor dos silêncios monstruosos,
famílias inteiras se calam à mesa, como se chega ao fim sem tentar?,
sinto a intempérie sucessiva dos caos perdidos,
o orgasmo vegetativo da rotina apodrece, livrai-nos do mal,
e da réplica ainda mais,
as ruas ficam pelos abismos, cada pessoa é um fosso, quem construiu as cidades podia saber muito de engenharia mas tão tão pouco de amor,
escolhemos a casa pela ergonomia, a melhor casa é a que permite os melhores abraços,
o beijo deveria ser uma cadeira obrigatória em engenharia,
e em todos os cursos, agora que penso nisso,
a arquitetura dos seus braços merece um edifício completo, um bairro,
uma cidade pensada para resistir à erosão das palavras,
me perdoe,
nenhum engenheiro estudou a complexa arquitetura de um pedido de desculpas, como pode estar em condições de construir o que interessa?,

fique,
as paredes não servem para separar, só para proteger,
me aqueça,
o quarto guarda os mais valiosos segredos do mundo,
me aperte com as pernas,
até o silêncio tem um código único para ser quebrado,
me cale com a pele,
o nosso exige a repetição exaustiva do seu gemido,
sim, sim,
sim?

⌒

quem grita está a caminho, a voz irracional, lívida,
gastar o tempo é uma especialidade fatal, lembra o minuto em que você mudou a minha vida?,
dos inocentes não reza a história,
recordo nos pulmões as noites excessivas,
antes refém do que vazio, não é?,
o seu nervo é em mim uma droga viva, uma espécie de coragem feroz,
um pecado covarde, serve?,
te agradeço a tentação,
e caio de pé nela, como se chamasse amor à fraqueza,
e é,
a minha mãe me pediu que pensasse bem antes de agir, que medisse os passos, que procurasse entender os metros a pisar,
ou então não disse nada e eu cumpri,
obrigado, mãe,
à frente de mim não me interessam os metros, só os quilômetros,
os da profundidade do que é você em mim, há outros?,
logo à noite vamos jantar fora, gosto de exibir a felicidade como se fosse um troféu, você também gosta?,

vista então o vestido de menina para sempre e brinque comigo como jovens imberbes, me deixe te tocar por debaixo da mesa com o pé, e fazer disso um momento para recordar,
é tão simples ser eterno, afinal,
depois te levo até a porta de casa,
também é minha mas faz de conta,
e ficamos ali horas a fio falando de absolutamente nada,
e aquilo valerá por vergonhosamente tudo,
no fim vou te roubar um beijo, deixa?,
um xoxo no canto da boca,
amanhã voltarei para te amar mais à frente,
um abraço em que sentirei o seu corpo no meu debaixo da roupa e das excitações adolescentes, quem sabe?,
você é a menina mais linda da escola, te digo com toda a certeza,
e olha que eu já olhei com atenção para todas,
coitadinhas,
você é a menina mais linda da escola,
como se deixou ser dos meus insossos braços?,
e da minha casa também.

∼

querem a extinção da poesia como querem a extinção dos seus lábios,
são tão ignorantes os que não amam, sabe?,
os fatos não conseguem mais do que abalar o corpo, mexem pouco,
quase nada,
com o que me mexe os passos,
em volta é estreito o fogo, e é por lá que passo, com certeza,
quero lá eu saber do que não pode me queimar?,
é para apagar o fogo que se descobrem as águas intermináveis, como é óbvio, e as casas interessam pelas pessoas que são capazes de levar,
e de salvar,
creio que já te falei nisso, na importância de não arder devagar,

falei?,

aprender a morte é um incêndio imediato, um incêndio sem paciência, está vendo?,

você perde a paciência quando não te abraço durante mais de cinco ou dez minutos,

e eu adoro,

qual adoro qual quê?, amo,

que merda são as meias palavras, quem as inventou ficou a meio de si, isso é certo,

o seu beijo extremo, quero-o sem ponderação,

me dá?,

querem a extinção da poesia mas ela entra por todas as janelas abertas, e sobretudo pelas fechadas,

nem a água se bebe mais do que as letras, sabia disso?,

é o áspero que interessa, o imprevisto,

a propósito, sabe que te comprei umas botas novas?,

é uma pena ter de despir tudo para experimentá-las,

mas tem de ser,

eu espero, com paciência, lá está,

pode ser aqui mesmo?

⁓

Se a vida te der mãos, se masturbe.

⁓

vivia no bairro mais pobre da cidade e dizia que era a pessoa mais sortuda do mundo,

e era,

foi esse o mais curto e mais bonito poema que algum dia escrevi, desde logo porque é curto e os poemas são como as anedotas,

quanto mais curtinhos ou curtinhas melhor,

mas também porque em exatamente dezoito palavras, pelas minhas contas, se consegue perceber que há muito pouco de objetos na felicidade, e na sorte,

talvez fosse imaturidade, mas era feliz na sua arrefecida forma de melancolia,

a mãe era pobre mas chegava em casa para ele, contava sobre o trabalho,

hoje encontrei numa das mesas que limpei no shopping uma moeda de cinquenta cêntimos, tome e junte às outras, um dia você vai comprar o seu primeiro chocolate,

um dia vou comprar o meu primeiro chocolate,

poucas coisas são mais valiosas que um chocolate assim, já viu?, eu já, me apaixonei por aquela pessoa,

já percebeu que é um menino, não é?,

o problema de quem não tem sorte é decerto ter chocolates a mais, e oferecidos,

a sorte não é ter as coisas, é procurá-las, chorá-las até,

os adultos são feitos de pedra e se espantam com a profundidade inventada das crianças,

vivo para me despenhar em você, sôfrego, chega isso para ser criança suficiente?,

a sanidade é uma criatura de menino em cada homem, um fragmento de inferno em cada intimidade,

se o céu não mata é bom que faça tremer, não acha?,

e quando adormecia na mesma cama que a mãe,

pouso a minha mão no seu peito e descanso, mãe,

o menino do bairro mais pobre da cidade não sabia que lá fora estava uma infelicidade sem igual, as ruas infestadas de lixo e de perigo, era apenas um bicho feliz do amor,

pouso a minha mão no seu peito e descanso, mãe,

o insaciado corrói, mutila,

temos de encontrar a borboleta no murmúrio de nós,

e voar,

toda a noite, todo o dia,
enquanto temos asas, enquanto o poema dura,
pouso a minha mão no seu peito e descanso, mãe, convulsivamente,
nem a vontade da carne, nem a vertigem,
só pousar, só querer, só estar,
só existir
para a exaltação, que mais?

⁓

    dizem que a coisa mais rara do mundo é o ouro, ou os diamantes, ou as trufas, sei lá,
    não sabem o que dizem,
    a coisa mais rara do mundo dorme ao meu lado,
    é você, percebeu?,
    demorei mais de trinta anos para te encontrar, que parvoíce deus ter te escondido tanto tempo, agora vou ter de viver até os duzentos anos,
    no mínimo,
    para compensar o desperdício,
    a virgindade é você não estar, o resto é apenas uso, gasto, dívida leve,
    me sufoca a sua impossibilidade, me deitar sozinho,
    o que diabos faz o seu corpo quando não se encosta ao meu?,
    você é a diferença entre o sono doce e o espinho, a alegria dos seus olhos me racha de cima a baixo, e quando você me quer o delírio se abre,
    como as suas pernas, a sua boca delicada, uma cidade notívaga à espera da beleza,
    quis um dia um cientista te explicar,
    e se apaixonou, claro,
    o seu gênio se desenvolve no caudal das veias, uma intensa ilusão se apodera dos músculos,
    e me faz andar,

a idade é tênue diante de uma mulher assim, só o crime tem adrenalina suficiente para te parar,

e eu o cometo,

me visita todas as semanas na cadeia?

~

conheço as colinas noturnas da melancolia,

andamos por lá sempre que um de nós sofre, e dividimos a vida, sabe?, a vida também tem de sofrer, pois é,

que merda,

felizmente há ainda o fogo úmido da sua alegria,

o que me cansa não é o corpo cansado, nada disso, que eu sou jovem, ou penso que sou, já é um começo, não é?,

me extenua antes a falta do seu veneno alto, a morte esquecida,

é assimétrico o que te amo,

e tudo bate rigorosamente certo,

você cabe por todos os lados e em todos os tamanhos, veja lá você, pitágoras não imagina que existe o amor, e já morreu, dizem por aí,

o meu lugar é dormir na loucura do seu cabelo,

ontem cheirava a chopin, hoje a matisse,

é em você e em mim que o alfabeto resvala, percorre as páginas pelo tempo fora,

é perigoso o sexo, que bom,

o poema instantâneo, violento,

milagre criador,

me controla até o início da carne,

e já,

a ressurreição só exige o seu beijo,

e você me beijou.

~

Lisboa na janela a perder de vista. Os telhados altos, o céu fechado abrindo a alma. As persianas de um prédio de escritórios sujas, da poeira do tempo. E ao lado a pele que tudo renova. O sorriso, por entre gelados e partilhas, de nos sabermos isolados na mais perfeita das multidões. Dar a mão e esperar que o tempo pare. Dar a mão e saber que, por dentro das mãos dadas, nada se perde — tudo nos transforma. Tudo nós transforma.

∽

na minha infância a noite era um enigma,
ainda é,
criaturas vastas, abstratas, imóveis,
um segredo dura sempre até a madrugada, não mais,
agora a noite é a confusão do prazer, a terrível água do fim da inocência,
a cama rangeu demais ontem, não foi?, temos de evitar distrações,
para os vizinhos, não para nós, claro está,
uma poeira lenta, um vício cru,
me dizem que foder é forte demais,
e por isso eu fodo,
teorias perturbadas cobrem os instintos por aí, mente-se tanto para algo tão simples,
somos antes de mais corpos,
e depois de mais corpos,
pelo meio acontece o peso da promessa,
o peito sereno, a aceitação, o sorriso amável,
por você acolho o flanco da inocência, a fraqueza derramada,
me abre as calças e tudo é outra vez indecifrável, implacável,
não me deixe dormir,
e me adormeça,
deixe que os seus dedos me entendam.

as crianças são pássaros adormecidos,
ou acordados demais,
se faça homem, moleque,
ao longe a voz do meu avô,
com a sua idade já carregava sacos de batata desde as seis da manhã, e era feliz como um raio,
como se é feliz como um raio, afinal?,
a inocência é tão bela e tão confusa,
mas só depois,
se quer ganhar a vida escrevendo faça como deve ser, porra,
é com a caneta que me deu que escrevo, avô, as pessoas não sabem mas é nela que está a magia de tudo,
um dia vou ser grande como você, prometo
mas até lá me deixe imaginar que estou outra vez nos seus braços,
as suas mãos rudes tinham tanta vida para contar,
e eu a ouvi toda, não ouvi?,
se estivesse vivo teria orgulho de mim, teria?,
diga que sim e todos os sacrifícios terão valido a pena,
eu era pequeno e o seu colo tão grande, queria ser como você um dia, ainda quero,
escrevo dez horas por dia, talvez mais, mesmo que só escreva mesmo nas folhas ou no computador umas duas ou três,
como você lavrava na terra vinte ou mais horas por dia, acordava pensando nas vindimas, nas cebolas,
um dia você quis saber se podia plantar arroz no quintal,
que tolice,
só porque era o que eu mais queria,
você está no espaço mais íntimo da minha existência,
e é também por você que existo,
se faça homem, moleque,
e isso eu não fiz,

lamento,
descerro os dias entre a nuvem e a morte, e se me perguntarem em que ponto da minha vida fui feliz direi que foi na infância,
não por revivalismo, não por nostalgia, não por melancolia,
sou fã do futuro, sabia?,
mas apenas porque ainda é por lá que estou,
está comigo, não está?

---

hoje estou triste porque você não escreveu para mim,
quando faz beicinho o sol se concentra no interior dos seus olhos, e tudo em volta escurece,
e aqui estou eu a escrever,
já está ficando melhor, está?,
o seu corpo contra o ar é uma espécie de atestado de incompetência para a natureza, como pode a matéria interromper o correr do tempo?,
eu podia escrever hoje sobre o sorriso do seu biquíni junto à piscina,
as vezes que te amei nos meus pensamentos, e de que maneira, é melhor nem dizer para não te chocar,
desculpa,
mas em todos os pensamentos acabamos com um orgasmo,
que maravilha,
você é tão casta e tão esfomeada,
no lugar onde estou já te despi várias vezes, e é possível, sim,
não ria e não me venha com essa ideia quadrada de que só se despe uma vez, porque depois já está despido,
não está, te amar é te despir várias vezes no mesmo corpo, como se houvesse camadas de nudez,
e há, só quem nunca se despiu ainda não o percebeu,
está ficando bom o texto?, te serve para me querer todo para sempre?,
mas sobretudo agora,
já, se possível,

tenho um sexo e um beijo para te dar, qual quer primeiro?,
o seu vestidinho de verão dá cabo de mim,
você é tão linda quando anda pela rua e sabe que é linda,
e é, às vezes demais, só de imaginar o que pensam quando te olham
cruzando as ruas com o fulgor da sua carne me apetece matar alguém,
não mato,
só o prazer,
pode ser na minha cama ou na sua, são a mesma,
a primeira vez que dormi com você tínhamos uma cama cada um e
só isso era motivo para continuar a estar vivo, há que juntar o que não
pode viver separado, não é?,
você quer me abraçar no meu lado da cama, eu sei,
anda,
o imponderável em nós é perpétuo e rasga,
será que o seu vestido também?

˜

Momentos de gemidos surdos. A sua mão no espaço onde tudo se ergue, a minha no segredo que para mim você guarda. E todos os gemidos por debaixo dos corpos. Nem sequer há palavras. Apenas os seus olhos e os meus, abraçados, numa dança que nem sei se é animal se é humana. E depois se ouve a música de tudo ali, a batida de nada haver para além de mim e de você brincando nos corpos. Gritar o gemido para saber que o céu existe. E saborear a morte que a vida tem para nos dar. Se Deus existir tem inveja de nós.

˜

escrevo para transformar o lodo,
a utilidade da poesia é a beleza,
e te amar,
mas escrevo ainda para aplanar a terra,
o planeta,

aproveitar o que corta para fazer um sangue interessante, um sangue que mude vidas,

quando te abraço sinto uma espécie de sangue entre nós, o que é bom demais tem de sangrar, só assim acontece,

nem tem de doer, claro, ninguém gosta de doer, muito menos eu,

e nunca em você,

o que te dói me violenta profundamente, é uma ferida lenta, que entra pelos olhos,

a sua língua também,

às vezes literalmente, como no outro dia, quando me pediu para fechar os olhos para me lamber a parte de dentro do que te olha,

o seu riso procura venenosamente o escuro em mim e se despenha nele para o espantar,

me estendo na sua boca como num lençol,

você deixa e somos os dois de uma doçura sufocante,

você me tira o ar e me deixa respirar, entende?,

há de haver sempre uma insônia para nos adormecer,

você por cima e eu por baixo, ou ao contrário, ou os dois de pé, ou um deitado e outro de pé,

os corpos se dobram como peças de prazer, nada mais,

e as minhas mãos pretendem nada menos do que o fim da lama,

é para a beleza que a poesia existe, lembra?,

para mim, portanto,

você diz,

é tão bonita quando se despe com pressa,

ou só quando se despe, bem vistas as coisas,

você tem razão, como sempre,

é bom que esta cama esteja à altura de mais uma vez o perceber,

eu estou,

e você?

me assusta o que não vou ver,

a minha sobrinha se fazendo gigante, a vejo governar o país, mas não como essa gente que está lá agora,

governar mesmo a sério, aquilo que as pessoas todas dizem que fazem e depois não fazem,

ela vai fazer,

não vou ver mas vai ser tão bom saber disso, já o sei e já é tão bom,

a invenção de tantas coisas, talvez inventem um carro que voa, uma árvore que fala, sei lá,

só espero que não se ponham a inventar o fim do amor,

com o amor não se inventa, aprendam lá isso de uma vez,

ou ainda a eternização da água,

eles conseguem se quiserem, mas para já ainda não querem, ainda muita gente come pela sede dos outros,

o fim de todas as doenças, e a invenção depois de umas quantas,

é a doença que equilibra o mundo,

dói tanto dizer isso mas é assim, o mundo sobrevive pela morte de muitos,

a minha também acontecerá,

e é por isso,

já tinha te dito?,

que me assusta o que não vou ver,

tudo o que eu te disse antes e ainda um mecanismo que evite a inveja entre as pessoas, outro que as impeça de magoar,

para já é um sonho mas já que não o posso ver vou ver o que eu quiser,

me assusta o que não vou ver,

tanta coisa impossível para mim e possível para os outros,

que crueldade é acabar,

me assusta a minha própria morte mas mais a sua, toda a gente diz isso, eu digo também, posso?,

tanta coisa que não poderei ver e me assusta,

mas sobretudo a sua cara quando receber este poema,

sei lá eu o que é um poema, mas é seu e você é poesia,

e perceber que apesar de parecer isso ainda não terminou,
o melhor está para vir, espere um pouco, sim?,
só faltam duas palavras, ou três,
aqui vão elas, por favor leia-as e me ame,
casa comigo, casa?

⁓

gosto tanto de pessoas, e teimo em acreditar que elas gostam de mim, e que são boas,
as pessoas são sempre boas, não são, mamãe?,
e ela me dizia que sim, será que acreditava mesmo ou só queria me ver bem?,
há poucos motivos para ainda acreditar na humanidade mas há que tentar, quem criou tudo o que há de bom também foram pessoas, não foram?,
quero ser tudo menos ressabiado, mamãe,
não sei onde ouvi aquilo mas tinha razão,
a minha mãe, coitadinha, nunca me disse nada sobre isso, ainda hoje não entende, deve ser isso, não?,
talvez um ressabiado seja a criatura mais inexplicável do mundo,
a mais execrável é, com certeza,
há uma vida toda pela frente, já viu?, há sempre uma vida toda pela frente,
quando um velho de noventa anos olha para a frente pode dizer isso, que tem a vida toda pela frente,
e uma criança de cinco ou seis anos também,
a mesma coisa,
temos todos a vida toda pela frente, que sorte, não é?,
é claro que custa o passar do tempo,
o que custa é mesmo o tempo passar depressa demais,
mas só passa depressa demais quando é bom, certo?,
hoje você tem vinte e amanhã acorda com quarenta,

e depois de amanhã com sessenta,
em dois saltos ficou mil vezes mais próximo do fim,
o fim faz chorar, a você não?,
não sei por que escrevo hoje sobre o fim,
provavelmente foi por ter sido mais uma vez feliz como a morte,
que raio de expressão é essa?,
feliz como a morte,
mas agora já está e alguém há de retirar algo de bom dela,
é o que de melhor têm as pessoas, sei disso agora, conseguem tirar do que quer que seja algo de bom,
e de mau, pois,
está tanto nas nossas mãos quando estamos vivos, não está, mamãe?,
e a minha mãe chorava, não sei se de alegria se de medo,
todas as alegrias têm um pedaço de medo, ou mais do que um pedaço, nenhuma alegria subsiste sem medo,
choro de medo de não te ter,
se um dia você tiver de viajar sem mim quando voltar me encontra morta, não porque queira, nada disso, mas porque sem você os músculos param, os órgãos param, preciso fisicamente de você,
me disse hoje e me apeteceu te beijar inteira, do dedo mindinho do pé ao cabelo mais mindinho da cabeça,
e depois te dizer que sim, eu também,
se um dia tiver de ficar longe de você talvez esteja ficando longe da vida,
já não me lembro da última vez em que estivemos mais de três ou quatro horas distantes,
mas dói nas veias,
e no fim das contas gosto tanto das pessoas mas gosto mais de você,
não sei o que te chame mas te chamar de pessoa poderia significar que existia um plural seu, e não quero esse tipo de confusões,
cada macaco no seu galho, sim?,
gosto tanto das pessoas quando você está em mim,
até as pessoas existem para que você exista comigo nelas,
foi confuso ou só bonito?,
onde estão os seus braços que há muito tempo que não me abraçam?

∽

O que nos une ainda não foi inventado. Será uma cumplicidade tesuda, uma comunhão acesa, uma paixão que se ama. O que nos une ainda não foi inventado. Gosto de pensar que nada nos apagará de nós, que nem a morte — quanto mais a vida — terá força para nos apartar. Os seus lábios de carne e fogo, a sua pele que, com a minha, se agarra ao tempo e o faz parar. E depois o suor, o gemido. E a sensação, sempre a sensação, de que, por mais que os corpos cedam e as respirações parem, algo assim não acabará. Porque só o que é eterno não acaba.

∽

chulo,
o meu pai na bancada do estádio e até aquilo é ternura,
chulo,
um homem de negro, uma multidão, um homem que tocou noutro e o árbitro diz que não,
chulo,
amo a sinceridade dos humanos, que isso fique claro,
mas te amo mais a você, descanse,
quando eu era criança,
e até adolescente,
fazia do vestiário um ensaio filosófico,
há todas as pessoas dentro de um vestiário,
o líder, o mauzão, o tímido, o arrojado, o paquerador, o medroso,
qual deles era eu?, não sei, mas gostava de entrar em campo e sonhar,
tudo o que as crianças fazem é sonhar, não é?,
e os meus pais na bancada,
eu os procurava sempre antes de entrar, custava muito quando ainda não estavam,
nos perdemos pelo caminho, mas gostamos do que você fez lá dentro,
só podia era ter mais calma, perder não pode custar tanto,

custa, perder custa tanto,

se um dia te perder nenhuma vitória será mais possível, já te disse isso antes?, não?, fica agora, mais uma vez, nunca esqueça, se um dia te perder nenhuma vitória será mais possível,

quando marcava um gol pouco me interessava o gol, queria ver onde estavam os meus pais,

às vezes a minha irmã também ia, não muitas, era adolescente e queria os seus próprios gols,

todos passamos pela vida à procura dos nossos gols, eis a descoberta que fiz agora, é boa ou não presta para nada?,

marcava o gol e queria saber como ele existia para os meus pais, foi bom, mamãe?, foi bom, papai?,

e quando eles riam, aplausos e alguma emoção, então era a altura de ficar feliz,

na vida não interessam os gols que você marca, só os gols que quem você ama festeja com você,

nunca fui tão feliz como quando festejei com você a primeira vitória, sabe qual foi?,

provavelmente ter você é a melhor vitória, que cafonice,

faça com ela o que quiser, mas a mim me ame, tá?

chulo,

e o meu pai continua aqui ao lado, a voz bem alta para que o ladrão do árbitro o ouça como deve ser,

chulo,

o futebol é tão ordinário e pode ser tão poético,

chulo,

e assim comecei eu este texto, não sei se ordinário se poético,

mas nosso, de quem eu amo,

e de quem o apanhar também e o levar até junto de quem ama,

chuta a gol, moleque,

dizia o meu treinador,

com um cabedal desses tem de fazer muitos gols, se eu tivesse o seu físico ia ser profissional de futebol com certeza, isso te garanto,

desperdiçamos tantos gols porque desistimos de chutar,
e eu lá ia chutando, cada vez mais, mas ainda hesitava, ainda temia,
que merda vale o medo quando estamos com a trave à nossa frente?,
chuta, moleque,
e eu chutava,
nunca fui profissional porque preferi escrever, ou provavelmente porque já sabia que só assim conseguiria te escrever todo dia como você merece,
ou preferia que eu te desse gols?,
chulo,
e o meu pai chuta à maneira dele,
me apetece abraçá-lo, dizer-lhe que o amo,
e digo-lhe, ele é que não ouve,
a vida é tão ordinária e pode ser tão poética,
quero te foder para sempre,
e choca porque é inesperado,
e acima de tudo verdadeiro,
e você ri e os seus olhos concordam e me amam,
e eu a você,
um dia você vai ter coragem para dizer, não vai?,
eu espero, fique tranquila,
mas até lá ande se cansar comigo,
está melhor assim?

༺༻

Todo o trem com toda a gente. A vida passando no meio das vidas. E a sensação absoluta de que cada minuto é o minuto final. O minuto, afinal. Há que sorrir por dentro, sorrir por fora, sorrir por todo lado. Há que erguer o sorriso a orgasmo. E gozar.

༺༻

não aguente mais, anda,
quando nos amamos com o corpo quero que dure para sempre,
como tudo o que fazemos, na verdade,
mas os sexos têm pressa, são urgentes, querem o orgasmo antes que o mundo acabe,
o orgasmo é que é o fim do mundo, não é?,
o nosso é, com certeza,
e te olho nos olhos e peço ao corpo que aguente mais um pouco, só mais um pouco,
acaba depressa o que é eterno,
você diz que não, que não quer o sacrifício, só o prazer,
vivia a minha vida toda dentro de você,
e se calhar vivo na mesma, só os quadrados não o veem,
eu te vejo,
os seus olhos nos meus me fazem chorar,
choro em você quando o prazer acaba,
não aguente mais, anda,
e eu vou, já não dá mais,
há um lugar dentro de você onde nem deus consegue entrar,
só eu,
é lá que estou agora,
há sempre lugares novos em quem se ama, só assim é amor,
e eu te amo,
e vou,
vem comigo, vem?,
e ficamos,
daqui a pouco me diz onde estive,
eu te digo onde estamos,
e sobretudo para onde vamos,
claro.

me ama mesmo quando sou chato e tenho de escrever?,

te peço todos os dias perdão por te abandonar todos os dias para te escrever,

uma hora ou duas, nem tanto, que não se consegue escrever quando se está morto e eu poderia muito bem morrer se estivesse mais tempo longe de você,

fica bonito dizer isso, até porque é verdadeiro,

vou para você por outros meios,

é o seu cocô,

e eu rio, escrever é mesmo o meu cocô,

e talvez seja por isso que escrevo tanta merda, sei lá,

escrevo por necessidade, porque tem de ser, porque tenho de ser,

o organismo exige que eu escreva, escrevo pelas vísceras e nunca pelos dedos,

não sei se gosto de escrever,

sei que não desgosto, isso sei,

e que preciso,

há algo de incompreensível em mim quando não escrevo,

nem você me atura nesses dias, não é?,

e mesmo assim me abraça e me cura, que linda, que linda,

há três anos não sabia que te amava desde sempre, nem o seu nome,

e que podia escrever tão de dentro,

que estupidez, meu deus, podia precisar de tanta coisa,

preciso escrever e até é bem barato, sou um sortudo, é isso,

não porque escrevo mas porque tenho você,

você está ao meu lado e lê as suas coisas no computador,

passa horas lendo, imagina cenários, combinações de roupas, desenha na sua cabeça a nossa nova sala,

você é tão bonita e podia ser muito mais escritora do que eu,

e é, só não escreve, não sei se agradeça se insulte essa sua opção,

sou eu o que passa a vida escrevendo nas folhas e nos teclados,

e é você quem me escreve para escrever assim,

no princípio era você,

e depois chegou o resto,

não é o sonho que comanda a vida, coitado, está a milhas de ter a sua influência no que me faz andar,

sempre que te olho o mundo pula e avança,

e depois volta para trás só para pular outra vez,

com você até no mesmo lugar avanço, se isso não é o verdadeiro sonho então não sei o que é o sonho,

é você,

temo em você a folha branca, só em você,

a outra é uma treta,

os artistas que me perdoem, quem são eles para definir o que é um bloqueio quando nunca tiveram você a olhá-los como me olha?,

a terra tem o batimento coordenado com o seu,

e você comanda o meu,

agora acelero um pouco,

você chegou e não está usando calcinha, adivinho pelo que as calças deixam adivinhar,

a poesia consiste em adivinhar o que está por detrás das calças do verso, deixar o leitor perceber o que está lá, o que porventura estará escrito na textura do poema,

o que é bom não é para se ver, é para se amar,

eu estava certo, não usa mesmo calcinha, as mãos servem para coisas desnecessárias como escrever mas também para coisas essenciais como te tocar,

te apalpar, vá,

e estava errado, não preciso nada de escrever,

preciso é de você e do seu corpo imediatamente,

a literatura espera,

eu não,

e muito menos você,

obrigado.

Desisti de pensar no sentido da vida. Parecendo que não, me impedia de fazer outras coisas que pudessem dar um sentido à vida.

༺═༻

pode ser um luxo mas tem de ser,
que se danem os outros,
ah, que não precisava nada disso, ah, que isso é só para os ricos, ah, que você tinha uma vida muito boa,
sabem lá eles o que era a minha vida?,
foi o investimento de uma vida,
o investimento na vida, assim é melhor, gosto das palavras certas no lugar certo,
como te amo sempre que te olho, te parece acertado?,
queria estar à sua altura e só por isso empenhei tudo,
o carro, a casa, até sonhos pequeninos que eu tinha como dar a volta ao mundo ou viver para sempre,
te olho aninhado na esquina dos meus ombros e me parece tudo pequeno, quase nada,
mesmo nada, tenho de ser sincera,
gosto das palavras certas no lugar certo, já tinha te dito?,
você me ama para lá de todas as minhas opções, e tem uma única condição para me amar,
a mesma que eu tenho para te amar,
me amar,
e eu te amo,
já chega de dizer amor e te amo e me ame,
não gosto de gastar palavras, prefiro gastar corpos,
o seu ontem tinha sabor de chocolate quente misturado com você,
e o meu, me diz?,
quero ser aquela que te acompanha,
nada de palavras vãs, gosto das palavras certas nos lugares certos,
quero te acompanhar mesmo, o meu corpo ao lado do seu,

ou em cima ou embaixo,
mas sempre juntinho ao seu,
e por isso gastei tudo o que eu tinha nisso,
aposto que mesmo assim já me ama mais, não?,
eu te amo, pode registrar imediatamente no caderno negro que anda sempre com você, sortudo,
não porque agora estou mais bonita, nada disso, apenas porque agora estou mais pronta a ir com você,
onde é que já se viu um homem como você andar por aí dando sopa?,
deixem-no em paz, suas sanguessugas, que ele é meu,
é, não é?,
claro que é,
e eu sou sua, comprei isso de surpresa,
custou tanto no começo, pelo dinheiro, por tudo,
dói, sabe?, chega a doer mas depois você me acalma,
e em seguida me excita,
o amor é acalmar e em seguida excitar,
e em seguida acalmar e em seguida excitar,
me empenhei inteira,
tudo o que ganhei, tudo, tudo, nem um tostão sobrou, para quê?,
só para te amar inteira,
agora você chega,
te amo,
me abraça apertado,
os seus braços no meu pescoço me salvam da vida,
e me fazem viver,
as suas mãos se juntam no centro das minhas costas,
muito mais no centro de mim,
você me ergue lentamente, me despe enquanto me beija,
como se o seu beijo por si só não bastasse para me despir, mas continue, continue,
primeiro a blusa,
escolhi esta porque me prometeu que a ia arrancar com os dentes,

já está,
a minha pele não foi ensinada a arrepiar assim,
olha,
já estou quase toda nua para você,
sou linda, sou?,
você é tão bonita,
quero chorar mas estou excitada demais,
de onde vêm as lágrimas e como se misturam com o que me arrepia a pele assim?,
só falta a parte de baixo,
as calças,
justas como você adora,
o que elas escondiam,
hoje são verdes, as rendadas que você escolheu na loja,
ainda lembra da cara da senhora quando entramos juntos para o provador?,
e finalmente a prótese, assustadora, metálica, gélida, tão horrível e me faz andar outra vez,
andava há anos para andar outra vez,
foda-se, consegui,
gosto das palavras certas nos lugares certos,
em poucos dias já a sabe tirar tão bem,
dói muito mas eu aguento, depois disso vem você e a nossa cama sempre igual,
só quem não sabe como te amo não percebe por que gastei tanto dinheiro nela,
tenho certeza de que você vai ser tão grande que só no palco te farão jus,
acha que alguma vez eu ia te deixar subir sozinho, é?

⁓

faz falta uma cidade gélida,
começaria assim o meu próximo romance,

as pessoas espalhadas pelas ruas,
quantas ainda terão emprego?,
as casas à moda antiga, daquelas que existiam para que alguém amasse lá por dentro,
agora se quer que as coisas existam para afastar quem as tem,
está calor e em breve haverá festa, homens e mulheres aos saltos,
quantos ainda saberão amar?,
ontem fiz três anos de amor eterno, é legal festejar o que não acaba, nos dá um conforto indizível,
mas eu tento todos os dias,
no próximo romance vou ter pelo menos um capítulo dedicado aos que aquecem as cidades,
os que fazem de conta que não existe sociedade, os que choram por tudo e por nada,
a chuva cai, os guarda-chuvas sob o cinzento, um pequeno inferno no meio dos olhares,
quantos ainda saberão chorar?,
três anos de aprender a chorar, me deixa te agradecer por isso?,
grato, posso te dar um beijo,
e prazer, já agora, pode ser?,
lá estou eu escrevendo para você outra vez, logo agora que ia dissertar sobre o meu novo romance,
uma construção literária de grande densidade,
só para os eruditos perceberem com quantos paus se faz uma canoa,
não sei, você sabe?, quem diabos quer saber disso?,
eu não,
prefiro saber da sua letra quando me escreve, do primeiro abraço que te dei,
tenho a sensação exata do quanto te apertei, te magoei?,
foi há três anos que deixei de contar o tempo,
e ele agora passa tão depressa,
felizmente temos a vida toda pela frente, quantos beijos calcula que ainda vamos dar?,

aposto em setenta mil milhões de milhões de milhões, contas por baixo,
pedi ajuda à minha prima, que é de matemática,
isso numa previsão pessimista de vivermos só até os cento e cinquenta anos,
gosto de não elevar muito as expectativas para depois não me desiludir, percebe, não percebe?,
arre que já não estou de novo abordando a complexidade filosófica do meu próximo romance,
vai ter mais de três mil páginas e três ou quatro não serão dedicadas a você,
as que estão em branco e a ficha técnica,
ou nem isso,
a da ficha técnica vai ter você lá como coautora,
não leve a mal eu ter lá também o meu nome,
sou vaidoso, eu sei, mas também é para te proteger,
quero o autógrafo também da bárbara,
e você vem, não imagina que é isso que esse meu leitor quer,
eu?,
você, quem mais poderia autografar o que eu escrevo?, a bem da verdade seria você a dar o nome ao que escrevo,
eu guardo o seu segredo, não se preocupe,
amanhã começo então o novo romance, ainda não tem nome,
mas já sei como acaba, quer saber?,
me dê só um beijo antes disso, aproveito todas as oportunidades para mais um beijo, você sabe,
obrigado,
então o próximo romance vai começar,
já tinha te dito, digo de novo, não quero que esqueça,
com a frase
faz falta uma cidade gélida,
não sei o que vai acontecer depois,

mas sei que vai acabar comigo te amando sobre uma qualquer superfície, esquecido de todo do que raios estava fazendo antes de estar fazendo aquilo,

é sempre assim que acabam todas as minhas obras,

esta também, como tinha de ser,

em que superfície prefere hoje?

⁓

há tanta gente que não gosta do que nós fazemos,

custa muito, sempre,

fazemos com tudo o que somos, com tudo o que temos, nos damos todos,

mas é impossível escrever com unanimidade,

é impossível viver com unanimidade, é mais isso, não é?,

gostaria que não houvesse quem não gostasse de mim, por que teria medo de o assumir?, há alguém que não gostasse?,

você gosta de mim, não gosta?, mesmo que não goste diga que sim,

se não for por mais nada só para me salvar a vida, pode ser?,

a grandeza se vê na maneira como não se gosta, no que se faz quando não se gosta,

é tão mais fácil ferir, e não é por acaso, só um homem grande tem tudo para ferir e não fere,

e é por isso que é grande,

o que nasceu primeiro, afinal?, ferir por ser grande ou ser grande por não ferir?,

me fere o ódio nas pessoas,

que coisas maravilhosas seriam capazes de fazer se não odiassem?, quantos gênios se desperdiçaram odiando outros gênios,

ou outros palermas?,

mas você gosta de mim, não gosta?,

a cada vez que diz que sim salva uma vida,

é sempre a mesma mas é de valor, ainda assim,

você é a minha heroína, e todas as outras drogas que te apetecer ser em mim,

essa foi previsível,

a vida precisa também de previsibilidade,

como saber que quando você me olha com esses olhos me derreto todo,

há partes de mim que reagem de forma visível,

a pele que sua, os lábios que esticam, os braços que tremem,

e uma ou outra parte de que não vou falar agora,

pode haver crianças lendo isso, a internet é assim, temos de ter cuidado,

quando essas coisas deixarem de ser previsíveis em nós é imprevisível o que pode me acontecer,

posso chorar que nem um bebê, gritar como se estivessem me espetando uma faca nas costas,

podem espetar desde já, se é para doer que seja pelo corpo, nunca por você,

pode acontecer tanta coisa se isso um dia acontecer,

só eu é que deixo de acontecer, isso é certo,

caput, finito, tchau e adeus, já não está aqui quem viveu,

este será mais um texto para os que não gostam do que eu escrevo não apreciarem de todo,

força nisso, rapazes, eu aguento,

digam que não respeita os cânones, que está a milhas de ser literatura,

quem sabe o que é literatura?,

eu não, deus me livre,

se puder escrever com os dias que carrego, com o osso partido do que sinto, estou bem me lixando para o alfabeto,

só usa o alfabeto para escrever quem nunca soube usar as vísceras,

e o seu corpo, posso usar?,

sim, agora, se possível,

acabei o texto, exato,

não se nota?,

porra.

A felicidade é o excesso na medida certa.

o poema é o erro,
nunca o correto, nem a palavra exata,
o poema é a falha, nada mais,
nenhuma mão imaculada é feliz,
hoje fiquei horas à janela, sabe?, vi os vizinhos e os seus erros,
enquanto você errava por não estar comigo, veja lá se aprende,
a velhota do terceiro andar estava estendendo a roupa, quase caiu, se esqueceu de tirar um banco pequeno que tinha junto da grade e por pouco não morria logo ali, o meu coração bateu mais forte,
há erros que matam,
e pessoas também, como você,
o antipático do andar de baixo saiu correndo de casa, se meteu no carro e saiu de marcha a ré sem olhar antes, por sorte não vinha ninguém, se viesse seria uma desgraça,
não desgosto de ninguém a ponto de lhe desejar mal, será um erro?,
a menina loira do primeiro andar ficou alguns minutos jogando bola na varanda, atirava-a contra a parede e depois a agarrava, de repente mediu mal a jogada e o vidro só não partiu porque é forte, ou porque as crianças têm o seu próprio deus,
sou eu o seu, não sou?, se não for mais vale você não acreditar em deus, está bem?,
no mínimo agnóstica, ok?,
me perdi nos erros dos outros e quando dei por mim já tinham passado trinta minutos e o arroz ainda estava no fogo,
a vida é feita de momentos em que nos concentramos tanto nos erros dos outros que nos esquecemos do arroz no fogo,
às vezes não vamos a tempo de evitar perdas sem solução,

só te perder em mim não teria solução, o resto se faz,

o arroz queimou mas comecei tudo de novo,

a vida é feita de momentos em que queimamos o arroz mas podemos começar tudo de novo,

quantas vezes já nos esquecemos do arroz no fogo e ainda aqui estamos?,

o erro é que é o poema,

o resto é prosa pequena, livro de cordel,

também faz falta, que ninguém diga o contrário, muito menos eu,

mas o poema é o erro, nunca seríamos tão lindos se nunca tivéssemos esquecido o arroz no fogo,

você chegou e trouxe as calças pretas justas,

é possível amar assim um par de calças?,

te agarro e te carrego até a cama,

hoje não a fiz, me perdoa?,

de qualquer maneira já íamos dar cabo dela agora mesmo,

assim, e também assim,

você está tão feliz em cima de mim que pouco me importa que o arroz esteja no fogo,

que se lixe a comida,

viva a poesia.

༻༺

o menino é tão bonito, minha senhora,

não tinha mais de dez anos, talvez menos, os olhos da senhora da mercearia eram grandes e tinham uma história inteira para contar,

parece que quer nos dizer alguma coisa com aquele olho azul grande, sabe, minha senhora?,

a minha mãe não dizia nada, sorria, me passava a mão pelo cabelo,

as mãos da mãe pelo cabelo são tão importantes para uma criança, não são?, descansam-na, protegem-na,

diga obrigado à senhora, pedro,

ao fim de alguns segundos de felicidade é importante agradecer, a minha mãe agradecia, eu agradecia,

obrigado, dona milu,

e o sorriso dela, os dentes maltratados, alguns buracos, algumas manchas, uma vontade de chorar espalhada em mim e eu não sabia por quê,

há qualquer coisa de obsceno nas diferenças, por que raios haveria aquela senhora tão simpática de não ter os dentes perfeitos que toda a gente deveria ter, consegue me dizer?,

ainda hoje não entendo as diferenças,

todos deviam ter o essencial,

comida, bebida, roupa, saúde, um amor,

como o nosso não, que não existe, mas um amor,

quem inventou o mundo não sabia nada de humanos,

e quem inventou os humanos não sabia nada de mundo,

há dias em que parece que o mundo não encaixa nos humanos nem os humanos no mundo,

esse foi um desses,

ora essa, agradecer para quê, minha senhora?,

a mão dela,

a vida dela em cada buraco daquela pele,

fecho os olhos e vejo-lhe exatamente a mão, cada fenda, cada mancha, cada unha com marcas de trabalho,

quantas humilhações teria uma mão daquelas, imagina?,

e sinto-lhe o toque,

há coisas tão ásperas que nos suavizam tanto a alma, não há?,

daqui a nada choro, só vi a senhora meia dúzia de vezes e agora que me lembro dela me apetece chorar,

quantas felicidades terá tido?,

já tinha muitos anos, o rosto não era bonito, lembro bem,

quem distribui a beleza não sabe nada de pessoas, que isso fique acima de todo o resto registrado,

ou será que a beleza corrompe?,

a sua me suborna todos os dias,

mas sou boa pessoa, não sou?, e você também, isso eu sei, com um rosto como o seu bastava você saber que os outros existem para já ser humilde demais,

nem deus poderia criar algo assim, quanto mais o homem,

cresci,

e sofri,

claro, faz parte,

muitos anos depois passei lá, na mesma mercearia, a pedra continuava lá, mas já não estava a fruta na entrada,

já te disse que ela me dava morangos sempre que lá eu ia?,

tome, menino,

eu os agarrava com medo,

vá, prove, vai ver que são bons, vai crescer mais depressa e os olhos vão ficar mais bonitos,

não dizia com essas palavras certamente,

as pessoas pobres têm uma forma especial de falar,

mais de pessoa, eu acho,

mais humana, melhor dizendo,

a voz revela tanto sobre quem somos, já reparou?,

quase tudo,

um buraco no interior do peito, a pedra sem ela, sem a fruta,

deve ter morrido,

a minha mãe sem saber o que dizer, e dizendo a verdade,

deve ter morrido,

gostaria de ter chorado mas não chorei, fiquei distante de mim por uns segundos,

como se lida com a perda pela primeira vez?, como se percebe que há mais a perder na vida do que apenas um brinquedo ou um jogo no recreio?,

deve ter morrido,

me magoa mais do que tudo o deve, nem sequer uma certeza,

quantas pessoas morrem sem que nós o saibamos?, que humanidade é essa que todos os dias criamos?,

já se passaram muitos anos desde que me doeu a despedida de uma senhora que sem saber me fez entender que havia espaços mais fundos dentro de mim,
    ainda hoje os vou descobrindo, sempre mais fundos,
    nada com a mesma profundidade que você tem em mim, ainda assim, descanse,
    desculpe, dona milu,
    deixo-lhe este texto,
    pobre texto,
    para lhe agradecer ter acontecido na minha vida,
    quantas pessoas nos mudam a vida sem que tenhamos a dignidade de lhes agradecer?,
    obrigado, dona milu,
    preciso agora dos seus ombros para poder chorar como deve ser, quero que saiba de tudo o que sou, de tudo o que me dói, de tudo o que tenho,
    e mais ainda do que não tenho, do que dolorosamente me falta,
    o seu olhar de compreensão, por exemplo,
    me dá?,
    e o momento inexplicável em que a minha cabeça se guarda no meio de você,
    seja lá onde for,
    deixa,
    por favor?

    o começo da carne é o carinho,
    o pudor tem as suas vantagens, ainda bem que você percebeu,
    esta manhã quero que me acorde sem pressas,
    e sem palavras,
    chegue-se até mim, me olhe durante duas horas, pelo menos,
    preciso dedicar algum tempo a amar com os olhos, a juventude não sabe a importância que olhar desde dentro pode ter,

só quem olha desde dentro, desde o começo, pode aguentar a se amar por fora,

vê como durmo em você?,

percebe como procuro com as mãos,

com tudo, verdade seja dita,

a sua presença?,

não sei se seria capaz de viver sem você,

sei sei mas não digo, só dizê-lo me mata uns dias,

sei que não seria capaz de dormir sem você,

gaste essas duas horas,

pelo menos,

me ame com os olhos, já te disse,

já está?, foi bom?, eu adorei,

agora chegue-se só mais um pouco,

não acenda ainda a luz,

sim, você esteve duas horas me olhando no escuro,

só percebeu agora?,

vê tão mal quem não consegue amar no escuro,

toque com o indicador de leve, só de leve, na minha testa, depois vá descendo,

assim, leve, como se pudesse me riscar profundamente,

você pode, mas não sabe, continue assim, está bem?,

o amor precisa de um bocado de inocência também,

não passe do pescoço para baixo,

hoje não vamos suar, só dar,

abra depois,

devagar, ainda mais devagar,

a mão, deixe que ela vá me colonizando o rosto,

sou a mulher mais protegida de todas quando a sua mão me cobre o rosto, nada me atinge,

venha uma guerra que até a ela passo incólume, me basta a sua mão aberta sobre o meu rosto,

eu continuo dormindo,

acordada em você,
mas dormindo,
aproxime agora os lábios,
só os lábios, a língua me obriga a te querer todo e agora só quero estar,
deixe-os roçar suavemente sobre as minhas orelhas,
a esquerda primeiro, não sei por que mas é sempre a primeira, a mais urgente,
a direita te espera,
isso,
assim,
já sinto os olhos levantando,
e em você também algo se levanta,
tente esquecê-lo, esta é a manhã do pudor, não esqueça,
podia te amar sem desejo, não te amaria menos,
mas te quero com perigo,
raios me partam,
os seus lábios abrem os meus,
podia desistir do beijo se não houvesse a sua boca,
mas há,
já nenhum freio evitará a nossa derrapagem,
eu que só queria uma manhã de ternura,
me consuma já,
a sua mão na minha, só isso, me embrulhar no seu corpo e me deixar viver com você,
por favor não deixe o sexo por provar,
infelizmente existem necessidades,
as suas,
que se lixe a morte quando se pode viver assim,
e as minhas, sobretudo,
espante de nós o pudor, me dê o incêndio que empolga, o que cria apenas para o instante, para o fulgor volátil, a madrugada longa,
quero que você venha,
a tentação aflita,

você vem,
que tristeza,
felizmente.

~~~

Se os sonhos têm de ser perseguidos, por que está aqui parado lendo isto?

~~~

quando escrevo tropeço por vezes em quem sou,
e dói,
escuto o tempo perdido no meio das letras,
quem não escreve sabe quem é?,
espero que não,
que sorte,
escrever é viver ao contrário,
primeiro chegam as memórias, depois os atos memoráveis,
antes de te amar já muitos poemas tinham te amado por mim,
vivos, violentos, completos,
o azar do poeta é atravessar por dentro o orgasmo,
e a sorte também,
te confundo todos os dias com a morte, e no fim ganha você,
me mete medo a vaidade dos pássaros, a queda catastrófica do seu
corpo no meu,
ser feliz não traz prestígio,
mas é tão bom, não é?,
o verão são os nossos lençóis desordenados, o oxigênio sem mapa,
te tocar me leva aos confins da gravidade,
não é assim tão grave, é?,
todo eu me exalto sem direito a sintaxe, nem sequer a linguagem,
a manhã surpreende e dói,
por que tem de chegar?,

você esvazia a cama, a metáfora vem,
eu com ela, despedaçado,
a travessia subitamente solitária,
de onde vim?, para onde vou?,
ou nada disso,
de onde você veio?, para onde vai?,
ainda não,
para onde me leva quando não está?,
e o nome do mundo, sabe qual é?,
morro da vida,
e de você,
pelo menos até que regresse,
logo à noite, promete?,
e me estanca de mim,
sim?

~

você fala nessas coisas da comunhão e do amor mas e se ela é feia, papai?,
    as crianças perguntam o que lhes apetece, felizardas,
    o que terá visto deus nas pessoas feias?,
    a idade pesa, claro, mas também ensina a ver com o passado à frente,
    seja lá o que isso for,
    até os gestos amadurecem, a presença se renova, se compartilha,
    em que momento concreto do amor se deixa de ver?,
    a beleza é um amor viril,
    às vezes até magoa, não magoa?,
    o amor é uma companhia serena, uma oposição à solidão,
    há com certeza profundidades perigosas, paisagens devastadoras,
    a da sua pele nua ao lado da minha,
    como não chorar ao vê-la, me diz?,
    gosto ainda assim de ser fiel ao desmedido, experimentar com os dedos o excesso,

você gosta da maneira como o prazer se derrama em nós?,

é importante aprender que o belo precisa pouco dos olhos,

é aliás com eles fechados que o mais bonito da vida acontece,

já te disse que você tem os olhos mais lindos do mundo quando os fecha e goza?,

é no último reduto de você que vou buscar o poema, a alegria primitiva,

é você sabe que antes da vida já havia o abraço?,

nunca se percebe quando morre um homem,

é clandestino gostar assim,

e a lei proíbe que um rosto como o seu ande na rua,

basta fechar intensamente os olhos para o ver com claridade,

a juventude tem dificuldades com o anoitecer, acredita que serve para festejar,

e serve,

abençoados sejam,

a minha pátria é a língua,

a sua,

qual mais?

Queria tanto ser sua, e no entanto nunca deixei de ser sua,

me estende esse sorriso e eu me deito, nada me manipula mais do que esse sorriso,

e as suas mãos tão grandes nas minhas pequenas,

a dimensão do seu olhar,

fico inteira por dentro dele, protegida e só eu, à espera de que o mundo acabe para sermos só nós para sempre,

sou feliz quando me ama, e isso aterroriza, entende?, ninguém merece gostar assim, muito menos eu, que sou apenas uma pessoa como outra qualquer,

como pode o amor mais talentoso do mundo pertencer a alguém tão normalzinha quanto eu?, e não sei o que fazer, devia estar preocupada com o que pode nos acontecer por fora, com aqueles que podem nos fazer mal,

por que há tanta gente que quer nos fazer mal?, por que é amar tão criminoso assim?,

mas só me preocupo com o que pode nos acontecer por dentro,

quero que me ame seja onde for, contra quem for, doa o que tiver de doer,

quero que me ame mas não consigo ser heroica o suficiente para te amar imediatamente,

preciso de um tempo de descanso, amar tão toda cansa,

amar cansa,

mas não amar mata,

hei de pensar em qualquer coisa para nos tirar daqui, qualquer coisa que nos leve juntos para algum lado,

nem que seja um tiro, sei lá,

pode ser ou faz questão de continuar vivo?

∽

Metade da felicidade consiste em conhecermos os nossos limites.
E a outra metade consiste em desrespeitá-los.

∽

o homem que fuma um cigarro na janela tem um toque de desastre,
e eu o amo desde já, fica aqui a minha declaração prévia de intenções,

salve-se quem puder,

ele não, e muito menos eu,

nem todo amor é infeliz, que raios, um dia escreverei sobre a felicidade de uma noite desgraçada, por assim dizer,

para já vou encher as horas, afastar o frio,

quer vir aqui me olhar de perto?,

há pessoas tão adoráveis que só lhes falta falar,

ele fala,
eu vou, treme a princesa em mim,
até a gata borralheira queria ser princesa, por que não eu?,
só quem nunca foi amado resiste ao amor,
entre, entre,
a maneira como me olha me faz crescer o corpo, não sei onde, não posso saber, não quero me olhar e desperdiçar o tempo minúsculo que tenho para olhar para ele,
vai um trago?,
nunca fumei na vida, que horror, mas juro por tudo,
por ele, portanto,
que esse é o melhor cigarro que a vida pode oferecer,
ou vender, que eu não me importo nada de pagar o que for preciso por ele,
e pelo cigarro também,
até já faço piadas, eu que tenho o senso de humor de uma ameba,
que raios tem o amor que até ensina comicidade?,
acabei de lhe contar os segredos todos que havia para contar,
que a minha mãe é uma megera, que o meu pai é um santo, que tudo o que quero é que eles se deem bem e me deixem em paz,
nunca estive em paz e agora isso, quem é você que me para o coração e ao mesmo tempo o acalma?,
decerto nada disso está acontecendo, daqui a nada chega a palavra, acorda,
e já não se passa absolutamente nada, como sempre,
te amo, que posição sexual prefere?,
quando um homem te faz rir assim está perdida para sempre,
e para já, sobretudo,
a cama faz algum barulho, percebo-o só agora, enquanto gastava o corpo no dele não ouvi nada, não vi nada,
a que horas daria para você vir viver comigo?,
poderia dizer que não mas seria inútil,
moramos os dois na rua trinta e seis,

aquela onde se ouvem exaustivamente os amantes, não necessariamente nós,
    mas quase sempre, confesso,
    apareçam quando quiserem,
    mas avisem com alguma antecedência, ok?,
    nem sempre sei onde param as minhas roupas,
    e sobretudo a minha vida.

                      ∽

vivemos numa pequena ilha de insônia, onde as mãos se abandonam à violência da noite,
    a sua cabeça pousada na almofada desperta o meu corpo,
    e todos os lugares que murmura em mim,
    sou um moleque brincando em você, percebeu?,
    estou inclinado para o naufrágio,
    estar sempre à tona mata, envelhece,
    a longevidade é espantar a solidão, a alegria dos dedos assustados,
    é mais excitados, não é?,
    tudo o que faz feliz é precário, exíguo,
    como o interior ofegante do seu corpo, ou o esconderijo lento do seu medo,
    me dê a sua febre e que se foda a saúde,
    desculpe,
    o arrebatamento é em nós o único alicerce seguro, nele recomeçam todas as certezas,
    e todos os pedaços de vidro também,
    tem de ser, você sabe,
    apenas o sangue cobre o vazio,
    você vira do avesso a dor, já te disse?,
    mesmo quando me dói há uma luminosidade qualquer, uma parede destruída, uma penumbra nua, misteriosa,
    você me escorre em água pela pele quando não está,

e mais ainda quando está,
me surpreende sempre, sabe?,
somos uma ilha de insônia ao redor da noite,
tudo o que queremos é fingir morrer, os corpos satisfeitos, molhados, pela madrugada esquecida,
dantes não sabia te escrever,
continuo sem saber,
mas sei te amar,
e me basta isso para te saber escrever,
não basta?

⁓

pior do que a lágrima e o sono é o sonambulismo da espera,
quantas ilusões se esquecem excessivamente?, quantas memórias indecifráveis temos de apagar?,
antes a cocaína do que o nada, que isso fique explícito de cara,
porque quando se ama até a melancolia levanta,
me acuse de tudo menos de parar, está bem?,
quando me encosta a mão no peito encontra um coração batendo,
nem que assustado, nem que desiludido, nem que aterrorizado,
me recolho à explosão, nunca à contenção,
e regresso ao orgasmo como se regressasse à terra,
ainda há em mim o eco do seu corpo, vai haver sempre, quer?,
uma alucinação contínua me povoa,
antes doer de verdade do que me demorar na falsidade,
me corrói quem aguarda,
quem diabos inventou a paciência?, pobre infeliz,
a lentidão serve apenas para conhecer melhor o norte e o sul da sua boca,
o meu destino não depende de deus,
mas sim dos seus dedos,
quando for idoso não vou me habituar a morrer,

nem pense,
muito menos você, era o que faltava,
espero de você uma fera infinita,
às vezes te provoco só para sentir que há trevas em nós,
de onde julga que vem o céu senão da loucura e do esperma?,
podíamos vagarosamente ouvir o mar,
preferimos criá-lo com pressa,
alguém duvida de qual tem mais para oferecer?,
o pior são as precipitações, percorrer as quedas,
ou será isso o melhor?,
a lucidez dá acesso à consciência,
raramente ao prazer,
o meu ofício é limitar a espera, evitar que a ternura limite a catástrofe,
quem espera nunca balança, já viu?
por mais que pense não me recordo de um só momento equilibrado em que tenha sido feliz,
você lembra?,
já falei demais, vamos fazer,
me gaste todo, sem misericórdia, linha a linha, vírgula a vírgula, até o final da língua,
é assim que a vida fica intacta,
você tem uma mão desocupada ainda,
de que é que está à espera?

～

Daria o mundo para ter você — se não fosse ter você, já sem mais nada, o mundo.

～

hoje o universo me atirou cuspe à cara pelo dia adiante,
há dias assim, em que até engolir a saliva parece ferir, não há?,

é então que procuro a vertigem do seu rosto,
quando me dói tudo você é ainda mais bonita, sabia?,
a salvação é a impressão digital da sua boca, o sossego e o susto das suas palavras,
vai ficar tudo bem,
e fica,
basta encontrar sinais visíveis da sua passagem,
você é na minha vida todas as sílabas, todos os vícios que se me agarram ao corpo,
a primeira vez que te vi estava um vento desgraçado, eu tinha o cabelo longo, estávamos adolescentes debaixo da lua,
mas nem um fio se mexeu,
podia ser milagre,
não era,
apenas o meu corpo inteiro concentrado em te amar,
a única devassa seria não te ter,
quando estamos sós rimos com a incerteza, com os estilhaços que a vida envelhece em nós,
querem nos derrotar com palavras, com más pessoas,
ingênuos,
quando te abraço a vida permanece intacta,
a morte também,
até o subterrâneo nos eleva,
o seu interior, há plano mais alto do que esse?,
a paixão nos serve de consolo, de urgência,
uma manhã acordei desesperado de saudades suas, suava e chorava por todos os lados, lembra?,
a partir daí comecei a programar o despertador para me acordar de duas em duas horas, só para te olhar,
um minuto, um segundo,
te olhar dormir para poder dormir,
podia ser metáfora mas é verdade,
você gosta mais, não gosta?,

é claro que temos medos, revólveres apontados aos sonhos, quem não tem?,
bebemos contudo da raridade da inocência,
e a praticamos,
ardemos sempre de fogo, jamais de gelo,
há muita gente que se queima no gelo, como conseguem?,
há dias em que a vida nos suja as janelas,
como hoje,
dejetos, estrume, até maldade,
é um grito para nos levantarmos e a abrirmos,
nada mais,
tomamos um copo de leite, comemos torradas, amamos o que temos para amar,
é tanto, não é?,
aos poucos o ar retira o que sujava o vidro,
ou a chuva, ou mesmo o sol,
e quando olhamos novamente lá para fora já estamos irremediavelmente prontos para cicatrizar de prazer o que nos custa,
vamos a isso,
vamos?

⌇

há algo de apostólico no ato de escrever,
mais no de ler talvez,
quem me encontra nas letras sabe que sou desmedido, espero eu,
e desmedida-se também,
essa palavra existe?, não me parece, que eu seja então o inventor de desmedida-se,
se não puder ser o inventor de mais nada, já não é mau, não te parece?,
se pudesse decidir inventava a cura para as suas lágrimas, antes de mais nada,
quando chora te abro os braços e você repousa,

ou então me dói tanto que não suporto,
um dia aprendo a suportar a sua dor, prometo,
mas vou falhar, pelo menos até acertar,
espera por mim?, me percebe?,
existe um novo dia no seu olhar sempre que te olho, as madrugadas primitivas têm o gosto das montanhas mais nervosas, depois das planícies mais apagadas,
somos geograficamente inexplicáveis, já tinha reparado?,
gosto ainda desmedidamente de quem me lê,
mais de você, tenho de confessar,
nem tem comparação, que me perdoem os leitores,
e que te agradeçam, antes de mais nada,
os dedos se mexem para te tocar, podem usar para isso muitas coisas, até o teclado de um computador, ou uma caneta,
a sua língua é como um desfiladeiro de prazer,
desfiladeiro de prazer, gostou?, se não gostou invento outra coisa, que tal um sol horizontal, serve?,
a cada dia que passa penso que não terei mais metáforas para te dedicar,
e você me aparece à frente e sai mais uma,
você é uma tentação medonha, por que raios não tenho medo?,
hoje aconteceu uma lágrima silenciosa diante de tantas pessoas,
os meus leitores, já disse que gosto deles desmedidamente?,
custa muito andar quilômetros mas depois vale sempre a pena,
uma pessoa e já vale a pena,
uma pessoa e já vale a pena, já pensou como é fácil ser feliz?,
você é só uma pessoa e já vale a pena este texto, estes versos esforçados,
servem para você me querer só mais um bocadinho, resultaram?,
há quem procure incessantemente a infância,
não é mau,
mas as crianças não fazem o que nós vamos fazer agora,
feche aí a porta, por favor,
os leitores não levam a mal, pois não?

passar por prédios abandonados me faz pensar na morte, quantas pessoas morreram ali?,

uma rua com casas acabadas cheira a guerra, um inverno doloroso no meio das pedras,

haverá alguém ainda vivo de quem as ergueu?,

foi construído com estas mãos, vê?,

eu sei, velhote,

chamava velhote ao meu avô ainda ele não era velhote, e só aí tinha graça,

depois eu cresci e ele ficou mesmo velhote, comecei a ter algum pudor em chamá-lo de velhote,

deixe de merda, moleque,

e eu continuava,

uma mata que um dia foi um quintal,

amanhã às seis estou de pé, você vai ver como vai ficar lindo,

ficava,

verdinho, as couves, os tomates, as videiras bem erguidas,

que dor é essa que nasce em mim ao ver uma simples mata que foi um quintal?,

eu que nem ligo para essas coisas, não estou nem aí para o cenário,

é o cheiro da morte, se perde tudo quando as pessoas não existem, já pensou nisso?,

um dia isso vai ser do seu pai, dos seus tios, e até seu, moleque,

que mania é essa de querer deixar um legado?,

que merda me interessa o que deixo para a frente?, quero deixar um legado de minutos irrepetíveis,

você quer comigo?,

ande então, descubra comigo esta cidade,

de braço dado,

guarde-a sobre a idade, são momentos infindáveis como esses que prolongam a vida,

não são as casas que ficam, os quintais verdejantes, as pedras imaculadas, pedra por pedra que seja a que eu fumo,

nunca fumei, mas te toco e não acredito que haja pedra maior do que essa, haverá?,

se o meu avô estivesse vivo ia te contar das ruas que interessam, ia te mostrar que tudo o que quis deixar ficou para trás,

restaram as pessoas,

é sempre o que resta, as pessoas, em caso de dúvida,

como é possível haver dúvida, você é capaz de me explicar?, como é possível haver dúvida, alguém me explica?,

mas dizia que em caso de dúvida todos deviam saber que ficam as pessoas, por mais que os idiotas digam que as pessoas passam e as coisas ficam,

que patetas,

não saberão eles que as coisas são o que as pessoas são, nada mais do que isso?, como não consegue toda a gente entender isso?,

se calhar sou eu o idiota,

e sou, mas isso agora não é chamado ao caso,

se calhar sou eu que não entendo,

valha-me ao menos que você não entende comigo,

quando dois não entendem e se querem chama-se supraentendimento, fica assim denominado, hoje estou numa de inventar nomes,

o supraentendimento é o entendimento a dois de algo que mais ninguém entende,

os mais puristas podem também lhe chamar amor,

coisa mais reduzida para essa concepção de emoção partilhada que conseguimos conceber como criaturas errantes da vida,

errantes de não pararmos quietos,

sobretudo de errar,

não costuma ser esse o entendimento mas hoje invento tudo, até uma nova definição de uma palavra já existente,

me chamem o acordo ortográfico de dois mil e quinze, criado por chagas em nome de bárbara, segundo o qual tudo o que é dito e escrito entre ambos serve ao único intento de os apertar ainda mais,

so help us god,
há coitados que pensam que isso é inglês,
mas não é,
é só amor,
supraentendimento para nós,
ficou entendido ou está difícil?

O que é a poesia senão a forma mais bela de procurar?

---

a possibilidade é um túnel escuro,
quantas felicidades se perdem por culpa de possibilidades cruéis, sabe?,
há algo de erótico no que acreditamos que pode acontecer, nos entregamos ao irrisório e morremos debaixo da lua, cobertos pelo que não soubemos tocar,
quando te vi eliminei de mim todas as possibilidades,
hoje morrerá, disse ao que não tinha,
e assim foi,
os passos que faltam eclipsam os que já demos, somos tão estúpidos quando preferimos o que pode ser e não aproveitamos a carne viva do que já é,
o mar é isso, nada mais,
quantas vezes as pessoas são felizes no mar?,
algumas, mas tão poucas para a imensidão que ele tem,
serve um pedaço razoável de água salgada para nos fazer felizes, é necessária mais alguma prova da facilidade inacreditável de um sorriso?,
e um abraço seu, que dificuldade pode ter senão a de conter o choro, sabe?,
o ventre não está distante das unhas, é isso que custa perceber, o segredo é a unha, o que está na extremidade de um lado está na extremidade do outro,

te toco com a unha e o mais profundo de mim se revolve,

mas em bom, entende?, que nunca restem dúvidas disso,

e do que quer que seja, bem entendido, as dúvidas servem para muita coisa mas também para complicar a vida aos humanos,

as entranhas são feitas de sonhos,

de outras coisas de que os médicos falam, limitados, como se o corpo se fizesse do que vem nos livros,

um alfinete não fere na pele, fere no homem,

ou na mulher,

por mais voltas que dermos seremos sempre pessoas, que sorte iminente é essa, não acha?,

para agarrar a vida há que estripar as possibilidades do que nos interroga os passos, desejar a língua aberta, o rosto deitado,

o resto do corpo com ele, como é óbvio,

gritar aos dias com voz de agonia,

da que dá gozo, sabia que existe?,

o alto ímpeto do momento é o que nos consola, o resto são cantigas,

e fracas, nem as consigo ouvir, você consegue?,

o futuro que impede o instante é conversa para boi dormir,

quantos pobrezinhos já caíram nela?,

nós soubemos perceber que o calendário existe para magoar,

e para separar,

de um lado estão os que têm em si todas as possibilidades do mundo,

e do outro os que concretizaram em si todas as possibilidades do mundo,

não vivemos no agora, vivemos no para sempre,

sempre,

no desgarrado, no desconexo, no insurreto,

chamem-lhe pecado, eu aguento, se deus existir saberá melhor do que eu o que é bom,

ou não, se não te conhece sabe lá ele o que é bom?,

há sempre a possibilidade de estarmos errados, de o nosso caminho ser putrefato,

uma tragédia,

há sempre essa possibilidade, não há?,
mas nem nessa acreditamos,
estamos demasiado entretidos a amar,
a água já está quente,
ainda demora?

⁓

me interessa a fulgurância da diferença,
pouco mais, confesso,
você é o mais diferente ser da natureza, será essa a explicação mais racional para te amar, entende?,
me interessa a discrepância, o improvável,
que sondagem nos faria possíveis senão a das minhas mãos levemente sobre as suas pernas?,
a estatística sabe lá bem o que é o amor,
eu sei,
me interessa a psicologia do enviesado, do que não se sabe bem o que é,
do que não se sabe de todo o que é, para ser mais claro,
nunca soube o que é o seu beijo,
e o amo tanto,
a história serve para lembrar,
não é que não goste de me lembrar da primeira vez que o meu sexo foi feliz em você, não me leve a mal, sim?,
mas na verdade prefiro estar,
as lembranças que se danem,
que se fodam, posso dizer, posso?,
me interessa o que me extenua, o que me cansa, a ansiedade da sua pena capital,
me condeno à morte por excesso de ti,
o meritíssimo que me ajude,
já, por favor,

me interessa a transfiguração da sua cintura na minha, o elemento sem nome dos seus olhos fechados,

quando você fecha os olhos vejo todos os seus músculos, fecho os meus também e a memória de como o mundo começou assoma,

tudo começou numa bola de fogo,

ou então num orgasmo,

ainda não sei qual terá mais força, alguém sabe?,

me interessa o aconchego inominável da sombra, os amantes estendidos entre os muros e o céu,

e sobretudo você, tinha dúvidas?,

me interessa o que não é um dever,

desde que não te queira em mim como uma obrigação,

se quiser sou fanático pelo dever, e é assim que deve ser, como poderia não ser assim afinal?,

me interessa o susto, o edifício da solidão, o facilmente inexpugnável,

e mais ainda expurgável,

até já uso palavras caras, aprendo-as em você,

só quem não ama precisa de dicionários, já viu?,

me interessa te tocar por baixo da pele agora que dorme, compor um vício novo enquanto te olho, e adormecer agarrado a você e a um riso inexplicável,

ri comigo, ri?,

quando acordarmos vamos nos sentir mais indestrutíveis que nunca,

é possível, não é?,

dobrar os joelhos para agradecer a queda de um sobre o outro,

e para amar, pois então,

já acordou, já?

～

Ao jantar, gente em tumulto no centro de comércio tumultuoso. Por detrás do balcão, um jovem de borbulhas no rosto e uma jovem de carnes em chamas jogam o jogo da sedução. Um sorri pelo sorriso do outro —

e ambos julgam sorrir pelas palavras que dizem ou ouvem. Sorrir é um estado de alma — um estado em que o que se vê é tudo: exceto aquilo que se vê. Sorrir para quem se ama é a mais fiel das provas de amor. Sorrir é algo só reservado a quem ama. Quando não se ama, sorrir é apenas dentes descobertos. Entendo o que eles, atores em pleno ato de representação, não entendem. E os deixo continuar. Peço o que tenho a pedir e percebo que o que ele, o que me atende, apontou é completamente diferente daquilo que eu pedi. E o deixo continuar. E os deixo continuar. Ela vai limpando a máquina de café e se limpando a alma, se esgueirando de corpos tocados e de olhares trocados para os olhos dele — que continua, sorriso por sorrir, a me olhar para continuar a vê-la. Me despeço com a refeição que não pedi e sei que vou sorrir como eles sorriem ao imaginar os sorrisos que eles vão continuar, sem mim como sempre estiveram, a sorrir. Ainda visito, de relance, os olhos uma última vez, por detrás do balcão, a amarem o chão que um limpa e o tabuleiro que o outro prepara. Nada do que fazem deixa de ser o que sorriem. Porque amar, quando se ama, não passa de tudo o que é. Porque amar, quando se ama, não passa.

∽

gosto de dormir sobre as suas pálpebras ébrias,
até o vício pode ser uma coisa tão bela, já pensou nisso?,
nos tocamos diariamente as sílabas noturnas do olhar, nem os nomes estremecem tanto como as veias,
o sono e o fogo nos dilatam os corpos vagarosamente, e afinal não há uma distância grande entre a nudez e a doçura,
me apetece provar todas as suas linhas com a língua, e depois chorar, posso?,
os músculos não são o imponderável,
fosse tudo tão previsível como um sexo ereto, por exemplo,
sei lá eu se o sexo é um músculo, se não é vale bem mais do que os músculos,
já me perdi,

como no arco de fogo lúcido que os nossos dois corpos formam, me
despenho em você com violência,
   os amantes são como o pólen, hóspedes do mundo,
   o nosso é o silêncio,
   e o prazer,
   qual deles prefere, sabe?,
   nos tragam o sortilégio, nunca o monótono,
   adoro as fendas, a quase divindade, o quase diabo,
   e a caligrafia inominável da sua boca,
   na minha, claro,
   há outra, há?,
   não se pense contudo que somos criaturas da noite,
   o segredo também pode ser diurno, ou pensava que não?,
   a nossa vã glória se confunde com a morte,
   e a morte com a euforia,
   queremos o poema insurreto ou a página em branco, o corpo demo-
níaco ou a abolição da liberdade,
   tenho em você uma liberdade restrita, delicada,
   me sossegue mas não me deixe em paz, por favor,
   nunca me bastará o rumor, a palavra serena do cotidiano,
   só o suor que irrompe, a duna incontrolável,
   chegar com você ao orgasmo é uma redundância,
   nunca gostei de coisas assim, de gramática e tal,
   que complicação,
   mas gosto de desaparecer no meio das vírgulas, percorrer o princípio
dos advérbios,
   gosto enfim de amar como se matasse,
   podia ser um recurso estilístico,
   mas não é,
   é verdade,
   mas não é por isso que deixa de ter estilo, ou é?

As duas coisas mais importantes da minha vida? Você e outra coisa de que agora não me lembro.

༷

a quase palavra é uma arma esquecida,
me diga que não me quer se um dia já não me quiser, mas depois me mate, pode ser?,
em você aprendi a entrar horizontalmente no cérebro,
e às vezes também verticalmente,
já chega de geometria que estou ficando excitado,
eu que só queria fazer um poema sobre o que as pessoas não dizem e quase dizem,
que tolas que são, não acha?,
nem sequer falo na verdade, essa é facilmente destrutível pelo amor,
há amores que existem na inexistência absoluta de verdade, basta-lhes a verdade possível, um bocadinho e já está,
a felicidade precisa de verdade, nem que só um bocadinho,
entre nós é toda a verdade, mas nós somos loucos e ninguém deseja a loucura a ninguém, muito menos a nossa,
mas só por inveja,
o que é nosso não é de mais ninguém,
lá estou outra vez ficando excitado,
a primeira vez que te agarrei nos pulsos comecei a suar, veja lá você, isso tem algum jeito?,
você tem,
a maneira como me agarra as nádegas e me puxa para dentro de você,
que talento, meu deus,
que talento,
voltemos às pessoas que já estou suando outra vez e ainda nem sequer te agarrei nos pulsos,
é importante que exista verdade apenas até o pescoço,
não mais,

a verdade salva mas também enforca,
e sobretudo a quase verdade,
ou será a quase mentira?,
é aquela história do copo meio cheio ou meio vazio,
em nós o copo está virado, o caldo entornado, tudo em cacos pelo chão e nenhum de nós preocupado em apanhá-los,
quem perde tempo a recolher cacos quando ainda há muito mais louça para partir?,
a honestidade é um grande utensílio do amor,
e do desastre também,
a diferença está na dose,
a diferença entre um feliz e um desgraçado é a dose,
não me esqueci da dose de cavalo da sua primeira pele na minha,
no dia seguinte passei dez horas na cama de ressaca,
e feliz, como é possível?,
é enorme a princesa que todos queremos ser em nós, criamos a moldura e depois não cabemos lá,
é então que a voz tem de ficar pelo caminho,
nos falha também a voz por vezes, mas é por bons motivos, ficamos por aqui para não me excitar novamente,
arre que isso é demais,
a verdade quase dita é uma espera inútil, gasta mais do que uma bala, quando damos por nós já as algibeiras estão vazias e nada temos para dar,
quero te dizer um segredo, chegue aqui o ouvido, chega?,
nunca te disse que antes de você eu era um trapo,
já não sou, pois não?,
e que a juventude é apenas o tempo em que te vejo feliz, ou que preciso urgentemente de uma palavra sua, só uma,
vem,
antes dizer a palavra errada que nenhuma, como é que toda a gente não percebe isso de uma vez?,
vem,
você repete,

e eu vou,
você é o pão e a água,
o corpo vem por acréscimo,
e que acréscimo, conhece algum melhor?,
bastava uma palavra, só uma,
vem,
não era essa mas também serve,
sou exigente em tudo menos no essencial,
tão simples, não é?,
e ninguém entende, que raios,
dá deus dentes a quem não sabe o que são nozes,
quanto mais palavras,
já para não falar em poemas,
você vem ou não?,
a arte consiste em escrever as veias,
vou vou,
e não regresso,
deixo o autógrafo para depois, está bem?

〰

sempre que anoitece me dói a solidão das pessoas,
quantas se deitarão sozinhas para mais um pedaço de morte?, quantas terão todas as noites um natal desolado?,
pela janela entram nelas dores interditas,
que pode doer mais do que um abraço perdido?,
a memória nos mata em todas as esquinas,
também nos faz viver,
me lembro todos os dias de você para todos os dias ser feliz, já sabia?,
as margens nuas das camas, das casas, são uma das maiores calamidades do mundo,
a outra é não poder te apertar quando me apetece, e me apetece a toda hora,

agora, pode ser, pode?,
cada homem vale todos os homens e todas as mulheres que conseguir ter junto de si, nem que apenas na memória,
espero que você valha muito pouco então, o mesmo que eu,
tenho você na cabeça, e pouco mais, se quer que te diga não vejo mesmo nada,
sou tão ignorante e já sei tudo,
onde se solta o seu sutiã, a mestria que é necessária para abrir essas suas calças cinzentas,
sou um gênio ou não sou?,
a falta de sono desampara tanta gente,
a nós ampara, quero lá eu dormir quando você me olha com esses olhos grandes, sou parvo ou o quê?,
os silêncios desertos em tantas casas, corredores despidos, sofás amargos, mesas arrancadas da raiz,
pessoas vulneráveis à existência de vida depois da faca,
existe o chão ou a vertigem,
o resto é merda,
quando pousarmos morremos,
você voa tão bem sobre as minhas fantasias mais iluminadas, na última me ensinava com paciência como se chegava ao entendimento matemático do seu orgasmo, a dada altura se esqueceu das contas e se concentrou nas letras, especialmente numa,
penso que era o m, que repetiu várias vezes,
mais de cem, talvez, sabe-se lá por quê,
por vezes subitamente aparece a ferida,
e dói tanto, mas se aguenta,
e até se ama,
o problema é sempre a inexistência de ferida, nunca sará-la,
nenhuma criança com os joelhos intactos é feliz, já reparou?,
ainda ontem passei uns largos minutos beijando os seus, deixei marcas suficientes,
deixei?,

não é o equilíbrio que nos acode, é a loucura,
e há muitas criaturas enganadas à procura da estabilidade,
quando dão por si estão estavelmente isoladas no meio de uma ex-vertigem,
depois da morte o que mais mata é uma ex-vertigem,
me invada imediatamente para me impedir de chorar, invade?,
me deito agora com você, que me perdoem os solitários,
mas quero aproveitar o que tenho,
e tenho tudo,
tudo tudo,
apaguem a luz e vão se deitar também,
está bem?

⁓

tenho você e a juventude em mim cresce, e não para de crescer,
o tempo é curioso quando se ama, passa tão depressa e somos cada vez mais jovens no que nos queremos, não é?,
pouso em você como os pássaros nos ramos, olho os seus lábios,
os seus tudo,
e volto a voar com você na boca,
quantas cidades já vimos de cima?,
é de cima que quem ama vê tudo, ainda não tinha percebido?,
a manhã aparece quando te habito,
sempre,
as mãos matinais aquecem tanto, a vontade de começar o mundo outra vez,
e conseguimos mesmo, o dia é feito para começar,
e a noite também,
a tristeza penetra às vezes,
momentaneamente,
há labirintos com agulhas pelos cantos, calos a crescer nos pés, dentes apertados contra o frio,

uma espécie de desencanto que se resolve beijo a beijo,
há cura para tudo menos para a falta do seu beijo,
me dá mais um, dá?,
me inclino sobre o seu corpo como se me inclinasse sobre o barro,
e moldo a única razão para a minha alegria,
você é irreprimível em mim, eu sei, mas a verdade é que não quero te reprimir,
seria como reprimir deus, deus me livre,
arde no meio dos nossos olhos um fogo sagrado,
um pecado abençoado, talvez,
a verdade é que não morremos um do outro,
só morremos um para o outro,
nada conseguirá nos matar senão a falta do outro, pense nisso quando pensar em estar algum tempo longe de mim, pensa?,
aquele que morrer antes no meio de nós será acusado e condenado por homicídio em todos os graus,
nunca percebi nada disso mas penso que foi de cento e oitenta graus a mudança que aconteceu na minha felicidade quando te conheci,
será que te conheço ou é precisamente a indefinição em você que me apaixona assim?,
nos inacabamos todos os dias,
percebe?,
somos intermináveis na resistência à velhice,
que dia é hoje?, sei lá, nem ontem, a memória não importa se houver a sua presença para a fazer de novo,
ande daí,
acabei de me esquecer de como foi o seu gemido quando te beijei aqui,
sim, aqui,
e depois aqui,
sim, julgo que foi esse,
exato,
mas é melhor experimentar outra vez, não acha?,
não vá a memória se apagar outra vez.

～

Olhe em volta. Não me vê? Então está perdida.

～

as nossas viagens são uma felicidade iminente,
rimos tanto com uma simples canção no rádio, uma piada sem graça nenhuma,
são as melhores, não são?,
as distâncias são interrogações vivas, havemos de descobrir um quilômetro,
um só,
que nos canse o amor,
mas ainda não aconteceu,
nunca acontecerá, sabe isso tão bem quanto eu, não sabe?,
existe o tédio quando você não está, e é só,
o resto é o sangue a se elevar, a língua a se soltar, uma razão mágica que nada tem de razoável,
dirijo olhando para a estrada mas é para você que olho, nunca tinha percebido?,
no outro dia brincamos demais,
que raios é isso de brincar demais, alguém sabe?,
quisemos tirar uma fotografia qualquer, eu fiz uma pose, e quando demos por nós o carro parecia se desviar da vida,
nós não, estávamos tão vivos, não estávamos?,
se tiver de morrer que seja enquanto estou vivo, que isso fique decidido sem direito a discussão,
o perigo é o exagero,
e a salvação ainda mais,
quem se lembra de algo inesquecível que não tenha sido exagerado que se chegue à frente,
e ninguém se chegou, nunca ninguém se chega,

sou um profeta do excesso, um deus da hipérbole, um magnata do pecado,
ou então não sou nada disso e sou só seu,
o que no fim das contas,
e no início também,
é exatamente a mesma coisa,
te amar é excessivo,
porque te amo,
te amar é excessivo porque te amo,
andamos tantos anos à procura da declaração perfeita, e aqui está ela,
só mais uma vez,
te amar é excessivo porque te amo,
o calendário é definido pela maneira como te toco,
na segunda-feira a sua pele me serenou, havia uma qualquer agonia num lugar em mim que não consegui decodificar,
a sua pele,
e eu acalmei,
me deixa te agradecer com prazer, deixa?,
a gravidade dos nossos ímpetos é improvável, ninguém entende as nossas possibilidades,
provavelmente porque são demais, será?,
percebemos quando nos deitamos para o orgasmo que o desafio é o insurreto, a pressa sem nexo, o rasgo bélico de um beijo,
tudo é secundário,
sobretudo a humildade,
nunca nada humilde mudou o mundo,
sou o melhor homem de todo o sempre,
e até de antes do sempre, diga-se,
me perdoe a imodéstia, está bem?,
mais nenhum te ama assim, nem amará,
e se houver dou cabo dele, ouviu bem?,
te guardo como elemento da memória,
só me lembro do que é com você,

nunca me deixe te esquecer, está bem?,
e me garanta diariamente uma lembrança fresca do seu corpo exaustivo,
hoje ainda não tive nenhuma,
chega aqui no quarto e me ajuda a resolver isso,
por favor?

～

Não preciso de você para respirar. Preciso de você, isso sim, para ficar sem respiração.

～

a luz é o processo dos amantes,
há bocado você se abaixou um pouco e vi a maneira como a sua roupa íntima se mistura com a pele no meio das costas,
uma espécie de rembrandt,
mas que sei eu de arte?,
e fez-se luz,
te quero apenas quando estou vivo, não mais,
sou uma pessoa comedida ou não sou?,
a luz é ainda o final do gelo, as pessoas que não têm medo do desespero,
e conseguem ser subitamente imensas,
a densidade é a dor, nunca o fácil,
sou tão fácil,
você me diz muitas vezes,
e hei de ser sempre,
vamos ficar velhos com tanta juventude em nós, o limite é o chão, nunca o céu,
e nem o chão, percebo agora,
numa tarde de insônia,
é sempre insônia quando os corpos se deitam para não dormir,
e só depois dormem, bem acordados,
numa tarde de insônia, explicava-te eu, nem o chão foi limite,

e nem a sua função foi capaz de cumprir,
do chão não passa,
tanta gente enganada com as frases feitas,
passamos do chão até não sei onde,
te amo sempre até não sei onde, não faço ideia, você faz?,
me diga que não nem que minta,
há mentiras que servem para manter a verdade de fundo, mentiras secundárias,
o importante é que a luz,
foi daí que vieram essas coisas todas, você já tinha esquecido?,
a luz é o processo dos amantes e o final do gelo,
e o sorriso do meu pai hoje no restaurante,
uma criança tão bonita com rugas imberbes,
sou apaixonado por quem amo, você também é?,
meia dúzia de sardinhas e o meu pai feliz, você à frente dele, algures o mar bem perto,
tenho a sorte de ter a vida,
e de amar,
e à noite a minha mãe ao telefone,
estou?,
e a intensidade da voz me diz que sim, que está bem,
eu respiro, rio, falo, faço rir,
já te disse que o dia só está ganho quando te faço rir?,
a minha mãe me contando da vida,
gosto de quem me conta da vida, é sinal de que está vivo, como é que ninguém entende isso?,
há casais derrotados que não contam da vida,
como querem eles sobreviver?,
nós nos dizemos tudo,
até o que dói,
...,
parei um pouco para parar de tremer,
...,

só mais um pouco,
obrigado pela paciência, mas teve de ser,
quando sei que você chora os meus dedos tremem, se eu fosse deus te impedia de chorar, não pelas lágrimas,
quando você chora continua linda, nunca duvide disso, sim?,
mas porque quando chora há algo em você que faz doer,
hoje te doía o que doía nos seus pais,
sou o filho mais velho dos seus pais, será que eles deixam?,
vamos namorar para curar o que importa, o ócio serve para esquecer,
te ocio como nunca ociei ninguém, você gosta desse verbo?,
eu sei que não existe mas se existisse seria um verbo, não seria?,
o ócio existe para curar,
e para amar,
há alguma coisa que seja nossa que não exista para amar?,
eu não conheço, só conheço os dias admiráveis das nossas sombras,
até a sua sombra amo, olho-a quando posso e tudo bate certo, me entretenho vendo se o meu corpo encaixa bem nela,
a última vez que fiz isso uma criança vinha atrás de mim e me chamou de tonto,
que eu bem ouvi,
os moleques é que a sabem toda, já viu?,
a luz é a prevenção da angústia,
mas nem sempre,
agora, por exemplo, é precisamente o contrário,
sinto uma estranha angústia em mim e sei que é porque há luz de mais por aqui,
apague-a aí, se faz favor,
e ande deitar ao meu lado,
sem roupa, pode ser?,
me fira os olhos,
é só por isso,
não leve a mal, está bem?

há palavras tão duras que mudam o nosso fundo,

se você me dissesse que não me queria não me mudaria o fundo, me mataria,

não é a mesma coisa, pois não?,

me aperta um simples adeus num filme, eu e você e duas pessoas que se despedem,

devia ser proibido separar quem se ama, não devia?,

não sei quem raios inventou isso tudo,

mas como diabos não se lembrou de algo tão elementar como isso?,

devia ser proibido separar quem se ama,

quando vou dirigir, você ao lado, tenho de te tocar de minuto em minuto, talvez menos,

para me sentir outra vez feliz,

que estupidez, não é?, e ser enorme é isso, o que mais?,

ou se escreve um poema de amor ou uma elegia,

as manhãs rompem pela cama como pequenas mortes,

amanhã temos de acordar cedo, não esqueça,

não imagino o que vai acontecer,

sei que você vai e faz sentido o resto,

o amor não é complicado, até simplifica, não é?,

o nevoeiro é a indolência, jamais a embriaguez,

gosto dos vendedores ambulantes, das vendedoras de rua, dos cigarros que matam na boca de gente tão viva,

o que diminui o tempo de vida é a aurora da dor, a solidão sem destino, as fendas por onde o sonho apodrece,

o que mais me encantou sempre em você foi o natal absurdo da sua presença, uma espécie de domingo absoluto,

não me pergunte o que é isso que eu não sei, mas é mesmo assim, posso garantir,

desde que você apareceu nunca mais me faltaram sonhos, já tinha te agradecido por isso, já?,

agradeço agora,
te acordo com uma febre frágil a se propagar pelas mãos que te tocam,
há palavras tão duras, não há?,
não as tenho aqui para você, mas algo endurece em mim,
que brejeiro, eu sei,
desculpe outra vez,
mas é verdade, quer que eu minta?,
está bem, eu minto,
digo que só te acordo para ter certeza de que você ainda tem os seus olhos grandes,
e para te despir,
e lá vou eu ser obsceno outra vez,
lamento,
não volto a falar em sexo,
te garanto,
já tinha falado em sexo neste texto?, julgo que não,
isso quer dizer que você vai fazê-lo,
é isso?,
e eu digo que sim,
ou não digo,
faço mesmo,
posso?

∽

Escute bem de uma vez por todas: não quero que você seja capaz de suportar os meus defeitos. Quero, isso sim, que seja capaz de os amar.

∽

(aos meus avós e a todas as boas pessoas do mundo)

o pior nem é o cheiro de merda espalhado pela cama,

a primeira vez que nos amamos foi aqui, lembra?, era outro colchão, claro, mas era esta cama, os corpos novos, tudo como se fosse para sempre,

e foi,

se ainda hoje fecho os olhos e o vivo é porque foi eterno,

ainda é,

o eterno dura o tempo que nós duramos, não é?,

o pior são as suas lágrimas,

não consigo, desculpe, quero me segurar e não consigo, desculpe,

os seus olhos tão bonitos,

foi nos seus olhos que vi o mar pela primeira vez, já tinha te contado?, nunca tinha ido à costa, a aldeia ficava tão longe do mar, depois você apareceu e me levou lá,

nós dois no vilarejo, eu a minutos de poder rever pela primeira vez o mar, o sonho de tantos anos, o sonho de sempre,

mas só queria olhar para você, ia ao volante, de vez em quando olhava para mim e eu sorria,

desde sempre que foi assim,

nunca deixará de ser,

basta você olhar para mim com esses olhos lindos e toda eu sorrio,

olha, olha,

com uma felicidade juvenil você apontou para o lado, o desgraçado do mar é tão grande, e eu quando ouvi o seu olha olha olhei para o que mais queria ver naquele momento,

os seus olhos, claro,

e foi neles que vi o mar,

o desgraçado do mar é tão grande,

não tão grande, nem nada que se pareça, como a alegria surda de todos os momentos que vivemos,

ainda agora,

desculpe,

eu limpando a cama da porcaria que você não conseguiu segurar,

a velhice é a morte aos poucos, a morte dos pobres, talvez,

nem para pagar uma morte de uma vez temos por vezes capacidade,
ainda agora a minha felicidade é o seu olhar,
você tem tanta dificuldade em se mexer,
vá, anda, tem de ser,
te carrego até a banheira, te sento,
desculpe, te amo tanto, desculpe, você não merecia um final assim,
nunca duvidei que iria com você até o final,
e nunca se sabe como é o final, não é?,
mas se é final é uma tristeza,
quando se ama assim sabe-se que se entra numa guerra perdida de antemão, um dia o fim chega e tudo se vai,
amar é querer entrar numa guerra que se vai perder,
amar é tão idiota e eu te amo tanto,
não se preocupe com a minha idade, daqui a pouco nem se nota,
você era mais velho e eu uma menina,
casa comigo?,
aceitei e fui a menina mais feliz do mundo,
e isso durante uns bons quarenta ou cinquenta anos,
acordamos todos os dias nos braços um do outro,
às vezes ainda acordamos, quando você consegue não sujar a cama,
acordo inteira nessas manhãs, te levo ao banheiro, cuido de você,
a minha pessoa,
você sempre me tratou assim, que bonito,
a minha pessoa,
sou, e as pessoas só podem se amar dessa maneira,
nas férias corríamos o país, você sempre ao volante com esse seu ar sério e ainda assim sorridente,
nunca conheci ninguém que conseguisse sorrir com tanta formalidade,
felizmente no amor você não era nada formal,
não deixamos nada por fazer, diabos nos levem, até o que íamos vendo nas revistas experimentamos,
um dia até nos machucamos a sério, recorda?, felizmente ninguém soube,

que sorte,

sei de cor o último orgasmo que você me deu,

não foi nesta cama, foi bem longe, estávamos na casa de um tio meu, a casa cheia por ocasião de um casamento qualquer,

sabe qual foi?, não interessa,

interessa é que no meio daquilo tudo a urgência de um abraço começou todas as outras urgências,

e quando demos por nós já você tinha a mão a me tapar a boca para impedir um gemido maior,

você adorava os meus gemidos, se algo me custa na sua perda de memória é saber que até dos meus gemidos se esqueceu,

me abrace, por favor,

há alguns momentos do dia em que é você outra vez,

e eu sou feliz,

são cada vez mais raros, o médico diz que daqui a nada mal vai se mexer, mal vai se lembrar, mal vai viver,

queria ter a coragem de acabar com você mas ainda não tenho a coragem de acabar comigo,

nunca acreditei no impossível,

você me disse isso quando parecia que não iríamos conseguir,

a casa para pagar, a empresa que foi à falência, eu e você fazendo limpezas pelo bairro para pagarmos a escola dos nossos meninos,

temos os filhos mais lindos do mundo, não temos?,

agora sou eu quem não acredita no impossível, como uma criança ingênua ainda espero que um dia você acorde para mim outra vez,

um café da manhã de rainha para a minha rainha,

me fez isso dezenas de vezes, só queria era saltar para a minha calcinha, que eu bem sei,

mas naqueles momentos de café da manhã de rainha eu era mesmo a rainha,

no interior dos seus braços sempre fui senhora de tudo, nada me faltava, nenhum medo podia me chegar,

me chegava você,

estique um pouco a perna,
te visto, te calço, te levo à rua,
anteontem junto ao ponto de ônibus você reconheceu o ricardo, que estudou com você no primário,
soube de você o dia todo,
a mim também, pode ter certeza,
um bocado de você me enche o dia,
sei que posso ficar maluca com tudo isso,
tem de deixá-lo ficar num lar, isso não é vida, você não pode morrer tão cedo,
estou isolada de quem me disse coisas assim,
da minha vida sei eu, ora essa,
e você,
é o meu rei por mais merda que te escorra pelas calças,
desculpe,
os reis não se medem aos palmos, muito menos aos excrementos,
chegue-se aqui,
os reis se medem pelo que conseguem reinar no interior dos outros,
gosto de você,
e eu choro,
e coloco a coroa,
estou bonita para você, estou?

vamos à receita federal?,
o seu rosto aberto, me deixa entrar?,
eu entro,
obrigado,
chegou essa carta, veja,
tudo o que implique estarmos juntos é uma espécie de república dominicana ou havaí ou qualquer outro lugar paradisíaco em nós,
temos de ir à receita federal,

vamos, claro, que remédio,
e me dê um abraço só para nos prepararmos,
ir à receita federal é um motivo tão bom como outro qualquer para te abraçar,
tire aí a senha, vá,
e o romantismo de tudo isso, meu deus, é ridículo o que vamos fazer sempre que estamos juntos,
as pessoas estão na repartição como se estivessem no interior da morte,
e têm razão, claro,
tantas injustiças num espaço tão pequeno,
nos abraçamos ali como nos abraçamos noutro lugar qualquer,
ainda faltam mais de setenta pessoas para chegar o nosso número,
uma tragédia,
e uma felicidade,
setenta pessoas até alguém interromper o que nos amamos,
uma repartição da receita federal pode ser o lugar mais romântico do mundo,
que coisa estranha nos faz o amor, e é adorável, não acha?,
há uma melancolia inexplicável naqueles corredores,
será ter uma cara triste um dos requisitos para se trabalhar ali,
ou é a vida que muda as caras?,
temos mais de uma hora para ensinar o amor a essa gente,
o velhote ao nosso lado se recorda quando nos olha de tudo aquilo que já foi feliz, vejo-lhe um sorriso,
um dos grandes objetivos de viver tem de ser fazer sorrir o outro, como é que ninguém vê isso, me diz?,
nós já fizemos sorrir esse velho, dê aqui um beijo para celebrar,
e agora outro para celebrar o sabor deste,
a345, chegou a nossa vez,
tem um cinco, olha, é o meu número preferido, dê aqui um abraço,
ter uma senha da receita federal com o nosso número preferido é um motivo como outro qualquer para te abraçar,
não temos muito tempo, a senhora do balcão doze está com cara de poucos amigos,

será que tem muitos e não tem motivo para estar com esta cara, ou será que tem mesmo poucos, você acha que eu pergunto?,

não pergunto, prefiro pensar na possibilidade de essa ser a expressão mais correta de sempre,

quem tem poucos amigos tem uma cara muito própria, única,

cara de poucos amigos,

seria a cara mais infeliz do mundo se não houvesse a cara de quando estou sem você,

que horror, evito me olhar no espelho quando você não está,

que horror,

sou mais horrível quando você não está para me ver,

a beleza é um processo a dois,

até no que parecemos precisamos um do outro,

ora então digam lá,

nem um sorriso, a senhora não quer grandes conversas, quer resolver e depois avançar,

carrega num botão e vem outra pessoa, outro papel, outro problema,

há muitas pessoas que fazem o que os trabalhadores da receita federal fazem aos usuários,

próximo, por favor,

o problema é quando fica para trás um usuário,

e dói muito mais depois,

um usuário descontente causa problemas, se queixa, fala alto, quebra tudo se for preciso,

quantos usuários descontentes há em cada pessoa?,

eu estou descontente, tenho de assumir, já está,

você também está?,

não faço ideia do que essa senhora acabou de explicar, parece que vou ter de pagar uma multa,

quase nunca saio daqui com mais dinheiro,

quem alguma vez saiu da receita federal com mais dinheiro que ponha o dedo no ar,

isso não interessa nada agora mas a verdade é que ninguém ergueu o braço,

  já se esperava,
  o que me interessa é fazer sorrir essa mulher,
  raios me partam se não faço,
  digo uma qualquer piada depois de ela me dizer que vou pagar como um burro por uma qualquer razão que desconheço,
  a receita federal é um matrix impenetrável, não é?, e nem sequer tem o keanu reeves para nos sentirmos famosos, sei lá,
  e não é que ela riu?,
  ninguém espera que alguém faça piadas na receita federal,
  a senhora que tem todos os amigos que não tem na cara sorriu,
  um, dois segundos, que vitória, quando ela não estiver olhando nos abraçamos para celebrar, sim?,
  fazer sorrir a senhora que nos atende na receita federal é um motivo tão bom como outro qualquer para um abraço,
  já ganhei o dia, obrigado,
  vou pagar uma fortuna por algo que nem imagino o que seja,
  depois me explica, não explica?,
  já ganhei o dia,
  a senhora abriu um pouco, viveu um pouco,
  que ideia abominável é essa de não podermos ser felizes e sorrir e cantar e dançar e o que mais nos apetecer quando estamos no trabalho?,
  volto para trás, você não sabe por quê,
  sabe aquela do homem que,
  vou te contar uma anedota,
  já uma senhora está onde nós estávamos,
  ouve também,
  nunca há pessoas felizes demais, essa é que é essa,
  há um misto de riso com surpresa,
  fiz essa mulher rir e chego em casa com você nos braços mais feliz do que quando saí para ir para a receita federal,
  e muito mais pobre, como é evidente,
  temos de começar a poupar em alguma coisa para recuperar do rombo,
  penso um pouco e em segundos chego à resposta,

apaga você ou apago eu?,

começamos por poupar na eletricidade quando nos deitamos só sob a luz da lua na cama,

e depois acabamos por realizar uma noite de fogo,

por nenhum motivo especial,

apenas para poupar na academia,

como é óbvio,

é melhor você tirar,

e já agora na roupa,

nunca se poupa demais, não é?

o que vem agora?,

que palermice, é incrível, não é?,

as pessoas e a febre do próximo passo,

para quê?,

não é do próximo passo que se faz a felicidade, é deste,

o futuro é simples aparência, uma simulação, uma ficção flutuante,

e noventa por cento dos humanos se perdem pensando nele, lutando por ele, sofrendo por ele,

que estupidez, concorda comigo?,

nós batalhamos como loucos para evitar o futuro,

a felicidade é evitar o futuro, já percebeu?,

aposto que sim, antes de mim, até,

ser feliz é adiar o futuro a toda hora, guardá-lo num espaço onde não está o que agora somos,

o segredo não é viver o agora, é só ter o agora,

que porcaria é essa de perguntar sempre o que vem a seguir?,

é assim que desaparecemos até os ossos,

o que mata é a possibilidade, já pensou nisso?,

há que deixar o futuro ausente, uma construção bela que podemos alterar sempre que nos aparecer à frente, mas quando aparece à frente já não é futuro nenhum, pois não?,

o futuro não existe, porra,

quem não entende isso?,

no nosso futuro vamos ser rei e rainha,

não porque o queiramos ser, nada disso,

mas porque já o somos,

rei e rainha sem trono, claro,

com trono é um saco, arre,

e mesmo sem reino, assim é que é bonito, não é?,

somos senhores do nosso espaço pequeno e a perder de vista,

chega e sobra, não chega?,

não queremos aparar a escuridão nem o sol,

quem pensa sempre no próximo passo quer esconder os passos incompletos que está dando, ser corajoso é também saber ser náufrago do momento,

e nem assim afogar,

daqui a pouco não faço ideia do que vamos fazer,

pode ser essa a mais fiel prova de vida de uma pessoa, não pode?,

claro que sim, até vou repetir,

um dos maiores prazeres da vida é repetir e toda a gente só se concentra no que não se repete, que tristeza,

daqui a pouco não faço ideia do que vamos fazer,

quase cem por cento dos leitores, vai uma aposta?, tiraram dessa frase a mensagem de que não sabemos de todo o que vamos fazer,

é uma mensagem importante mas não é a fundamental, você sabe, quer dizer?,

já vi que não,

digo eu,

a fundamental parte de daqui a pouco não faço a mínima ideia do que vamos fazer é o vamos,

vamos, plural, primeira pessoa,

nós vamos,

e quando se começa a não se saber falar no singular talvez haja amor,

ou só uma deficiência linguística,
espero bem que não seja o meu caso,
pelo sim pelo não vamos testar,
como se diz sou feliz quando me você olha,
te pergunto, e espero, ansioso,
se não houver ansiedade é porque já não merece ansiedade,
e se não merece ansiedade é porque já não nos merece,
somos felizes,
você diz e só pode ser assim,
amanhã não fazemos a mínima ideia do que vamos fazer,
mas vamos fazer,
na verdade nem é bom pensar em fazer amanhã,
fazemos hoje, tem de ser,
nós aguentamos, não se preocupem,
peça licença aos senhores e feche a porta,
fecha?,
com licença,

᠌᠌᠌

Fico sempre preocupado quando não me chamam de maluco. Que raios terei feito de errado?

᠌᠌᠌

como é doce a ingênua confiança,
a diferença entre a verdade e o fim é o que se faz com a matéria,
nos amamos todos os dias com o delírio imaculado da virgindade,
é tão precioso o nosso fulgor, não é?,
e as nossas lágrimas,
se você me dissesse que eu estava morto eu acreditava,
ou então me matava para você dizer a verdade,
a sua boca e as minhas palavras, a latitude lenta e leve do final da nossa integridade,

o seu rosto desampara toda a ética, sabia?,
o amor desampara toda a ética,
ou então não é amor porra nenhuma,
o sentido da vida é o toque, a minuciosa adoração,
por acaso sei desenhar de olhos fechados as suas veias das mãos, por exemplo, sei onde começam, onde acabam,
junto dos meus lábios, como é óbvio,
a sua saliva adormece a minha fragilidade,
se me prometer um beijo acabo com a guerra e a fome no mundo, quer, quer?,
sou sutilmente obstinado por você,
mas te quero inteligentemente, tinha dúvidas?,
não apenas pela pulsação, pela densidade requintada da nossa nudez,
não te quero pelo prazer mas por favor não me tire isso, está bem?,
te quero pela invasão suave da nossa intimidade,
já que disse que é tão inesperado ter alguém por dentro do meu abismo?,
é, um mistério essencial,
quando nos faltam as palavras é porque deus nos quer convencer da fé, só pode,
nos recolhemos à parte mais invisível dos nossos músculos, preferimos a folha branca aos lábios,
e o único movimento é o das vísceras das nossas imperfeições,
antes de você eu avançava pelo impossível, agora retorno ao princípio, ao meio-dia da primavera,
por vezes fico tonto quando te olho,
foi assim que soube que tinha vertigens, veja lá você,
a fogacidade irrompe,
não seremos imortais, você sabe,
mas nada nos matará,
tudo o que queremos é a desordem gratuita, um refúgio de tédio,
dizem que é indecifrável o que faz feliz,
são analfabetos, não são?,
bárbara,

sete letras, um acento,
b-á-r-b-a-r-a,
como podem não o decifrar?

~

nenhum escaldão será inútil,
o seu corpo ao sol, a pele a ceder,
e a certeza de um prazer imenso por vir,
haverá mais logo que tratar disso, passar o creme por onde tem de passar, insistir,
mais um bocadinho que isso está muito vermelho, tem de ser, tenha paciência,
as minhas mãos adoram as suas costas,
espero que seja recíproco, é?,
a vantagem do verão é permitir mais desculpas para te tocar,
deixe cá aplicar isso rapidamente, que o sol hoje está mais forte, ouvi na rádio, não ouviu?,
seja para prevenir seja para curar o verão abre mais possibilidades de encontrar o seu corpo nu pela casa,
a casa também precisa, não sou só eu, não seja egoísta, vá,
e depois veste aqueles vestidos de indiana,
ou índia, sei lá,
índio me sinto eu quando te descubro como um nativo descobrindo a civilização,
me torno um homenzinho quando te quero,
e criança depois,
depois de quê?, perguntará você e os leitores em geral,
e com toda a razão,
tivesse eu a resposta e responderia,
direi apenas que existe um antes e um depois quando nos tocamos, nem que de leve, nem que de passagem,
a praia não está cheia, o suficiente para sentirmos que o mundo continua,

importante que o mundo continue, parecendo que não ainda precisamos dele,

não muito, eu sei,

mas a praia também não está vazia, só o suficiente para aqui e ali te tocar onde a decência não deixa mas onde a excitação obriga,

o amor é essa fronteira tão irresistível entre o que a decência permite e a excitação obriga,

haja escaldões no meio de nós,

haverá assim sempre motivo para te ver as costas,

e o que mais escaldar,

estou aqui disponível, já sabe, para que servem os amigos afinal?,

antes de mais nada somos amigos,

ou não somos nada, pelo menos antes de sermos a existência de sorrisos um no outro,

trocava todos os amigos do mundo pela sua instalação em mim,

quando vamos ao mar somos como todos os outros,

e no resto também, não é o que fazemos que é especial, nunca é, é o que sentimos quando fazemos o que fazemos,

está entendido ou quer que te explique outra vez?,

aqui vai,

quando te beijo como todos os casais se beijam sinto um vento alegre em mim,

e quem não sabe o que é um vento alegre então não sente o que eu sinto, e é por isso que somos únicos pelo que sentimos quando fazemos o que fazemos e não pelo que fazemos quando fazemos o que fazemos,

eu bem te disse, vê?,

o que é certo é que daqui a nada chegaremos em casa,

antes ainda vou te ver colocar lentamente o vestido sobre o biquíni,

ver você se vestir é sempre um momento de pacificação e de revolução em mim,

não entendo por que é que se valoriza tanto o despir, sabe?,

se o strip envolvesse amor também existiria o contrário, sei lá eu como se chamaria isso, drep, drip, dressip, sei lá, inventem lá isso que eu assino embaixo, ok?,

mas vestir é tão bonito, as roupas lentamente cobrindo o corpo, a pele que fica a espreitar, orgulhosa,

veem como eu estou aqui, ainda à vista, sou ou não sou especial?,

em seguida vai calçar os chinelos,

hoje traz os amarelos e a mistura diabólica deles com os seus pés morenos me traz uma inveja inexplicável,

e sobretudo idiota, quem raios tem inveja de algo assim?,

da areia,

que sorte é te ter pronta para pisá-la,

em mim não pisa,

mas eu deixaria, ainda bem que você não sabe, um dia te digo só para garantir que te servirei sempre para alguma coisa, nem que seja para pisar,

finalmente chegaremos ao carro, você vai se queixar de que está cheia de areia e de que o carro vai ficar todo sujo, eu vou tentar limpar os pés como puder, sacudir a areia, o carro vai ficar todo sujo do mesmo jeito mas pelo menos vou poder te fazer a vontade,

a sensualidade do momento em que te faço a vontade terá alguma explicação?,

eu não a encontro,

encontro você, basta fechar os olhos,

agora não posso, quem me dera,

já falta pouco para casa,

na minha cabeça ainda está a imagem do vestido a cobrir lentamente o seu corpo e o biquíni, primeiro um ombro, depois outro,

e esses fios que te cobrem apenas um fio das costas só estão aí para me provocar, não é?,

na vida o prazer está muitas vezes à distância de um ou dois fios, você só tem de puxá-los,

eu acabei de fazer a minha parte,

já estamos em casa, o banho, a sua nudez, vírus e antídoto,

viva a incoerência,

e o escaldão,

eu bem te disse que você devia ter usado mais creme, não disse?,
enquanto houver amor nenhum escaldão será inútil,
muito menos um colchão,
viva o verão,
e nós, claro,
espero que os vizinhos ainda continuem na praia,
poderia pensar,
mas já não penso em nada,
vizinhos?, quais vizinhos?,
deixa só aplicar mais um pouquinho,
posso?

⁓

até os filmes seriam incompletos sem você,
passa tudo tão depressa menos a saudade, que desgraça é essa?,
preciso de você para me explicar a vida,
e os filmes, como te dizia,
adoro te ouvir, faço um esforço para entender,
este é que é o irmão da outra, percebeu, não percebeu?,
não percebi mas te ouço como se estivesse me dando o segredo da vida eterna,
e está, mas eu não digo a ninguém,
não é por acaso que se chama segredo, não é?,
e ela agora com certeza que quer lhe mostrar por que é que fugiu, aposto que é isso que vai acontecer no final, você vai ver,
mas acabo por me perder nos seus olhos como as mãos na argila, quero entrar em você e me fazer perfeito para nunca a indiferença acontecer,
a pobreza é muito mais a indiferença do que a fome,
a fome mata o corpo, o aperta, o extingue,
a indiferença dilata o ódio,
a única coisa que odeio no mundo é o tempo, como consegue acabar tão depressa com a alegria clandestina da sua boca?,

hoje saímos de madrugada, o dia nascia e nos apeteceu ir logo,
que se lixem os horários,
que se lixe o tempo, lá está, experimente-se deixar o mundo inteiro sem saber as horas durante um dia completo e veja-se o que dá,
um caos, certamente, muitos milhares de milhões de prejuízo,
e uma alegria imensa entre as pessoas,
a liberdade é acima de tudo ser o pássaro possível,
e percorrer sem limites a grandeza profunda das linhas do seu rosto,
quando você me olha deus se cala, já reparou?,
há quem invoque o nome de deus em vão,
hereges, vade-retro,
eu só o invoco em seu nome,
bárbara,
e todos oram,
eu também,
ou pensava que eu estava ajoelhado à sua frente para quê?,
para te pedir em casamento, não?,
um dia, talvez,
até já está marcado,
não era nada disso que queria te escrever, apenas que preciso de você para abrir as ruas por onde passo,
e para passar nelas com você, mais ainda,
estamos longe de casa e o cheiro de poema se mantém,
os lugares são feitos de riscos, de mãos que não sabem onde pousar,
e que por isso pousam em todo lado,
posso deixar a minha aqui?,
obrigado,
e aqui?,
obrigado,
não, não faço por mal,
faço até pelo bem,
é tão bom, é ou não é?,
há sempre uma manhã complexa para nos simplificar a noite,

entende ou quer que eu explique com as mãos outra vez?,
isso,
aí,
ou será aqui?,
que se lixe,
vai ser em todo lado,
sim, até aí,
há uma espécie de virgindade adulta na maneira como profundamente
nos permitimos amar, não há?,
quer ser minha pela primeira vez outra vez,
quer?

∽

Quis voar e eles me agarraram. Quis ser imortal e eles me impediram.
Quis ser criança para sempre e eles me internaram.
E o maluco, dizem eles, sou eu.

∽

nenhum gago é arrogante,
a pobreza dos homens é a fragilidade,
e sobretudo a força,
nenhum pobre é desmedido, só a pobreza não tem limite, já tinha reparado?
os ricos nunca repousam da solidão, são criaturas para quem a vida está longe, abandonada, verticalmente frágil,
o defeito humaniza, é isso, não é?,
a insuficiência é a joia secreta,
só o pranto é viril,
se não quisermos falar da sensação absurda das suas pernas abertas apertando a minha cintura, é claro,
ou queremos?,

eu quero sempre,
tenho em mim alguma gaguez quando te olho, a alegria também devasta, sabia?,
e devassa, mais ainda,
um homem é o que se deixa ser,
nunca o que o deixam ser,
eu me deixei ser seu, assumi toda a minha incapacidade, não consigo ser profundo quando te quero da mais superficial forma que conheço,
quando alguém sabe da sua deficiência acalma o ego, o orgulho se distancia,
e é tão bom,
se deus fosse esperto daria uma deficiência consciente a cada humano,
a minha é perfeitamente consciente,
é você, já tinha percebido?,
te amo sem falhas, sou deficiente de ti, se te doer uma perna eu coxeio, se te faltar o ar eu não respiro, se ficar sem voz eu não preciso falar,
que consequências teria o fim da vaidade?,
a primeira seria a melhoria imediata do mundo, tenho certeza,
depois viria o pior,
a vaidade sustenta tanto do que nós amamos,
é incrível, não é?,
grande parte da bondade existe por vaidade,
por que não devemos então alimentá-la?,
os motivos valem muito pouco, ficam os resultados, pouco mais,
nada mais, para ser mais concreto,
quero lá bem saber por que me apeteceu agora, sem mais nem menos,
te agarrar nas duas mãos e trazer o seu corpo para junto da tentação do meu,
você sabe?,
provavelmente há orgulho e vaidade a nos unir,
que se lixe,
porque também há amor,
será ele mais do que vaidade?,
te amo para me ver melhor,

e para me vir melhor, por que não?,

adoraria que não houvesse soberba entre nós, apenas uma infância tardia, um regresso às areias errantes da inconsequência,

o problema mais sério do mundo é a seriedade,

as gravatas, lá está,

o demônio anda de terno de marca e não de tridente,

que falta de gosto, alguma vez alguém poderia ser sedutor com aquilo na mão?, que imbecilidade,

só o insensato muda o mundo,

e o poema,

este não muda nada, tenho de confessar,

é simplesmente a continuação da minha subserviência feliz,

os românticos de antigamente não sabiam nada de amor, fique agora sabendo,

diziam que os desejos das amadas eram ordens, que pobreza de espírito, que amor pequeno, o deles,

me deixe te garantir que os seus desejos não são em mim ordens,

mas antes desejos ainda maiores,

desejo o envelhecimento oculto dos nossos ossos alinhados pelo fogo lento, pela lágrima inútil que aos poucos se esvazia,

te ammmmmmmmmmo,

e não é gaguez,

mas é arrogante,

já,

sim, senhora,

você veste renda azul hoje,

e lá se vai a minha teoria segundo a qual o demônio anda de terno de marca,

porra,

e ainda bem.

isso nunca fica fora de moda,
você desata a dizer e a rir,
a sua cara é uma bíblia de como me fazer feliz, você tem pelo menos cinco mil diferentes,
caras e maneiras de me fazer feliz, bem visto,
isso nunca fica fora de moda,
você repete, mais uma cara nova, um dia as gravo todas e as amo uma a uma ao longo de vários dias seguidos,
e isso é o seu corpo,
desconcerta com a mesma facilidade com que excita,
é nada mais do que isso o alicerce da alegria da nossa casa,
os nossos gatos também interessam,
um deles se chama saramago e não escreve nada, não faz ideia do que é uma vírgula,
e são incontáveis os poemas que já nos deu,
fica sempre bem um texto com gatinhos, quem resiste a algo assim?,
o outro é o chomsky, não é um esquerdista, não sabe nada de política, nem de sindicatos, nem de revoluções,
mas passa a vida reivindicando,
comida, que mais?,
pesa mais uns seis ou sete quilos do que aquilo que devia pesar e continua merecendo um prêmio de beleza, o sacana,
já posso falar de você outra vez, posso?,
aqui vai,
falávamos de sexo quando você me disse que isso nunca fica fora de moda,
e não,
tem razão, como sempre,
em mais de cem apostas ganhei duas ou três de você, não é mau, pois não?,
falamos muito de sexo,
a maioria das vezes para brincar, a outra maioria para fazer,
dificilmente nos deixamos perder em conversas que o apaguem no interior do fogo,

arde cada vez mais em mim, em você também, certo?,
você diz coisas como essas e me desarma, eu me derreto a rir,
você tem tanta graça,
ou sou eu que te amo demais,
antes fosse, assim só eu é que te acharia engraçada, que descanso,
no hotel a brincadeira acaba,
e começa de novo,
o grande sexo é o que acaba com uma brincadeira e começa outra,
quero te agarrar como imaginei nos meus sonhos,
ainda é com você que sonho todos os sonhos eróticos que tenho para sonhar, isso é bom, certo?,
as pernas na vida real são maiores ou menores, as minhas ou as suas,
são reguláveis, é o bem que têm as pernas,
e são,
em poucos segundos estamos prontos para brincar,
te amo agora também pelas pernas,
sempre gostei delas, na verdade,
quando te vi pela primeira vez te amei logo pela primeira vez,
mas não se preocupe que eu não digo a ninguém, muito menos a você,
fica sempre sendo um segredo que dizemos um ao outro para guardarmos um do outro,
   amar é guardar com o outro o segredo que partilhamos com ele,
quem não entende isso não entende nada,
nem mesmo o vento humilde das nossas respirações sem destino,
ainda bem que só elas não sabem para onde vão,
o resto sabe,
chamam-lhe no mundo dos humanos orgasmo,
nós lhe chamamos muitos nomes, tantos que não me lembro de nenhum,
   com certeza alguns são ordinários, eu adoro, desculpe, quando puder grita um ou outro só para me fazer a vontade?,
   amanhã quando acordar te digo, combinado?,
   agora quero ficar quieto te vendo ficar quieta, os lençóis sabem que a felicidade molha,

e você tinha razão,
mais uma vez, até chateia, arre,
isso nunca fica fora de moda,
e chega sempre à hora certa,
essa frase agora é minha,
é boa, é?,
o melhor de nós é fazermos a juventude voltar,
neste momento tenho uns vinte anos, vinte e dois, no máximo,
que maravilha,
quer aproveitar, menina?

⁓

abandonarei tudo menos o riso,
a vida se ergue no final da tristeza,
e o zênite da noite é o segredo revelador da nossa escuridão,
tenho a sua imagem fixa na travessia oculta dos meus sonhos, sabia?,
ficarei imóvel diante de você,
mas o desejo se move ainda assim, que estranho, não acha?,
depois de nós fica intacta a falha,
nunca a solidão,
no futuro aprenderemos a desabar melhor,
é tão terrível desabar sozinho, já imaginou?,
a paixão deserta, a noite inclinada para o ofício do medo,
quando eu te perder volte para me ajudar a suportar a sua perda, sim, sim?,
a alegria é inacessível quando a sua ausência me reconhece,
me assusta a sala vazia, tanto, tanto,
seria capaz de pintar o seu rosto na parede nua, e na penumbra,
durmo todos os dias no mistério do seu fascínio, na sensibilidade urgente da sua língua,
de madrugada tentamos vezes sem conta a morte,
qual é a sua preferida, me diz?,

a minha é aquela em que apetece morrer e voltar,
essas são todas, minto,
a minha preferida é a que me envelhece à vista,
me sinto merecedor de mais uma ruga quando te experimento, seria criminoso ser tão feliz e não dar nada em troca, entende?,
as minhas mãos não sabem como te tocam, nunca aprenderam,
mas vão tentando,
o gerúndio é horrível e nem assim você fica menos valiosa, é incrível, não é?,
o riso não implica rir, pode ser apenas me queimar devagar com a curva dos seus ombros,
vistos de costas me fazem chorar, não contenho as lágrimas quando sou mais feliz do que deus, desculpe, é obsceno, não é?,
acontece a juventude quando me demoro no meio deles,
me avisto com dezoito anos, não mais, descobrindo que os olhos são pequenos para uma aflição tão árdua,
é minúscula a memória para uma sensibilidade assim, o riso implica sobretudo o interior da eternidade,
que é como quem diz tocar a loucura com o corpo,
está louco?,
e estou mesmo, tinha dúvidas?,
a cama é exígua para dormirmos lado a lado,
mas algum de nós está pensando em dormir quando se deita?,
eu não,
logo vi,
eu também não,
que indecência,
chega para cá, chega?

⁓

Pedras no caminho?
Fumo-as todas. Um dia vou ser o Mick Jagger.

a desgraça caminha por dentro das ruas, a vida repetida,
a rotina pode ser uma escuridão gelada, sabe?,
o nome de deus é branco e são várias as águas que o justificam por dentro,
a morte devora as coisas, que merda,
a vida é uma oportunidade, uma mão vencida,
há dias invernosos em que a dor nos gasta um por um,
me aperte mais nesses dias, por favor, me rodeie com o jeito meio inconfundível meio dramático de se demorar nos meus braços,
te escrevo para homenagear as lágrimas,
e os sorrisos, claro está,
em você todas as rugas têm serventia, já tinha percebido?,
pouso a cabeça no seu peito e o medo se dilui,
nasce outro medo, que diabo,
talvez as palavras sirvam para algo mais que nos livrar da ruína,
e ainda assim nos arruinar,
o amor é entre todas as ruínas a mais sensual,
e nem assim deixa de ser a mais dolorosa,
a maldição é tantas vezes a solução, não é?,
gosto de passar água corrente pela ferida, deixar que um amor sanguíneo possa me demolir,
o nosso silêncio é um recolhimento profundo,
antes de você as minhas margens eram redondas, um inverno fechado me eliminava pétala a pétala,
te quero com um escrúpulo consistente, inaudito,
me levanto para te ver começar outra vez, percebe?,
pressinto que a sua nudez é uma terra distante,
e a que ainda assim pertenço,
acabei de definir outra vez o amor, já viu?,
uma terra distante a que ainda assim se pertence,
os poetas não têm casa mas têm história,

a nossa é a do altíssimo desígnio do verbo, um nevoeiro agreste e infantil que nos faz ignorar o retorno da mágoa,

a insânia é um interlúdio, já pensou?,

quando olhamos para trás é o paladar efêmero do pecado que furtivamente aparece,

a alegria vem da carne, fixe bem isso,

a sua chega da instabilidade invisível, de um capricho negligente da natureza,

você é metade céu metade sonho, e ainda sobra tanto de você para definir,

a noite é um prodígio quando a cama imóvel se abre, espantosa, para te receber,

subsisto indefeso por dentro da fatalidade,

o prazer não tem consciência, isso é certo,

atravessamos decerto juntos toda a maioridade, a incontestável glória do abismo,

até aprecio o silêncio, a reflexão ponderada da solidão, a madrugada em nome do imemorial,

mas confesso que o que eu quero mesmo é o seu gemido profundo,

e de súbito a poesia faz enfim sentido,

venha pois a segurança avassaladora do momento,

a eternidade pode esperar, não pode?

⁓

você tem um jeito inconfundível de amar o mundo, uma luz dramática,

quero ser mestre da sua escuridão, deixa?,

em agosto as gaivotas pousam nas pedras, há um calor suspenso ao sul dos corpos,

quando passeamos juntos o vento para por instantes, um marulhar grave nos leva,

quando vou com você ao mar temo o tamanho das ondas, não o percebeu?,

a inquietação é um fulgor feliz,
me desconforta com a sua fome, que bom,
me proteja de mim,
e eu te aperto trezentas vezes para te acalmar,
às vezes me esqueço de que você morre, sabia?,
o fim nos lança constantemente um pequeno olhar, um breve vislumbre do céu,
tudo o que decido é para te guardar melhor, fica sabendo,
quando te agarro pelo braço, quando te peço os cabelos,
tenho a sua textura na ponta dos dedos, juro,
as palavras são uma festa quando quero te descrever,
você é sobretudo um lugar deserto, o começo da arte, uma conspiração perfeita contra o tédio,
somos consistentemente desequilibrados, que maravilha,
o tédio tem tão pouco de feliz, não tem?,
talvez a cidade não nos entenda, é possível,
estamos sempre do lado de lá da porta, no ângulo cego da moral,
coitado de deus se nunca pecou,
nos ocupamos do invisível, da tragédia humana do prazer,
faço a cama como se faz um templo,
as unhas são como facas mas matam mais devagar,
quando anoitece nos deitamos na penumbra e nada fica por ver, os gestos são como películas ensaiadas,
me consuma sem o menor cuidado,
e procuro na sua pele o final da paz, a tentação sem remédio,
se me cura de você te mato,
a pureza é pavorosa, que nojo,
decerto esgotamos toda a fé que nos estaria destinada,
é pelo menos essa a minha fé, admito,
mas te olhar é o cumprir do meu espírito cristão, uma espécie de perdição religiosa,
por você resisto à existência noturna, à impavidez míope,
você me destrói sem remissão todos os dias,

e estou mais forte do que nunca,
a serenidade não é parte da vida, aprenda,
só da morte,
o seu abraço é uma nação implacável, o contentamento retoma quando você se torna visível,
bárbara,
e impacientemente o sangue prossegue sem justificação,
ninguém passa incólume pela sua ternura,
mas guarde-a para mim, guarda?,
te dou em troca a hipótese de um súbito avião e nós nele,
como se precisássemos de algo tão material para poder voar, não é?,
não tarda seremos velhos sobrados, uma catedral imponente de passado,
o tempo é penoso porque não para, dizem,
me agarre para me proteger das horas,
e eu protejo,
o tempo é penoso porque não para, dizem,
são tão ignorantes, não são?

⁓

às vezes um inofensivo nariz entupido muda uma vida,
quase sempre, se calhar,
ou uma ridícula dor no dedo mindinho, sei lá,
às vezes a perversidade da vida é mínima e ainda assim devasta,
tudo porque a infelicidade é um pretexto, só isso,
o suicídio é afinal apenas um homem sem argumentos,
ou com argumentos demais, quem sabe?,
a sobrevivência vem quando a exaltação emerge,
que é o mesmo que dizer quando conheço pela primeira vez de novo o seu corpo,
mas vamos ser sérios e falar sobre o sentido da vida,
se bem que era disso mesmo que eu estava falando,

    já me perdi outra vez, raios,

    às vezes a angústia nos apanha impassíveis, subitamente prostitutos do tempo,

    é então que dostoiévski e a literatura nos salvam,

    ou o seu corpo, se querem saber a minha opinião,

    já me perdi outra vez, que diabo,

    que deus, se é que é de você que me queixo,

    os livros servem para corrigir a sepultura, para que a humanidade se concentre no ínfimo,

    nunca na guerra civil que é a perfeição de tudo,

    descer pelas suas costas é uma doutrina, já te disse?,

    tergiversei novamente, que estupidez,

    a poesia é a democracia depois de ler rimbaud,

    ou sartre, ou kafka,

    ou o desenho dos seus lábios quando me diz te amo e o calcanhar do mundo é ser mortal,

    tenho vergonha de odiar o pôr do sol quando você não está,

    o que é bom é para te ver, é assim o adágio, não é?,

    te vejo chegar pela janela e até o vidro é doce,

    a casa fica dias com o seu cheiro, teima em não passar por você,

    mas este texto era sobre um nariz entupido, lembra?,

    sobre a importância do pequeno, sobre a inutilidade das estatísticas,

    sobre a falta de catolicismo do seu grito mudo, também,

    lá está você a entrar pelo meio das frases, só quando fico à superfície não te vejo,

    estou na sua língua como o peixe na água,

    o complexo é quase sempre uma desolação, o lugar menos recomendável do mundo,

    a felicidade é uma relação impessoal com as explicações, com a sacra aprendizagem de uma ordenação,

    quem mudou o mundo não fez por mal, garanto,

    nem sequer fez de propósito, a bem dizer,

    quem mudou o mundo apenas não o entendia,

viva o egoísmo,
e a maneira como a sua perna direita lentamente se abre para tocar na minha, já agora,
é então que tudo rui ao meu redor,
só a sua solidez incauta permanece, sacana,
daqui a dois ou três séculos alguém porventura sentirá o que eu sinto,
podia encontrar nomes rebuscados, teorias intelectualmente incontestáveis,
vou lhe chamar simplicidade, chega bem,
há uma simplicidade excepcional a nos unir,
a última das palavras será a nossa, provavelmente um adjetivo proibido,
no fundo o que eu queria dizer era que o provisório é o contrário da velhice, que o dia a dia é uma sucessão de versos,
e o noite a noite, claro,
a de hoje está quase chegando,
começa você ou começo eu?

Há dois tipos de pessoas: as que correm riscos; e as que estão mortas.

---

um bando de eruditos fala
de literatura,
e eu rio,
dizem que este é melhor do que aquele,
citam passagens de cor,
dissertam sobre a construção narrativa, sobre a voz de autor,
sobre a diegese,
e eu rio,
no final concluem que a grande obra tem de ter isto,
e mais aquilo,

e mais aqueloutro,
dão dois ou três exemplos,
um mais orgulhoso do que o outro com a sua escolha,
e eu rio,
finalmente percebem que eu não falei,
só ouvi,
me olham em silêncio,
e eu rio,
como pode falar em literatura quem nunca leu uma linha que fosse dos seus olhos?

⁓

os dias solitários podem até ter gente em volta, a tragédia dos ruídos sistemáticos,
me dá o arroz?, muda de canal?,
somos crianças na praia, um compêndio de férias grandes, quando queremos iluminar a solidão,
não dispenso a morte mas não gasto tempo a prepará-la, entende?,
nos dias solitários, dizia eu, escrever é fazer alguma coisa por mim,
nem que seja dar algum uso à dor, nada mau,
e esperar que a sua pele invencível me recorde do calor mediterrânico da nossa noite,
se eu pudesse estaria constantemente no meio do seu sono, você deixaria?,
envelheceria como envelhecem os pássaros, a voar,
é tão triste imaginar um pássaro velho, não é?,
sei que você não quer que eu fale de pássaros, é uma fobia qualquer,
as suas fobias me mudam a realidade, já tinha notado?,
nos dias solitários a subsistência me consome, uma compreensão oculta fica por fazer,
sou um poeta incorrigível sobretudo quando não escrevo,
quero que se faça em verso o registro do tempo, que o sobressalto seja definitivamente necessário,

é urgente a profundidade, subir por onde existem quilômetros de espinhos,
a vida é ríspida mas é tudo o que temos,
a infância é inútil,
até os braços são inúteis,
se não andar em você de lugar para lugar,
resta a consciência aos infelizes,
esbarre contra a noite, contra o mundo,
e mais do que tudo contra mim,
nos dias solitários reconheço a presença dos múltiplos caminhos,
quantas escolhas fiz para você poder me escolher?,
treme em mim o que nunca consegui, a minuciosa servidão cotidiana, as promessas esmorecidas, o horário de trabalho e as contas da casa,
você acredita nos números?,
eu não,
acredito mais na esplanada e nos dias de verão, me matam e morrem escrupulosamente ao mesmo tempo, que delícia,
se você não fosse a minha pátria talvez eu não acreditasse em divisões geográficas,
os dias solitários são a antítese de você, a distância consentida entre a exaltação e o cansaço,
o curriculum e a genealogia diriam que sou uma alegria esquecida, uma queda constantemente à condição,
deus é longe quando te quero,
quebra o silêncio com a palavra fundamental,
vem,
eu vou,
deus é longe quando te quero,
e é só assim que se repudia a morte,
a carne se administra sabiamente,
eu sabia que devia ter ido para gestão, como o meu tio,
agora vou ter de desperdiçar a abundância,
vem,
mas há vidas piores, não há?

as feridas curam o tempo,
os homens se abrem como livros,
em você começo pelo fim, sabe?, quero saber como morremos para aprender a viver no imprevisto,
de manhã dói o fogo do seu lábio, o orgasmo persistente da noite,
ontem pediu que me sentasse contra a parede, te soube o interior do prazer, o miolo desperto do gemido,
a literatura é o pousar incendiário das suas pulsações nas minhas,
há uma geração violenta entre nós e o mundo,
preciso de dias e de silêncio para consumir a sua boca,
hoje a sua nudez está no meu palato,
te amar entrou para os meus olhos desde que te vi,
esqueça o oftalmologista e me deixe só te ver, está bem?,
as lágrimas não nos extinguem, somos tão lâminas como céu,
e com sinceridade já não sei o que é mais feliz, você sabe?,
o amor exato está no princípio do sangue, no sufoco imperfeito,
como quando há pouco você me disse que sem mim tudo era apenas uma travessia desértica, percebe?,
e nos atravessamos como uma caligrafia adolescente pelos corpos descalços,
podíamos preferir um amor seguro, eu sei, um amor que soubesse ver, um amor curável, está entendendo?,
nem eu,
me traga apenas a noite e o jejum,
há dois minutos que não te toco, como é possível?,
só resistimos à nossa luz porque somos cegos, o que queremos se escreve com os dedos,
mas não com letras,
espero que este texto entenda,
e o leitor também, claro,
a velhice vai chegar,

nada a fazer, certo?,
mas vai nos encontrar vivos,
te garanto.

Festa a dois no palco de uma cama. Fios de champanhe nas veias sem força. Experiências de alma entre corpos como mensageiros. Por cima, por baixo, de lado, em pé. E a certeza de que em todas as posições não consigo deixar de estar de joelhos.

---

a obediência é a felicidade a andar de muletas,
se é para ser triste vamos sê-lo de pé, não acha?,
os peregrinos são seres cirurgicamente estáticos,
há tanta gente triste percorrendo a felicidade de cadeira de rodas,
ou se é criança ou se é morto, não te parece?,
o que está no perímetro da liberdade é prisão,
gosto da presença da profundidade, da semelhança entre a tempestade e a carne,
quando te abraço a meteorologia fica solitária,
a superfície dos corpos só interessa a quem só respira fora da água.
nós não, salvo seja,
caio no seu lugar,
ai, a escura ondulação dos seus braços,
aperto as suas costas como quem aperta uma derrocada,
nada é mais triste do que um rebanho,
o suor é o único batismo que interessa,
estar vivo é a pergunta inesgotável,
a razão caiu em desuso,
me basta te visitar sem margens, a ideia sem fôlego da sua medicina contínua,

feliz do enfermo que tiver você como remédio, sortudo,
fora do seu beijo estou ao relento,
a euforia é um estado transitório,
mas nunca passa, percebe?,
a forma da vida é assiduamente a da sua mão, de trás para a frente ou da frente para trás,
como se pode ser moribundo e tão feliz, me explica?,
o equilíbrio está sobrevalorizado,
que porcaria vale um pássaro se não houver um céu?,
a verdade é que a vida tem de ser uma sucessão de remendos,
como voar entre balas, está vendo?,
rodeia-se a alegria como se pode,
um orgasmo, uma anedota, um bacalhau assado, um emprego novo, um livro,
não mereço os seus lábios mas faço tudo por eles,
o que sei do seu colo é que afasta a noite,
fico a um palmo da labareda e a outro do fim, como é possível?,
depois desço à terra, te conto da marca da sua sede à porta do meu grito,
escrevo porque você transborda, nada mais,
é preciso te apagar para te inaugurar de novo,
convoco o prazer e a pele para sobreviver,
me consuma como a um dilúvio, promete?,
os sismos provam o lado prático de deus,
ou você.

⁓

sou antes de mais o ignorante que nunca compreendeu,
a forma como a sua língua se derrama na minha, por exemplo,
e ainda o ofício da velhice,
por que envelhecem os corpos quando a terra continua?,
e o seu beijo, claro,

quero sobreviver a tudo menos ao fim do seu beijo,
fique isso aqui bem explícito e escrito,
nunca entendi também como podem humanos pisar humanos como se fossem vinho,
quando era pequeno pisava uvas, agora piso o verbo,
sei lá eu o que é mais poético, alguém sabe?,
é sucessivo o segredo da maldade, um subsolo ao contrário,
como há homens que calam o sangue que cresce dentro da memória, tantos túneis intermitentes para a dor passar, por quê?,
as palavras às vezes saem invisíveis,
você lhes chama lágrimas, lá saberá por quê,
talvez você tenha razão,
tenho sempre,
e você ri para me aplanar as insuficiências,
a madrugada se espalha em mim quando te aconchego, a sua boca perpétua fecha o negrume,
há sempre um prazer para cada dor, nos salve isso,
e um poema para cada queda,
a arte tem como grande utilidade esconder a névoa,
a arte é nua para nos disfarçar a nudez,
isso não é uma serpente,
você diz, os quatro prazeres cardinais não têm norte,
vem a perdição para nos ensinar o caminho,
podíamos nos afogar na estética filosófica de um ensaio erudito,
que sabem os intelectuais se têm tempo para ser intelectuais?,
padecemos de uma dependência inesgotável dos sentidos,
me demoro nas suas entranhas até que o gênio apareça,
não aparece, nunca aparece,
só o orgasmo e as inúmeras águas que cobrem as fendas de todos os muros,
amanhã provavelmente aprenderei a pensar,
para já me divido entre a profissão de te ganhar e a de te perder,
ninguém me disse que era impossível amar assim,

e ainda bem,
intelectual é aquele que sabe com exatidão o que não pode saber.

∽

é fundamental aprender a não subir a escada,
preferir ser o degrau,
olhar de fora as pedras evita que cheguem como as trevas,
são trevas enxutas, no máximo,
o amor é um utensílio perigoso,
a primeira vez que te amei me cortei no caminho,
o caminho é humano, o destino não,
ao fundo da quietude está a aprendizagem da morte,
paramos para lentamente conhecer o fim, só pode ser,
apenas a infância é sanguínea, uma espécie de faca dilatada dentro de nós,
a sua tem um gume diário, fecundo,
te amar é semelhante a morrer, mas com vida, entende?,
estou em você como numa praça definitiva, uma gota de sangue rápida que desmancha a direção de todas as águas,
acordo com você para festejar,
e não é isso o que nos resta afinal?,
à minha beira estilhaçamos o tempo,
adoro sobretudo a maneira idiota como nos fazemos rir pela primeira vez, você me imita, eu te imito, depois um faz uma careta, outro faz outra, um cai sem querer, o outro escorrega sem querer, e sem querer já nos queremos todos antes de adormecer,
o sono é uma claridade do avesso, já viu?,
conheço as margens matinais das nossas mãos,
sempre que acordo exijo sentir a sua respiração,
você respira depressa para guardar tempo de descanso em mim, eu sei,
há imagens que ultrapassam o sossego,
a pele sorrateira das suas coxas, os seus olhos grandes ligeiramente cobertos pelo cabelo despreparado, a sua silhueta contra a persiana avariada,

é das avarias que perfeições maiores nascem, já pensou nisso?,
como quando o aquecedor avaria e você tem de se aquecer em mim,
ou quando o verão avaria e chove na sua roupa fina e no seu corpo
glorioso,
é infinito tudo o que falhando nos faz melhores,
deus é acima de tudo uma falha que deu certo,
ou errado, sei lá,
quem te criou nunca será um falhado,
nem quem se deita com você e te diz e ouve te amo,
te amo,
graças a deus.

⌣⌢

Você se diz insegura. Fala em medo de que eu vá, em pânico de que eu te abandone. Perde a felicidade em instantes de loucura que dói, em sustos que nem sequer o são. E cava onde não é bom cavar, onde só dói cavar. Te amo para além de qualquer zanga, para além de qualquer desentendimento. Te amo para além, até, das palavras que doem que saem quando tudo dói. Te amo para além do que nos separa. E é isso, sobretudo isso, que nos une. E tudo o que te peço, meu amor, é para não me abandonar. É tudo o que é preciso para nunca me perder.

⌣⌢

há uma grandeza inóspita nos que dormem na rua,
você consegue acreditar no homem quando os vê?,
me ensinaram que a dor revela,
quantos conseguiriam doer numa cama de papelão?,
a noite não morre para quem adormece apenas com o corpo,
é às escuras que as piores atrocidades acontecem,
e as melhores também,
como quando você me decepa a tristeza com um toque,

viva, que eu existo,
basta tão pouco para fechar as lágrimas,
e para as abrir, claro,
você é o fim perverso de todos os medos que me transmite,
viva, que eu existo,
as veias reabrem quando você me cura com os lábios,
é uma intempérie necessária, um ciclo crescente,
só o poema é fundamental,
não consigo explicar a pobreza,
como sobra tanto e há quem não possa sequer estender a mão, sabe?,
o que se sabe é uma bíblia espetada nas costas, a carne da terra profundamente esmagada,
você me sobe ao ouvido e me arranca da sombra,
no fim dos meus dedos está você, o que mais?,
repouso apenas no seu suspiro inacabado, junto ao castigo e ao verão,
o seu corpo me agasalha a rendição, me desabotoa levemente o ódio,
me agarre pela cintura e pelo prazer, agarra?,
suspenda a queda que me cai nos ombros,
quero morrer criança, nunca maduro,
a maturidade é uma forma de frieza, o envelhecimento silencioso das possibilidades,
estarei vivo enquanto puder mudar o mundo, depois não,
e enquanto houver os seus braços para me apertarem na queda,
você está aí?,
é o chão o território dos reis,
nos abrimos para o abismo como se fosse um livro,
foi de joelhos que deus governou,
quanto mais se desce mais perto do centro do mundo se está,
por isso desço em você, entende agora?,
quando me dobro para te conhecer sou indefeso e indestrutível, te confidencio que adormecer é uma longa ausência,
um dia inventam homens feitos para amar,
pensei que eram esses, você não?,

até lá me deponho sob você,
que não separe deus o que a pele uniu,
espero imóvel que você me conduza como a uma onda,
e que a manhã seja somente a madrugada andando devagar,
pertenço exausto ao cimo e ao convés do seu colo,
porque apenas os versos se comparam à alegria,
ou nós.

───

aquela menina que estava com você é a bárbara,
uma leitora e a pergunta de quem me viu chegar com você, mãos juntas e um beijo com um contentamento absurdo no meio,
é, sim,
é você, a minha bárbara,
ah, então já percebi,
e num instante se percebe que com você é fácil escrever, com você qualquer um escreve o amor,
e eu rio e lhe agradeço,
a liberdade de ser você escrevendo através de mim, como se fosse você, e não eu, o poeta,
e é, e é,
não, não,
insiste você,
eu acedo, mas não cedo mais do que isso,
você pode não ser poeta mas é o poema,
o que é exatamente a mesma coisa,
ou melhor ainda,
não é?

───

Quer casar comigo todos os dias?

Impresso no Brasil pelo Sistema Cameron da Divisão Gráfica da
DISTRIBUIDORA RECORD DE SERVIÇOS DE IMPRENSA S.A.